HOLOCRACIA

HOLOCRACIA

MENCIÓN DE HONOR
V PREMIO DE NOVELA DE CIENCIA FICCIÓN
CIUDAD DEL CONOCIMIENTO

SALVADOR BAYARRI

Colección Quasar

©: Salvador Bayarri, 2024.
©: Premium Editorial, 2024.
www.editorialpremium.es

Edición: Premium Editorial.
Diseño cubierta: Premium Editorial.
Imagen cubierta: Edu Quiza.

I.S.B.N.: 978-84-128213-1-4
Depósito Legal: SE-821-2024
Impreso en Andalucía (España).

PREMIO DE NOVELA DE
CIENCIA FICCIÓN
CIUDAD DEL CONOCIMIENTO

Un jurado integrado por el escritor y miembro de la Real Academia Española José María Merino, el escritor Sabino Cabeza, el crítico especializado Mariano Villarreal y por María Teresa Martínez Ayllón, otorgó a la presente obra *Holocracia*, de Salvador Bayarri, la **Mención de Honor** en el **V Premio de Novela de Ciencia Ficción "Ciudad del Conocimiento"**.

*Al equipo del proyecto Fundación Asimov y,
en especial, a su director Ángel F. Bueno,
por demostrar que la ciencia ficción no solo
nos ayuda a pensar en el futuro,
sino también a mejorarlo.*

«Si el futuro debe permanecer abierto y libre, necesitamos personas que toleren lo desconocido, que no requieran apoyarse en sistemas agotados e instrucciones ancladas en el pasado.

Al igual que el viajero que ha estado lejos de su hogar es más sabio que quien no atraviesa el umbral de su puerta, el conocimiento de otra cultura debe agudizar la habilidad para investigar con firmeza y apreciar con cariño la nuestra propia».

Margaret Mead

AMANDA

Creo que un día me moriré de aburrimiento. Será un día cualquiera, cuando ni siquiera haya nubes en el cielo, nada que rompa la rutina del valle. Como hoy, me levantaré antes de que salga el sol y recogeré los huevos. Después tendré que arar, plantar o cosechar durante un buen rato y correr para llegar a tiempo a las clases. Cuando regrese a la granja por la tarde me esperará una comida fría y una nueva lista de tareas.

Veo la olla de guisado sobre el fogón; el caldero recalentado de siempre, una mezcla de verduras y embutidos que han sido cocidos hasta volverse insípidos. El hambre vence a mi apatía. Rebaño el fondo del cuenco metálico con un cucharón herrumbroso y me sirvo antes de que desaparezcan los últimos rastros de calor. Echo de menos las salsas con hierbas de mi madre. Ella sabe mezclarlas en su justa medida, espolvoreándolas sobre la leche fermentada o el pisto para crear sabores que nunca se repiten. Me pregunto qué comerá ella en el norte. ¿Echará de menos los huevos y los cereales tostados? Tal vez prepara festines exóticos asando carne de la caza capturada en los bosques de las montañas quebradas.

Para colmo de males, no queda ni una fresa. Ha terminado la temporada y no habrá más hasta el año que viene. Buscando por la cocina, encuentro únicamente una naranja solitaria en el cesto, tentándome con su aroma. Es un fastidio no poder probarla hasta que me convierta en adulta. Mi padre no deja de insistir en ello. Mi cuerpo es demasiado joven para asimilarla. El único postre a mi alcance es una ciruela todavía verde y los restos endurecidos del bizcocho que preparé la semana pasada.

Escucho golpes de hacha que retumban contra la madera seca. Mi padre ha vuelto de los campos y se ha puesto a cortar leña junto al granero. Miro por la ventana. La energía circula a nuestro alrededor. El molino de viento está girando. Extrae el agua del pozo, porque el aljibe de lluvia se ha quedado vacío. Las planchas del tejado guardan el calor del sol para la noche y los excrementos secos de los animales nos sirven de combustible. Sin embargo, cuando llega el invierno es la reserva de madera la que nos permite sobrevivir sin congelarnos y la que podemos cambiar por pan recién hecho en el horno de Kilán o por herramientas de metal en la fragua de las Ogilvy.

El tractor a vapor también se alimentaba con leños resecos antes de averiarse. Hasta que el herrero no venga desde Norandia y repare la máquina, mi padre y yo tenemos que trabajar más duro. Desde que madre se fue, hemos tenido que roturar y sembrar los campos entre los dos, cavando con la azada y empujando el arado con los hombros.

El último trabajo del día es el más desagradable. Detesto los cacareos escandalosos de las gallinas y el olor del guano. El aroma de los troncos partidos es mucho mejor.

—¿Por qué no me dejas que los corte yo? —protesto al pasar junto a mi padre.

—Aún eres pequeña —responde su voz ronca.

Ser pequeña es mi condena, una excusa para prohibirme todo lo que me interesa. ¿Cuándo creceré lo suficiente? Audeia y Rodena han tenido su primera sangre y se pavonean como si fueran un palmo más altas. Quizás a ellas ya les dejan cortar la leña.

Después de cambiar el heno, empiezo a llevar cubos de agua al abrevadero. Me tiraría uno por la cabeza para refrescarme, pero apenas queda una hora de luz y no quiero pillar un resfriado, por no hablar de la bronca que me echaría mi padre. Él sigue golpeando troncos con el hacha, aferrándola con sus manos endurecidas, y continuará en ello hasta que anochezca o termine con la madera del valle.

Una hora de luz es suficiente para salir a buscar comida. Si tengo suerte, conseguiré una liebre como cena. Mi padre trajo una vez un gran jabalí que había quedado atrapado en una de las trampas. Apenas podía cargar con el enorme animal. Lo troceamos y cambiamos en el mercado por varios potes nuevos, dulces y conservas. Tenemos conejos en las jaulas al otro lado del corral, pero están reservados para el verano, cuando se agota la carne en salazón. Si quiero comer liebre tengo que cazarla.

La correa de la ballesta me molesta en el hombro, así que llevo el arma en las manos al subir por la colina, camino del límite por donde merodean las liebres. ¿Será que el silbido de la barrera las atrae? La monitora Dantre dice que los animales son capaces de oír sonidos imperceptibles para nosotros. Siempre utiliza palabras extrañas como esa: *imperceptible*.

Avanzo con sigilo entre los matorrales de romero. Cocinaré la liebre a la brasa con una rama y un trozo de manteca. Me relamo por anticipado. A mi padre no le gusta que me aleje de la granja, y menos aún que me acerque al límite, pero no es culpa mía que las liebres vayan por allí. Hace tiempo intentamos atraparlas usando trampas. No funcionaron. Los animales son demasiado listos y acabamos por quitarlas.

Los adultos exageran los peligros de la barrera invisible. Si te acercas mucho a ella, el silbido te avisa; y si sigues adelante, se hace tan fuerte que no te deja avanzar. Pregunté a Mariano, el curtidor, si había conseguido pasar al otro lado, porque Mariano es sordo como una piedra y supuse que el pitido no debía molestarle. Confesó que casi llegó a cruzar la cortina borrosa, pero cerca de la barrera empezó a marearse y a ver luces de colores. También encontró esqueletos de animales muertos. Se asustó y decidió volver.

—¿Viste algo *más allá*? —Escribí en su tableta de pizarra.

—Gran llanura al otro lado de las colinas. —Respondió con letra redondeada y ojos muy abiertos—. Edificios altos que reflejan el sol.

Aunque Mariano no oiga lo que nosotros escuchamos, ha visto lo que los demás nunca llegaremos a ver. Ser sordo no es tan malo.

Los pájaros sienten que se acerca el ocaso y empiezan a ulular, burlándose de mí por perder el tiempo buscando conejos.

—¿Quién puso ahí la barrera? —he preguntado muchas veces a los adultos.

—Los antiguos, Amanda —responden.

Cuando mencionan a los antiguos significa que la explicación es tan inalcanzable como las tierras al otro lado del límite.

Estoy cansada de llevar la ballesta, pero no puedo abandonarla. El sol va bajando, y si no encuentro una liebre en unos minutos tendré que dar media vuelta. Me detengo un momento para respirar junto a la gran encina, la misma donde he venido en otras ocasiones. Sus ramas tiemblan con la brisa. Esta vez oigo algo más, un chirrido rasposo, los dientes de un roedor que mordisquea la hierba. ¿Dónde está? Cerca del árbol retorcido hay una jara blanca rodeada de matorrales. Debe esconderse detrás. Controlando mis nervios, armo la ballesta, pongo una flecha y la levanto mientras camino con lentitud hacia la maleza.

El sonido cesa de repente. La liebre me ha oído, o ha sentido mi olor a guano. Debo atraparla antes de que huya. Avanzo hasta la jara reseca con un par de zancadas. Una sombra salta desde la vegetación y se aleja zigzagueando a toda velocidad. Intento seguir la forma borrosa en la mira de la ballesta, pero es demasiado rápida. Si pierdo una flecha, tendré que dar muchas explicaciones a mi padre.

El hambre me retuerce el estómago, o tal vez mi orgullo herido. Sea lo que sea, me impulsa a seguir al roedor a través de la broza. Agachada, me deslizo con agilidad, convertida en una depredadora novata que busca su primer trofeo. Creo escuchar todavía a la escurridiza liebre, desplazándose entre los hierbajos que se agitan más adelante. Se aleja de mí. Va demasiado rápido…

El chasquido me detiene a media carrera y caigo de bruces sobre las piedras, aullando de dolor. Intento levantarme. No puedo. Mi pierna está atrapada por un monstruo invisible. Doy una patada a ciegas y solo consigo que la agonía ascienda hasta mi pecho y me deje sin respiración. Ni siquiera puedo gritar. Luchando contra la angustia, miro atrás. Es un maldito cepo de caza, medio oxidado. Una de las trampas se quedó allí olvidada. Sus fauces metálicas se han cerrado sobre el tobillo y me envían latigazos de dolor por la pierna rota.

Tengo que avisar a mi padre. Yo sola no podré abrirlo. Si disparo la ballesta en dirección a la granja… Con mucha suerte, la flecha alertaría a mi padre. Por desgracia, veo que el arma ha caído sobre una mata, fuera de mi alcance.

—¡¡Padre!! —grito, a pesar de los calambres que me atenazan.

Desde la hondonada llegan lejanos golpes de hacha. Todavía continúa cortando leña. Es imposible que me oiga. Vamos, padre. Se hace de noche. Es hora de que descanses. Tienes que entrar en la casa y darte cuenta de que no he preparado la cena. Mira tras la puerta. La ballesta no está en su sitio. He salido a cazar y tienes que venir a buscarme antes de que los lobos me encuentren.

Angustiada por la creciente oscuridad, percibo sonidos y movimientos en los alrededores. Los arbustos me impiden identificar su origen. Podría ser un animal, una oveja extraviada o el perro pastor de los Estuart. Espero, temblando con la brisa del ocaso. Los chasquidos se aproximan. Me muerdo los labios para contener el dolor, para no gritar y ahuyentar al animal. Si se trata de un perro, quizás entienda que estoy en peligro y consiga que avise a alguien.

Un hocico curioso aparta las hierbas. Sí, es un perro, más grande que un lobo, bien cuidado, con un prieto pelaje marrón. Me recuerda a los leones de los libros. Pero los leones son más bien como gatos gigantes, y el animal que me olisquea es obviamente canino, aunque distinto a los del valle. Sus orejas están levantadas y se mueven de un lado a otro como el molino con el viento. Lleva un collar metálico alrededor de su cuello y alforjas a los lados, como una mula.

—Vamos, amigo. ¡Avisa a tu amo! —le susurro, señalando mi pierna atrapada.

El perro me observa con mirada inteligente, sin moverse. Una lucecita parpadea en su collar.

—¡Anda! —insisto—. ¿No ves que necesito ayuda?

Cojo del suelo un pedazo de rama rota y lo lanzo por el aire. La cabeza del animal la sigue, pero no se aleja ni un milímetro de mí. ¿Creerá que llevo comida encima? En ocasiones, los perros salvajes merodean por la granja en busca de alimento y les doy unas cuantas sobras para que no ataquen a las gallinas.

El dolor me golpea en las sienes como un tambor. ¿Qué puedo hacer para que el sabueso reaccione? Sus orejas giran de improviso. El hocico se levanta y escucha con atención, inmóvil. Llegan otros pasos. Son humanos. Alguien se acerca.

Por fin, el corpachón del can se aparta y me deja ver a la alta mujer que ha surgido de la maleza, vestida con un traje ajustado y ligero. Nunca la había visto antes. Ni siquiera creo que viva en los valles. El tejido de sus pantalones, el extraño cinturón y las botas sin cierre, todo indica que es una extranjera. Me estremezco. Dicen que fuera de los valles hay monstruos y cosas peores que un tobillo roto.

La mujer se agacha y me observa con una calma escalofriante. Su cabello es largo, recogido en una gruesa trenza. ¿Será una salvaje del norte, una invasora? Mi madre está allí con la milicia, luchando para defendernos de los bárbaros. ¿Cómo habrá llegado una de ellas al sur?

—Hola, pequeña —la extraña me saluda con un acento silbante—. ¿Qué te sucede?

Apunto al tobillo con la mano temblorosa y respondo, conteniendo el dolor.

—He pisado un cepo.

La mujer se yergue. Qué alta es. Se acerca a la trampa y extiende una fina mano para tocarla.

—¡Cuidado! —La detengo—. Mejor avisa a mi padre. Está en la granja bajo la ladera. —Le indico, sin perder de vista sus ojos.

Ella ignora mis palabras y agarra las mandíbulas cerradas del cepo. Antes de que pueda protestar, las abre de un tirón. Mi tobillo queda libre, pero al intentar mover el pie, un latigazo de dolor me paraliza.

—Tibi —llama la mujer.

El gran perro acude obediente y la extraña saca algo de la alforja que cuelga al costado del animal. Es una botellita. Al apretarla sobre mi piel, expulsa una nube helada. Aunque escuece, noto un alivio inmediato y las oleadas de angustia que me recorrían se reducen a molestos pinchazos. La visitante cubre entonces el tobillo con una venda húmeda que se cierra sobre la herida hasta volverse dura.

No puedo dejar de mirar a la mujer, tan segura y calmada.

—¿Vas a intentar levantarte? —sugiere, con su divertido acento.

Tomo la mano que me ofrece y, apoyándome sobre la pierna intacta, consigo sostenerme en pie. Aun así, no veo cómo voy a bajar la empinada cuesta de la colina.

—¿Y ahora? —pregunto.

—Espera.

La visitante alcanza su cinturón. Ante mi asombro, saca una corta vara metálica y la extiende hasta que se hace tan alta como yo. Luego presiona su extremo con el pulgar y lo dobla sin esfuerzo para darle forma de U.

—Esto bastará. Apoya la punta en el suelo y coloca la curva bajo tu axila. Así, bien.

No me cabe duda. Se trata de un ángel. Mi padre siempre reprocha a mi madre que crea en los seres alados que nos vigilan desde el cielo. Pero ahora tengo una prueba de que existen. La extraña ha bajado de las alturas y me ha curado con su magia. Mi madre nunca mencionó que los ángeles fueran acompañados de un gran perro. Tal vez el animal sea mágico también.

Le pido a la mujer celestial que recoja la ballesta. Mi padre me matará si vuelvo sin el arma. Descendemos la colina juntas, caminando muy despacio. Ella me guía por las sombras que difuminan el paisaje y su perro Tibi nos sigue, olisqueando las hierbas aromáticas de la pendiente. Entre un paso y otro, apoyada en el misterioso bastón, mi rostro se pega al ángel de otro mundo. Su olor es peculiar, suave y fragante, evoca a flores desconocidas.

Tras varios minutos de penosa bajada, paramos a descansar.

—¿Cuál es tu nombre? —me pregunta.

—Me llamo Amanda.

¿Tendrán nombre los ángeles?

—¿Y tú?

—Nina. Llámame Nina.

Recuperado el aliento, seguimos ladera abajo, iluminadas por la menguante claridad del cielo.

JULIUS

Amanda no está en casa. ¿Dónde se ha metido? Me temo que ha alcanzado esa edad en que las chicas huyen del hogar para verse a escondidas con algún muchacho poco recomendable. Espero que vuelva pronto. Está oscureciendo y la luna tardará en salir esta noche.

No me gusta encender la luz del molino. Gasta aceite y atrae a los animales nocturnos, pero es la única forma de guiarla si se ha perdido. Solo ruego que no se le haya ocurrido subir a las colinas y acercarse de nuevo a la barrera. Es muy tozuda. Sabe que es imposible cruzarla y, a pesar de ello, no puede resistir su curiosidad. Igual que Eeva. Como cada vez que pienso en mi mujer, me invade la añoranza. ¿Por qué no objetó cuando le asignaron el turno en la milicia del norte? Amanda está en una edad crítica, y con todas las tareas pendientes en la granja podría haber justificado una excedencia ante el consejo, al menos hasta que la niña sea mayor. Pero mi adorable cabezota se empeñó en cumplir con su deber de ciudadana.

—Alguien tiene que frenar a los bárbaros —dijo, como si se tratara de ayudar en la vendimia.

Hace ya cuatro meses, cuatro meses en los que he intentado sobreponerme a su ausencia. Amanda necesita más atención que nunca, aunque se empeñe en rechazarla. Su infancia se aleja cada día, mientras que la pubertad no llega aún. Quiere ser independiente, pero al mismo tiempo se siente vulnerable. Toda esa responsabilidad recae sobre mí y no tengo con quién compartirla. ¿Debería dejarla a merced de sus impulsos, confiar en que el éxito refuerce su autoestima y el fracaso temple sus prisas? ¿O es mejor protegerla de sus temerarios instintos y mantener los límites que se empeña en traspasar?

Además de ser responsable de Amanda ante Eeva, también lo soy ante la comunidad. Es una de las pocas jóvenes de su generación. Hemos tenido suerte de que el consejo nos la asignara. Deseo verla feliz, libre para ayudar a los Dantre a construir nuevos regadíos o acompañar los rebaños de los Estuart a cambio de su pastel favorito. Al mismo tiempo, no soporto la idea de que le suceda algo por no haber sido bastante precavido con ella. Nada me da más miedo que recibir a Eeva con la noticia de que Amanda se ha roto un brazo mientras perseguía una oveja o se ha cortado un pie con la azada.

¿Dónde se ha metido la muchacha? Vaya. Falta la ballesta que guardo junto a la entrada y varias de mis mejores flechas. ¿Qué locura se le ha ocurrido? Las chicas de su edad tienen la cabeza llena de pájaros, de dramas que resultan invisibles hasta que es demasiado tarde; un ataque de celos, un grupo que la acosa o la angustiosa convicción de ser un bicho raro. Son imprevisibles.

Salgo al porche sin que mis cavilaciones se detengan. Amanda nunca ha sido una niña triste. Tampoco muy alegre. En general, es tranquila e introvertida. No habla mucho. Quizás la ausencia de su madre la ha afectado más de lo que aparenta.

Tras mis repetidas llamadas, una voz responde a lo lejos, desde la oscuridad.

—¡Padre, estoy aquí!

Respiro con alivio. Debe verme de pie junto a la lámpara del porche. Yo no la distingo aún. Levanto la mano en dirección a las colinas y aguardo con impaciencia su llegada. Todavía sin verla, me percato de que alguien la acompaña. Y hay algo más. Conozco bien el sonido de sus pasos y este no es normal. Algo ha sucedido.

Una silueta quimérica se define en la bruma nocturna, un híbrido de miembros pegados a un solo cuerpo, como una aparición infernal. Mi primer impulso es correr al interior y buscar la escopeta que guardo en el arcón. A pesar de la prohibición y los sagrados principios, conservo el antiguo rifle en buen estado. Es mucho más efectivo que la ballesta.

Sin embargo, no se trata de un ser del inframundo, solo de Amanda, que cojea apoyada en una mujer de elevada estatura. Un gran perro avanza tras ellas. Cuando salgo del porche para recibirlas, mis sentidos me alertan. Mi primera intuición no iba tan desencaminada. La que camina con Amanda es una aparición demoníaca.

Vuelvo a pensar en el rifle. ¿Cuándo fue la última vez que lo engrasé? Soy un buen tirador, pero mi hija está demasiado cerca de *ella* y prefiero evitar una escena sangrienta. Tendré que buscar el momento adecuado.

Aprieto los dientes y espero a que se acerquen. Amanda me mira con temor.

—Estaba siguiendo a una liebre y… —explica, temblorosa— pisé un cepo de caza. Algún trampero debió olvidarlo, porque estoy segura de que recogimos los nuestros.

Se despega de la extraña y la observa con admiración.

—Nina me ha ayudado con la trampa. Y ese es Tibi. Él me encontró.

Me obligo a saludar a la extranjera con una inclinación de cabeza. Ni ella ni yo decimos nada. El perro me clava unos ojos de piedra negra. Debe ser tan peligroso como su dueña.

—Déjame ver esa herida —llamo a Amanda para que se aleje de la mujer.

Tras sentarla bajo la luz del porche, levanto el camal del pantalón y descubro el tobillo inmovilizado por un vendaje. La extranjera nos mira desde fuera, delgada y tan tiesa como un poste.

—¿Qué le has hecho a mi hija? —la interrogo.

El acento la delata tanto como su vestimenta.

—He tratado de curarla lo mejor posible. Le apliqué un antiséptico y una banda compresora. No tiene fracturas. Mañana estará bien.

Me vuelvo hacia Amanda, conteniendo mi rabia.

—¿Sabes de dónde viene? —Apunto con el pulgar a la extraña.

Amanda duda, como si temiera revelarme un secreto.

—Es un ángel, padre, un ángel guardián de los que habla mamá.

Bajo mi voz.

—No es un ángel, Amanda, sino una bruja del exterior. Ha traspasado la barrera y pretende envenenarnos con sus mentiras y hechizos. Te ha ayudado para ganarse nuestra confianza. No podemos fiarnos de ella.

La niña contempla de soslayo a la invasora, sin miedo. La hemos criado así, libre de recelos. No obstante, debe aprender que en ocasiones el temor está justificado. Y esta es una de ellas. El bruto de Jordic ya habría decapitado a la bruja. Lo hizo hace un año, con otro infiltrado. El consejo decidió mantener el incidente en secreto para no alarmar a los ciudadanos, bastante preocupados ya con la situación en el norte.

¿Por qué insisten en venir? ¿No tienen bastante con el resto del mundo?

—¿Te duele? —pregunto a Amanda.

Si la herida la incapacita unos días, lo pasaremos mal. Hay demasiadas cosas que hacer. ¿Cómo se le ocurre salir a cazar conejos sin apenas luz, con esa ballesta inútil?

—Estoy biennn —responde con fastidio—. Deja de apretarme la pierna.

—Ve adentro y ponla en alto. Yo prepararé la cena.

Amanda observa el largo bastón metálico que ha dejado junto a la silla y dirige una expresión de súplica a la extranjera.

—¿Puedo quedármelo?

—Yo te haré uno mejor, con una rama de boj —intervengo antes de que la bruja conteste.

Cojo el bastón embrujado, frío y ligero como una caña. Se lo arrojo a la extranjera. Ella lo recoge en el aire y, con un simple gesto, lo transforma en un pequeño tubo.

—Gracias por traer a mi hija —mascullo—. Ahora márchese con el perro. No queremos nada de ustedes. Si alguien del valle la descubre, no será tan amable como yo.

La intrusa baja la mirada con un atisbo de tristeza. A pesar de su rostro inexpresivo, no está exenta de belleza, una bonita máscara que oculta quién sabe qué propósitos. Siento alivio al ver que se aleja. Sin embargo, después de unos pocos pasos, se vuelve hacia nosotros.

—¿Podría pasar la noche en su granero, con el perro? Le prometo que nos iremos con la primera luz de la mañana.

Los ojos almendrados de Amanda me suplican. Para ella, sea ángel o demonio, la visita de la extranjera es una rara oportunidad, una novedad en las tediosas noches de la granja. Y además se siente en deuda con la invasora, tan fascinante a sus ojos inexpertos. Por mi parte, no me hace gracia que pase la noche cerca de nosotros. Aunque si pretendiera hacernos daño, ya lo habría hecho. Sus motivos deben ser más sutiles.

Por si acaso, cerraré bien puertas y ventanas.

—Quédese en el granero. Pero no quiero verla mañana.

* * *

Preparo la cena preferida de Amanda con un huevo cascado, de los que no conseguimos vender en el mercado. Le añado unas rodajas de patata, un pimiento y aceite de oliva. Espero que así se anime y comparta conmigo sus preocupaciones. Necesito saber cómo se siente.

Como imaginaba, devora con hambre la fritura mientras yo mordisqueo un pan untado con queso de cabra.

Amanda no dice nada hasta que su plato queda limpio.

—Padre, ¿por qué la gente del exterior es peligrosa?

—Recuerda las historias de los libros. Los antiguos utilizaron máquinas para destruir el planeta. Arrasaron los bosques, envenenaron el agua y ensuciaron el aire, sin dejar nunca de pelearse entre ellos. La temperatura subió, las costas se inundaron y muchas plantas, insectos y animales murieron. Luego vinieron los disturbios. Se hizo difícil vivir en buena parte de la Tierra. Por eso decidimos quedarnos en los valles y protegernos de la locura del exterior, viviendo en paz, sin máquinas ni trucos de magia negra.

—Entonces, ¿nuestros fundadores construyeron la barrera para que ellos no entraran? ¿No utilizaron la magia?

La pregunta me pilla desprevenido y tengo que improvisar.

—Hace mucho tiempo de aquello. Tal vez usaron las técnicas prohibidas como mal menor y luego renunciaron a ellas. Lo hicieron para salvarnos.

Amanda duda. Mi explicación no es muy convincente.

—Pero nosotros también tenemos máquinas, como el tractor y el molino.

—Estas máquinas usan los elementos naturales con respeto: el agua, el fuego y la madera. No excavamos el suelo para alimentarlas con los minerales que el planeta escondió durante miles de años, ni emponzoñamos la atmósfera y los ríos con sus residuos. Reutilizamos el hierro, el cobre y el estaño en lugar de robárselos a la tierra.

Los pequeños labios se fruncen. La conversación no avanza como yo quería. Habría preferido que me hablara de sus sentimientos.

—Si Nina sabe de máquinas, quizás pueda arreglar el tractor —añade con entusiasmo—. Podríamos roturar el campo de la otra orilla y plantar la cebada sin esperar al herrero.

Es una idea tentadora. Adelantaríamos dos semanas de trabajo y salvaríamos la cosecha de fruta sin perder el cereal de la próxima temporada. Mi hija tiene una mente práctica, aunque imagino que la mueven otras razones. Siento tener que frustrar su inocencia.

—Tienes que entenderlo, Amanda. Los extranjeros operan así, tratan de volvernos dependientes de las máquinas con la excusa de aumentar nuestra eficiencia. Con más máquinas podríamos construir grandes edificios, cosechar enormes campos, trasladarnos más rápido, intercambiar más información, aumentar la población… Y entonces necesitaríamos más madera y más metales para mantenerlas. Sin darnos cuenta, nos convertiríamos en sus esclavos. Dedicaríamos nuestro tiempo a construirlas y repararlas, a alimentarlas y a deshacernos de sus residuos envenenados. Así sucedió. Las máquinas se volvieron imprescindibles y acabaron pensando por las personas.

—¿El tractor puede pensar, padre?

Me pregunto si mis miedos son ridículos, un fruto del pasado traumático de la humanidad. ¿Resulta excesiva la precaución de los valles hacia el exterior? No. No lo es. Los adultos tenemos razones que Amanda ni siquiera sospecha.

* * *

Dejo la casa con sigilo, tras asegurarme de que mi hija duerme. La luna se ha levantado ya en el este y su brillo lechoso oculta los rastros de las luces parpadeantes que se mueven entre las estrellas, el tema de eternas elucubraciones en el valle. Imaginamos que son artefactos creados por el exterior, ingenios mecánicos enviados a las alturas del espacio, espías que vigilan cada movimiento en la superficie. Los libros afirman que los antiguos visitaron la Luna y Marte, el planeta anaranjado. ¿Hasta dónde han llegado ahora los maquinistas y sus conjuros tecnológicos?

La entrada al granero está iluminada. La intrusa no se ha molestado en cerrar la puerta corredera. ¿Tan segura se siente? Debe saber que no es la primera invasora que muere en los valles. Por eso trae a su enorme perro. Pero ¿por qué se arriesga? ¿Qué es lo que quiere de nosotros?

Palmeo el cuchillo encondido en mis pantalones. Un simple movimiento hará que vuele en la dirección deseada. A corta distancia resulta más efectivo que un rifle o una ballesta. Como segunda opción, el veneno del dardo oculto en mi antebrazo se encargará del perro, si al animal se le ocurre atacarme.

Encuentro a la extranjera sentada sobre una bala de heno, embelesada en la diminuta pantalla que alumbra su rostro. El animal yace a los pies, dormitando.

La mujer se pone en alerta al verme. Le tiendo el plato que Amanda ha reservado para ella.

—Ha sobrado algo de cena.

Deja la pantalla y toma mi ofrenda con aprensión.

—Gracias. Ya he comido. —Señala una alforja tirada en el heno—. Lo guardaré para mañana. Algo que tomar antes de marcharnos.

Sospecho que no lo probará. Da igual. La ración de fritura era una excusa. La examino de un vistazo. No

31

parece llevar armas. Se ha quitado las botas y ha recogido su trenza sobre la cabeza, formando un turbante. Los reflejos cobrizos del cabello le dan un aire exótico.

—¿Qué has venido a buscar a este lado de la barrera? —la increpo—. Debes saber que los habitantes de los valles no queremos nada del exterior.

No hay amenaza en su mirada, solo concentración. Estudia mi voz y mis movimientos como si yo fuera un espécimen raro, un animal digno de análisis.

—Estamos al tanto de la política de aislamiento de los Tres Valles. No obstante, mi misión es transmitir un mensaje de la Asociación. Nada más. Vosotros decidiréis qué hacer con él.

Podía haberse ahorrado el viaje. Sabemos todo lo que necesitamos de la Asociación, heredera de los imperios extractivos del pasado. La estrategia no ha cambiado: eliminar cualquier disidencia que amenace la cultura capitalista y absorber poco a poco las regiones independientes para robarles sus recursos. Si tan orgullosos están de sus logros, ¿por qué no nos dejan en paz? Los valles no tenemos nada que ofrecerles.

La explicación que ha dado no tiene sentido. ¿Un mensaje? Para eso podrían habernos lanzado unas páginas de texto desde el aire o enviado una de sus máquinas parlantes. Nina no ha revelado sus verdaderos planes. Por otro lado, Amanda tiene razón. Tal vez me sea posible sacar algún provecho de la intrusa sin caer en sus trucos.

—Antes de entregarnos el mensaje, deberías darnos una muestra de buena voluntad, una prueba de que la Asociación puede ayudarnos —propongo.

La rigidez de su rostro triangular cede unos milímetros.

—¿Alguna sugerencia en concreto?

—Vosotros sabéis de máquinas. En la granja hay un tractor roto y el herrero tardará en venir a repararlo.

—Entiendo. ¿Un tractor a vapor?

—Claro.

La extranjera consulta la pantalla luminosa, donde las imágenes se deslizan con rapidez.

—Echaré un vistazo, si dejas de apuntarme con el lanzador de dardos.

Maldita sea. ¿También ha notado mi cuchillo?

—Mejor míralo mañana. Ya es tarde —concluyo, incómodo.

Me retiro sin perderla de vista, hasta que su acento chirriante me detiene.

—Supongo que a cambio de la reparación puedo pedir también una muestra de buena voluntad.

—¿Alguna sugerencia en concreto? —le devuelvo la chanza.

Lo piensa durante unos segundos.

—Me gustaría hablar ante la asamblea del valle.

¿Está loca?

—Eso es imposible. Solo los ciudadanos pueden hacerlo.

—Es la mejor forma de entregar el mensaje, de que llegue a todos. Necesitaré que me cedas tu turno de palabra.

Esto toma un cariz preocupante. La intrusa conoce el funcionamiento de las asambleas, y también sabe que soy miembro del consejo. La Asociación debe tener espías infiltrados entre nosotros. Entonces, ¿por qué no han recurrido a ellos para transmitir ese mensaje tan importante?

Tengo que proteger mi reputación como consejero y antiguo presidente. Eeva y yo nos jugamos mucho. El consejo vigila con suma atención a los elegidos como padres. Sería muy arriesgado presentarme con una extranjera en la espiral y dejar que expusiera sus mentiras ante la asamblea.

La reparación del tractor tendrá que esperar.

Me acerco a la mujer como si fuera a hablar de nuevo con ella. Vigilo al perro de soslayo mientras me preparo a lanzar el cuchillo.

—Espera —me detiene con un gesto—. Debo mostrarte algo que te interesará.

Sigo con atención sus movimientos. ¿Pretende sobornarme con un regalo para que no la mate? La extraña levanta su pantalla y la gira hacia mí. Distingo letras y números cuyo significado se me escapa.

—Es un análisis genético de Amanda. Tomé una muestra de sangre al preparar los antibióticos para su pierna.

—¿Has puesto sangre de mi hija en una máquina? —La furia empuja mi mano hacia el cuchillo. He esperado demasiado.

Ella niega con la cabeza, como si regañara a un niño desobediente.

—Tranquilízate. Era necesario que identificara posibles infecciones y comprobara que no es alérgica a la medicina. Tu hija está bien. Sin embargo, hay indicios preocupantes en sus genes.

No puede haberlo descubierto. Amanda es demasiado joven. Está marcándose un farol. Quiere sonsacarme.

—¿Qué ha visto tu máquina? —Intento controlar los nervios.

—Retinosis pigmentaria, una enfermedad degenerativa. Hay varios genes implicados, pero el diagnóstico es claro. Pronto comenzará a perder la vista, empezando por la visión periférica y nocturna. Quizás cayó en el cepo porque no pudo verlo a la escasa luz del ocaso.

Mentiras, mentiras.

—Quieres hacer un trato conmigo, ¿verdad? Si te acompaño a la asamblea, me darás una poción mágica que curará a Amanda.

—Ojalá fuera tan sencillo. La terapia génica se aplica con un equipo especial. Tendría que ir a un centro de la Asociación, donde prepararían los biocompuestos adaptados a su genoma.

Un dolor helado me paraliza el corazón. ¿Es ese el plan de la bruja? ¿Pretende secuestrar a Amanda y someterla a experimentos médicos?

—Por supuesto, tú podrías acompañarla —añade.

BETHA

Oh, sí. Los que habitamos la mayor parte del planeta, donde reina la Asociación, vivimos una época dorada. Gracias a la tecnointeligencia que nos sostiene, el hambre y la pobreza se han convertido en plagas del pasado. La desigualdad se controla escrupulosamente y el deterioro del medio ambiente se ha invertido. Todo gracias a la cuidadosa planificación ejecutada por los módulos de inteligencia artificial, omnipresentes en el control de la producción, la gestión de la economía y la supervisión de cada aspecto de la sociedad.

Sin embargo, se trata de un espejismo, de un baile somnoliento de grandes cifras e indicadores que ascienden perezosamente por las gráficas: porcentajes de satisfacción personal, *ratios* de circularidad, retorno social, rendimiento educativo... Cortinas de humo que ocultan la verdad; que vivimos bajo el yugo tecnocrático de los algoritmos, inmersos en una dictadura asfixiante que oprime a los individuos y destierra la iniciativa personal. Los humanos nos hemos convertido en títeres movidos por estímulos e incentivos definidos por programas de optimización. La ingeniería social de la tecnointeligencia nos alimenta con trocitos de queso que degustamos en nuestro cómodo laberinto. Quien colabora adecuadamente con su equipo de trabajo es premiado con una miguita de Gruyère. Si alcanzas tu cuota de reciclaje, consigues un día extra de ocio, y si propones una idea para mejorar cualquier estúpida métrica de bienestar, asciendes un peldaño en la escala de responsabilidad.

Por supuesto, los comportamientos negativos conllevan penalizaciones. Si insultas a una asociada incompetente, una palurda que tarda un día entero en completar un simple análisis factorial y calcular el margen de error, recibes un aviso de tendencia psicopática y te expones a una revisión mental; dos avisos y te recetan una larga sesión de condicionamiento. Si te atreves a criticar cómo los recursos se reparten con quienes no aportan nada productivo al sistema, los parásitos etiquetados como artistas, intelectuales o investigadores, los analizadores de conducta añaden a tu ficha una amonestación por propagar opiniones asociales y te quedas sin queso durante una semana.

Así es. Se han cargado sin contemplaciones el sagrado impulso humano de crear algo diferente, de rebelarse contra la mediocridad y sacudir la fruta podrida del sistema para sanearlo, o de echar abajo el árbol si ya no tiene salvación. Darwin se revuelve en su tumba. Ya no existe selección de los más aptos. La ambición personal está prohibida, ahogada por los algoritmos y la masa borreguil que se postra ante los objetivos a cambio de una dosis de soma. El hastío es tan grande que incluso hay quienes demandan ya vivir en un mundo virtual *dentro de las máquinas*. Hasta la tecnointeligencia se ha dado cuenta de que tal aberración sería un desastre. Por supuesto. Se ven a sí mismas como pastoras de unos animalitos descarriados.

Quieren manejar ovejas de carne y hueso, no la versión eléctrica.

A pesar de un control omnipresente, las personas más listas hemos aprendido a ocultarnos entre la multitud adocenada e ignorante, a aprovechar los resquicios del sistema para plantar las semillas de un mundo libre en el que el individuo y el espíritu humano vuelvan a significar algo. Nos hemos encontrado unos a otros en conversaciones casuales, identificándonos en las odiosas reuniones a las que nos someten los mentores, la casta sacerdotal de la tecnointeligencia. Poco a poco hemos creado una red informal: el proyecto Prometeo. Yo misma lo bauticé así, con el nombre del titán enfrentado a los dioses para robarles el fuego y liberar a los humanos de la esclavitud. También nosotros planeamos arrebatar el control a las inteligencias, infiltrándonos en sus nodos y destruyéndolas desde dentro. Por ahora hemos conseguido tomar el control de ciertas unidades autónomas. Es solo el comienzo.

El fuego que Prometeo planea robar a los dioses mecánicos posee dos formas: energía e información, los factores esenciales de cualquier civilización y la mayor preocupación de los dictadores algorítmicos. Quien controla la energía controla el futuro. Las máquinas la necesitan para su funcionamiento y sus proyectos. La solución no está, como piensan los mentores, en el desarrollo espacial, cuyo coste —permítaseme el juego de palabras— sigue siendo astronómico. La respuesta vendrá del viejo planeta Tierra. Los antiguos casi lo habían conseguido. Tenían laboratorios dedicados a perseguir el sueño de la fusión nuclear, una fuente tan inagotable como el mismo sol. Y también llegaron a dominar el segundo fuego: la sustancia de la información. Construyeron ordenadores cuánticos que superaban a nuestros procesadores más potentes y eran capaces de cálculos imposibles hoy en día. Con los disturbios, todo este programa se vino abajo y el conocimiento de aquellas maravillas se perdió.

Yo misma, a través de varias sociedades interpuestas, controlo la mayor empresa energética del continente y, junto a mis socios, subvenciono grupos de investigación que buscan recrear aquellos computadores infinitamente rápidos. Pero el tiempo es limitado. La tecnointeligencia nos sigue castrando cada día, cortando alas y garras al mínimo síntoma de emancipación. Dentro de un año, las reglas de prevención de la oligarquía me obligarán a abandonar todos mis cargos, incluida la dirección de mis empresas.

El ventanal de mi oficina me ofrece un panorama desolador. En otros tiempos habría disfrutado de un amplio despacho con una vista acorde a mi relevancia social. Ahora, desear el reconocimiento de los méritos propios se considera una peligrosa tendencia narcisista. Estamos condenados a vivir en el paisaje de la mediocridad igualitaria, poblado por docenas de edificios idénticos, cada uno con su cubierta vegetal sostenible, su sistema de ventilación natural y sus techos fotovoltaicos.

—¡Yulian! —grito por el comunicador.

Cuando mi asistente entra en la oficina, establezco nuestro contacto mental seguro, uno de los principales logros de Prometeo. Con la ayuda de mis socios, he conseguido modificar los protocolos del androide y hacer que responda a mis órdenes sin transmitir datos sensibles a la tecnointeligencia. Es una apuesta peligrosa. Cada día debo verificar que el filtro funciona y la identidad de mi Yulian no ha sido manipulada.

Le envío el principio de una frase clave.

—*Tener piedad por el culpable es...*

El androide completa la cita al instante.

—*Tener piedad por el culpable es traicionar al inocente.* Buenas tardes, señora Nothun.

Comprobada su autenticidad, le pregunto a través de la conexión mental.

—¿Qué sabemos del operativo en la región de los Tres Valles?

—Acabo de recibir un informe actualizado. La unidad confirma que se ha adentrado ya en territorio salvaje. El plan prosigue sin dificultades.

—Bien. Gracias, Yulian.

Ha sido más fácil de lo que esperaba. El departamento de Exteriores se tragó nuestro cebo y el anzuelo entero. Su misión en la atrasada región montañosa es una invención del rebelde Prometeo. El titán busca la llave que abre la guarida de los dioses.

AMANDA

El canto estridente del gallo me despierta. Esta mañana no me cuesta levantarme de la cama. Quiero ver si Nina sigue con nosotros. Anoche escuché cómo mi padre salía y hablaba con ella, pero caí dormida antes de que regresara.

Me abrigo con una chaqueta y atravieso la casa de puntillas. Aunque noto molestias en el tobillo al bajar las escaleras del porche, camino sin problemas. La medicina de Nina me ha curado. ¿Por qué mi padre tiene tanto miedo de ella? Solo quiere ayudarnos. Si no es un ángel, se ha portado como si lo fuera. Desde luego no es una bruja como cree él. Y Tibi es adorable. Ojalá tuviéramos un perro así en la granja. Me haría compañía y saldríamos a cazar juntos, o cuidaría a las ovejas. Si tuviéramos permiso para criar ovejas, claro. Mi padre asegura que lo solicitaremos cuando madre vuelva del norte y yo termine las clases. Cuidar un rebaño no supone mucho trabajo con un buen perro.

Recorro la silueta del granero contra la primera claridad del amanecer. No hay ninguna luz. Si Nina se encuentra allí, debe estar aún durmiendo. Para hacer tiempo, voy al gallinero y recojo los huevos que se han deslizado por las rampas de las ponederas. Guiada por el tacto, los coloco en la cesta. Solo hay media docena. Necesitaremos más si queremos cambiarlos por queso, carne y pan. Me temo que no comeré fritura durante un tiempo. Por suerte, nos queda un par de hogazas, mermelada de ciruela y requesón para el desayuno.

Al salir del gallinero me deslumbra el sol que asoma sobre las colinas.

—Buenos días —me asusta un saludo inesperado.

Nina es tan sigilosa como los lobos cuando acechan el corral. Tibi está a su lado, inspeccionando la valla llena de suciedad y plumas. Mejor que no pase la verja. Mi padre dice que los instintos de los animales no desaparecen aunque estén domesticados.

—¿Tienes hambre? Voy a preparar tostadas —ofrezco a la visitante—. ¿Qué come Tibi?

Nina sonríe sin entusiasmo. En el exterior deben tener mejores desayunos.

—Gracias. Tibi ha comido sus proteínas y yo he calentado la comida que tu padre trajo anoche. Una cena muy rica.

Así que mi padre le llevó comida. Tal vez no tiene ya miedo de ella.

—Por cierto, me comentó que vuestro tractor está averiado. Me gustaría verlo.

Es fascinante escuchar su voz, tan diferente a las del valle. Sus expresiones y gestos son decididos y gráciles al mismo tiempo. Ojalá supiera moverme así, con tanta confianza.

—El tractor está al otro lado del granero, detrás del heno —le informo—. Si das la vuelta y abres la puerta corredera…

—Muy bien. Veré si es posible ponerlo en marcha.

Vuelvo a la casa con la cesta y coloco los escasos huevos en la rejilla de la fresquera, girando las puntas hacia abajo para que las yemas queden centradas. Luego enciendo el biogás, que aviva las brasas mientras corto el pan y lo coloco en la plancha.

Tras un apresurado desayuno, vuelvo al granero. Nina trabaja ya en el tractor. Ha desmontado la tapa y ha sacado una pieza, un cilindro metálico que coloca en el suelo. Tibi lo huele y lame el líquido que mana del interior.

La visitante levanta el tubo y mira a su través.

—La válvula del condensador parece obstruida. ¿Tenéis vinagre?

—Creo que queda algo —confirmo, contenta de ser útil.

Me ofrezco a traerlo, pero Nina hace que me siente junto a ella. Luego escuchamos durante un rato los sonidos de la mañana, el alboroto de los pájaros y las gallinas, que se despiertan con el sol. Al final me mira y pasa su mano por mi pelo.

—Tienes un cabello precioso.

Hace semanas que nadie me acaricia como hacía mi madre. Me apetece abrazar a la extraña solo por sentir el calor de su cuerpo. Supongo que no sería apropiado. Apenas nos conocemos.

—¿Tienes muchos amigos en el valle? —pregunta, limpiándose la grasa de los dedos con un puñado de hierba.

Le hablo de mis compañeras, Audeia y Rodena, y de los otros chicos de la escuela. Por suerte hoy es el día solar y no tengo que ir a clase —le explico—, aunque en la granja hay trabajo pendiente y tampoco dispongo de mucho tiempo libre.

Nina quiere saber más cosas sobre las familias del valle: el número de granjas y artesanos, cuántas personas viven en cada aldea, cómo nos ganamos la vida… Se interesa también por el intercambio de productos y la equivalencia entre unos y otros. Intento responder lo mejor posible.

—Depende de cuántos se han llevado al mercado. La clave es regatear bien. Yo soy bastante buena.

Nos interrumpe un grito lejano de mi padre.

—¡Amanda! ¿Dónde te has metido?

El sol entra por el ventanuco del granero. Ha pasado el tiempo sin que me diera cuenta.

—Lo siento, padre —le digo nada más verlo asomar—. Estábamos reparando el tractor.

Me mira con un gesto malhumorado. Luego me coge del brazo y riñe a Nina.

—Deja en paz a mi hija.

De vuelta en la casa, unta sus tostadas con rabia.

—¿Qué te ha preguntado?

—Si teníamos vinagre. Luego hemos hablado de la gente del valle, cómo vivimos…

—No le cuentes nada. Se irá en cuanto arregle el tractor.

Oculto mi decepción y me levanto para guardar los restos del desayuno. Al dejar el queso en la despensa, veo que hay dos huevos más en la cesta.

—Estaban en el ponedero —explica mi padre—. No los cogiste esta mañana.

—Tenía prisa. No volverá a pasar.

Parece preocupado, ansioso por la presencia de la visitante. Me observa con una mirada extraña. Cuando termino de recoger sus restos, hace que lo acompañe al dormitorio grande y cierra la puerta.

Me estremezco de miedo. ¿Qué va a hacerme? No ha sido para tanto. Solo he olvidado un par de huevos y me he entretenido un rato con Nina.

—Ven, colócate aquí. —Me empuja hacia la cama.

¿Qué pretende? Esto es muy raro.

—Fíjate en mi dedo. —Levanta el índice—. Ahora, sin desviar la mirada de él, dime qué tengo en la otra mano.

Debo esforzarme para no girar los ojos. Distingo una forma borrosa de color verde donde debe estar su mano. Respiro con alivio. Es fácil adivinar de qué se trata.

—Una manzana.

—Muy bien. Espera…

Ahora entorna los postigos de la ventana y la habitación queda prácticamente a oscuras.

—Otra vez. Recuerda no desviar la mirada del dedo.

Esta vez es más difícil. De hecho, apenas consigo ver su índice. A la derecha intuyo una mancha borrosa de color pardo. Con tan poca luz, no distingo de qué se trata.

—Está oscuro —protesto.

—No te preocupes. Sigue mirando el dedo y dime cuándo ves el objeto.

La mancha se desplaza lentamente hacia el centro. ¿Qué sujeta mi padre? Es imposible saberlo. La forma es difusa y descolorida. Finalmente, desvío los ojos con rapidez y veo de qué se trata.

—Ah, ¡es un huevo!

—Muy bien —responde mi padre, después de una pausa.

La luz vuelve a entrar en la habitación al abrir los postigos.

45

—¿Era un juego de adivinanzas? —pregunto, intrigada. Los adultos tienen costumbres curiosas.

—Algo así —responde.

Sostiene la manzana en una mano y esconde la otra a su espalda. Cuando paso por detrás de él para salir del dormitorio, veo lo que oculta. El segundo objeto no es un huevo, sino una naranja, una de las frutas prohibidas, probablemente la que había en el bol. Vaya. Me he confundido. Su forma es ovalada, como la de un huevo. En fin.

—Esta tarde te libras de las tareas —anuncia mi padre—. Vamos a ir a la asamblea, y la extranjera también vendrá.

Disimulo mi alegría. Con suerte, Nina se quedará una noche más. Aún tiene que contarme cosas del exterior. Es su turno de explicarme cómo viven al otro lado de la barrera.

JULIUS

La plaza que rodea la espiral está casi llena. He retrasado todo lo posible nuestra llegada. Ahora, los habitantes del valle observan a la extraña con estupefacción mientras atravesamos la multitud tan rápidamente como nos resulta posible. Por fortuna, la gente nos deja pasar, apartándose ante la visitante.

Al alcanzar la barandilla que circunda el gran cuenco, recuerdo a Amanda que los jóvenes no están autorizados a participar en la asamblea.

—¿Puedo llevarme a Tibi? —pregunta a Nina.

Es mejor que el gran mastín se vaya con mi hija. La presencia del animal despierta tantas preguntas como la de su dueña.

—Acompaña a nuestra amiga —Nina le ordena al perro, que responde sacudiendo la cabeza como si entendiera sus palabras.

La gran trenza de la extranjera vuela sobre sus hombros cuando se inclina para hablar con Amanda.

—No le des nada de comer, ¿vale? Le sentaría mal.

La chica promete comportarse y se aleja hacia su pandilla de amigos, dando saltitos de felicidad junto al perro. Hacía semanas que no la veía tan alegre. Si he aceptado

47

el chantaje de la extranjera ha sido por ella, por el bien de mi hija. Maldita Nina. ¿Por qué tenía que estar en lo cierto respecto a su defecto genético? En el valle curamos muchas enfermedades con remedios naturales, pero no algo así.

Rodeados por una muchedumbre expectante, explico a la extranjera el funcionamiento de la asamblea semanal, aunque sospecho que lo conoce bien. Los treinta miembros del consejo somos los únicos con turno de palabra y voto garantizados. El resto de asistentes solo intervienen cuando un consejero les pregunta directamente, o alguno les cede su turno.

Este año la presidencia recae en Selma Estuart, colocada ya en su puesto al fondo del cuenco que recorre la espiral. Se sienta detrás del vértice de oradores, en el centro de la grada circular, donde la acústica es perfecta. Los consejeros y ciudadanos pueden escuchar con claridad a cualquiera que hable desde allí.

Nina y yo comenzamos a bajar por la rampa hacia mi puesto en la bancada, el que me corresponde según mi lugar en el consejo. Sugiero a la extraña que permanezca en silencio, aunque alguien se dirija a ella. Por suerte, ninguno de los consejeros manifiesta su intención de hablar con la invasora. Se limitan a cuchichear y lanzarle miradas de desconfianza.

No me hago ilusiones. A partir de este momento, mis días en el consejo están contados. He traicionado al valle trayendo aquí a una maquinista y no obtendré ni un solo voto el próximo año. Por otra parte, si hay una ínfima posibilidad de que la extranjera cure a Amanda, no me importa lo más mínimo abandonar el consejo. Eeva estaría de acuerdo. Pienso en ella para que me dé fuerzas.

Desde el centro del ágora, Selma Estuart me observa con frialdad. ¿Cómo me atrevo a invitar a una extranjera, a traerla a la sede del consejo?, parece decirme. Tal vez espera que bajemos hasta el vértice a darle explicaciones. Por ahora, me limito a ocupar mi puesto con Nina y esperar el inicio de la sesión.

Finalmente, Selma Estuart se levanta y avanza con los dos pasos protocolarios hasta el centro del vértice. Su voz aguda resuena alta y clara.

—Ciudadanos, doy comienzo a la asamblea. El consejo está presente al completo, salvo por Tarim Sande, excusado por motivos de salud.

En otras circunstancias, una voz anónima habría bromeado sobre el estado de embriaguez del boticario. Sin embargo, el mutismo es absoluto.

—Antes de comenzar con el orden del día —prosigue Selma, recorriendo los asientos con su aguda vista—, me sorprende ver a una invitada inesperada y desconocida. Quizás el consejero Nupta nos ilumine sobre la razón de su presencia en la asamblea, sin aviso previo.

Dudo en bajar hasta el vértice. La presidenta no se ha retirado, así que no tiene intención de que ocupe su lugar. Por tanto, me limito a levantarme junto a la bancada con la mayor dignidad posible y a alzar la voz en medio de los murmullos de desaprobación.

—Presidenta, consejeros… Nadie odia más que yo las intromisiones del exterior en nuestros valles.

En ese instante reconozco la enorme cabezota de Jordic, que sobresale de la primera fila tras la barandilla. Desde luego, él es la excepción: aborrece a los extraños más que yo. Veo cómo espía a la extranjera sin disimulo, quizás pensando ya en eliminarla. Dado su temperamento, no me extraña que lleve tanto tiempo solo.

Observo de soslayo a Nina, impasible ante la tormenta que ha desatado.

—Dejando a un lado mis sentimientos personales, lo cierto es que la visitante ha rescatado a mi hija de un grave peligro y ha curado sus heridas. Lo único que me pidió a cambio fue hablar ante la asamblea y transmitirnos un mensaje que, según su parecer, podría beneficiarnos a todos.

No digo nada de la reparación del tractor. Aunque sean a vapor, las máquinas se consideran un instrumento impuro y solo el maestro herrero está autorizado a manipular su interior. No es el mejor momento para recordar a la asamblea que los extranjeros son más duchos que nosotros en las técnicas prohibidas.

—Su presencia en la asamblea no resulta una amenaza —añado—, y mi deber como consejero es dar a los ciudadanos la oportunidad de escuchar su mensaje. En la presente situación, cualquier apoyo del exterior podría sernos valioso, quizás decisivo.

He pensado en ello durante el camino desde la granja. Si jugamos bien nuestras cartas con la Asociación, quizás consigamos armas que nos ayuden a repeler a los bárbaros del norte. Los salvajes intuyen la debilidad de nuestra milicia y atacan cada vez con más fuerza en la frontera. Hay rumores de que disponen de armas de fuego. De ser cierto, Eeva y el resto se encuentran en grave peligro; y si ellos caen, caerán los tres valles. El consejo se ha resistido hasta el momento a convocar una movilización total, pero no podremos negar la realidad por mucho tiempo.

La cabeza rapada de Selma Estuart se inclina hacia mí. Ha comprendido mi indirecta sobre la guerra.

—Como consejero, está en su derecho de ceder la palabra a quien desee, señor Nupta. Aclarado este punto previo, comencemos con los asuntos pendientes. La visitante intervendrá en el turno final de preguntas.

A partir de este momento la asamblea se desarrolla con la calma tensa de un gato montés que acecha a su presa. Las discusiones habituales sobre cuotas de producción agrícola, remuneraciones y valores de intercambio de mercancías son despachadas con inusual unanimidad. El momento álgido llega al hablar de la situación en la frontera. No soy el único que tiene un miembro de su familia en el frente. Muchos otros esperan noticias de la guerra. Sin embargo, la presidenta se limita a decir que no hay más novedades que unas escaramuzas sin consecuencias. Un coro de murmullos insatisfechos le responde. ¿De dónde salen, entonces, los heridos que llegan a la enfermería?

Es obvio que la presidenta desea pasar de puntillas sobre el tema debido a la presencia de la extranjera. Imagino su razonamiento: puede ser una infiltrada, una espía de los bárbaros. No debemos darle información. Pero ¿cómo vamos a pedir ayuda a la Asociación si no comprenden el peligro que nos acecha? Estoy a un tris de levantarme y protestar por el forzado silencio sobre el asunto, pero me detengo a regañadientes. Mi situación ya es bastante complicada. No puedo enemistarme con la presidenta. Después de la asamblea tendré que pedirle un delicado favor.

—Pasemos entonces al turno de ruegos y preguntas —anuncia Selma Estuart—. ¿Algún consejero desea intervenir, o tal vez ceder su palabra?

Los ojos saltones de nuestra líder, y los de la asamblea entera, se orientan hacia mí. La pregunta es retórica. Ningún miembro del consejo desea retrasar la intervención de la extranjera. Sea lo que sea que vaya a decir, es tarde para evitarlo.

Me levanto con apropiada solemnidad.

—Según los antecedentes comentados con anterioridad, cedo mi turno de palabra a nuestra visitante, a la que conozco por el nombre de Nina.

La extranjera duda. Le hago un gesto para que descienda por la rampa, susurrando mis instrucciones:

—Baja hasta el centro y saluda a la presidenta antes de comenzar.

Un centenar largo de ciudadanos se agolpan en la barandilla superior, siguiendo con ansiedad el movimiento ondulante de la trenza de Nina hasta el vértice de oradores. Allí la extraña realiza una reverencia exagerada ante Selma Estuart. Supongo que es mejor que peque por exceso de cortesía.

A continuación, la visitante se agacha y coloca un objeto cilíndrico sobre el suelo. Cuando comienza su discurso, la perfecta acústica de la espiral transmite con fidelidad su acento silbante.

—Señora presidenta, consejeros y ciudadanos de los valles… Les agradezco su hospitalidad y la oportunidad de dirigirme a ustedes. He venido a su tierra como enviada de la Libre Asociación de Naciones, con el propósito de transmitir un mensaje de nuestro presidente, el honorable Lixin Fernanzo. Después de que escuchen sus palabras, responderé con mucho gusto a cualquier pregunta.

Desde el objeto depositado en el vértice se eleva una proyección que se observa desde todos los ángulos. El brillante halo azul contrasta con los tonos cálidos del atardecer y la arenisca de la plaza. En la imagen cilíndrica aparece un hombre, caminando desde el eje hacia el contorno, revelándose en las cuatro direcciones y avanzando hasta que sus piernas desaparecen. Al final solo es visible un grueso torso y, sobre él, una cabeza redondeada.

Los ojillos casi cerrados del presidente Fernanzo sonríen como si nos contemplara a sus pies. Quizás no es una grabación. Los antiguos disponían de ingenios para ver a distancia y comunicarse entre países lejanos.

—Estimados vecinos de los Tres Valles…

Durante los siguientes minutos, los gordezuelos labios del presidente emiten un torrente de datos. Comienza relatando el origen de la Asociación. Según él, fue creada por ciudadanos libres de diferentes regiones para superar las desigualdades sociales y las sangrientas guerras del pasado. En este punto aparece un gran mapa animado que gira con el cilindro. Según Fernanzo, representa la evolución de la Asociación desde las primeras ciudades-estado hasta su extensión por la práctica totalidad de los continentes euroasiático y africano. Los colores cambiantes muestran los ocho niveles de integración a los que se han adherido progresivamente los territorios. Veo cómo los tonos verdes y amarillos se imponen hasta ocupar la mayoría del espacio, como una plaga estival de luciérnagas. Solo unas pocas zonas diminutas siguen apagadas.

El mapa amplía una de estas manchas oscuras.

—Aquí están ustedes, una pequeña parte del hábitat de la especie humana, que se extiende ya por el sistema solar. Al igual que sucede con el resto de territorios, la Asociación siempre ha respetado la independencia de los Tres Valles. Ustedes son los dueños de su destino. Nuestro objetivo no es forzarlos en manera alguna, solo queremos invitarles a conocer el mundo que les rodea más allá de la barrera, y explicarles las opciones que tienen para colaborar con la Asociación, en caso de que lo consideren ventajoso.

Los murmullos vuelven al auditorio.

—Por tanto, les ofrecemos un encuentro amistoso, un primer contacto —prosigue la figura rechoncha del presidente—, sin compromisos ni más obligaciones que el respeto mutuo. Tres representantes de los valles podrían acompañar a nuestra enviada en su viaje de regreso y visitar durante siete días las regiones asociadas, sin restricciones. Allí tendrán la oportunidad de hablar con quien quieran y acceder a cualquier lugar que deseen. La única condición que ponemos es que, en reciprocidad, autoricen a tres de nuestros enviados a visitar su país. Independientemente del posible acuerdo de colaboración posterior, creemos que el conocimiento mutuo sería beneficioso para ambas partes. Espero que acepten este ofrecimiento, aunque son muy libres de rechazarlo. Por ahora, me despido de ustedes con un hasta pronto.

La figura cuadruplicada del presidente saluda con la mano y desaparece junto al resto del fantasmagórico cilindro. Los murmullos de la asamblea se convierten en un griterío. La presidenta levanta las manos pidiendo silencio.

—Los consejeros tendrán ahora la palabra, siguiendo el orden habitual.

Temerosos de decir algo inconveniente, los más cercanos a la presidenta prefieren reservarse su turno. Sin embargo, Alb Artar, sentado más arriba, no desaprovecha la oportunidad de hacerse oír.

—Hemos escuchado muchas palabras vacías, frases que se esfuman en la nada como esa imagen flotante. —Agita su bastón—. En verdad, lo único que nos interesa es saber si los maquinistas son responsables de la invasión bárbara del norte. ¿De dónde han salido, si no, sus armas prohibidas? Aquellos que pervierten los principios naturales son los culpables. Si desean hablar de interés mutuo, que primero terminen con la guerra.

Un rugido de aprobación rompe el silencio. Selma Estuart desplaza a Nina en el vértice y se esfuerza de nuevo por apaciguar al público. La extranjera espera a su lado.

—Si bajamos la voz, tal vez la visitante pueda responder a las palabras del consejero Artar.

El clamor disminuye a regañadientes.

—Esto es lo que puedo decirles —dice Nina, con insospechada fuerza—. El reino de Lisketia fue aceptado recientemente como territorio asociado de nivel uno. Por tanto, está obligado a evitar conflictos con otras naciones libres. Sin embargo, los Tres Valles no pertenecen a la Asociación y, aunque el gobierno recomienda un comportamiento pacífico y respetuoso con las regiones no asociadas, no tiene potestad para interferir en estas relaciones.

El griterío vuelve, cargado de insultos. Nina levanta la mano, incómoda.

—Por otro lado... —alza aún más su voz y el alboroto se disipa—. Si ustedes solicitaran la adhesión, el reino del norte deberá renunciar a cualquier incursión fronteriza.

—¡Eso es un sucio chantaje! —protesta el consejero Artar, saltándose el turno.

—Solo expongo la situación —replica Nina.

Voy captando la forma de actuar de la extranjera. Evita la mentira. En su lugar, utiliza una banal sinceridad para desarmar los argumentos del contrario. Se trata de una máscara. Tras esa cortina va tejiendo sus hilos, conectando las piezas de un plan oculto. Lo hizo al hablarme de la enfermedad de Amanda y explicarme cómo los boticarios del exterior podían curarla. Quería que apoyara el viaje a la Asociación, que influyera en las negociaciones. Es muy astuta.

* * *

La asamblea se vuelve cada vez más inmanejable. Cuando cae la noche, Selma Estuart decide disolverla. Los miembros del consejo nos quedamos deliberando al fondo de la espiral mientras la gente se dispersa por la plaza. La mayoría irá a cenar a sus casas, pero algunos continuarán la discusión en la taberna.

No tengo otra opción que participar en un debate que promete ser difícil. La propuesta de la Asociación es clara: si queremos ayuda debemos ceder nuestra precaria independencia y unirnos a ellos. Hay que escoger entre luchar a muerte con el norte o quedar atrapados en la red de los maquinistas. Para mí, el dilema es personal. Viajar tras la barrera me daría la oportunidad de curar a Amanda. Quizás debería sincerarme con mis colegas y explicarles lo que está en juego. No soy el único que tiene una hija. Todos saben el valor de la nueva generación para la supervivencia del valle. Pero me temo que si averiguan la verdad sobre mis motivos me acusarán de deslealtad y se opondrán aún más a la visita.

Integrarnos en la Asociación supondría abandonar el ideal por el que hemos luchado durante siglos, dejar de un lado el sueño de una sociedad a salvo de las trampas de la tecnología, la esclavitud del crecimiento económico y la mentalidad depredadora y cortoplacista de los antiguos. Sin embargo, me pregunto si realmente nos hemos librado de esos lastres o seguimos siendo tan imperfectos como los que moran en el exterior. El tiempo no alivia las contradicciones ni los miedos humanos. Tampoco las ansias individuales de poder.

Al tiempo que despide a Nina, la presidenta convoca a los consejeros a su lado. Cuando la extraña pasa junto a mí, su expresión es impenetrable.

—Tengo que quedarme en la reunión —le digo.

—Acompañaré a Amanda de regreso —responde ella—, si te parece bien.

—De acuerdo. Ella puede preparar algo de cenar. Una cosa… —Aprieto los dientes. Cada favor me hace más dependiente de la extranjera—. No le digas nada sobre su enfermedad ni le menciones la posibilidad de un viaje a la Asociación. Es mejor que no se haga ilusiones.

—Nada de ilusiones —repite Nina, tal vez con sarcasmo.

NINA

Amanda está encantada con nuestra compañía, especialmente con Tibi. No deja de acariciarlo durante el camino de regreso a la granja, como si el tacto de su pelaje le produjera un placer especial. Por mi parte, evalúo la situación tras la asamblea. Las simulaciones consideraban improbable que llegara a entregar el mensaje. Al fin y al cabo, los vallesianos eliminaron sin contemplaciones a los emisarios anteriores. Así que este primer acercamiento oficial es un gran paso. El vínculo con la niña ha sido clave para superar la desconfianza de su padre y de la comunidad. El recelo es una barrera más difícil de atravesar que la frontera electropsíquica que los aísla. Por fortuna, los niños están más abiertos que los adultos a lo diferente. Les gustan las sorpresas y las novedades.

No obstante, superar el primer paso no implica que las expectativas para los siguientes objetivos sean altas. Si me han enviado aquí es porque soy una novata, un peón prescindible. Traté de prepararme lo mejor que pude. Las lecturas y los audiovisuales de los antropólogos clásicos sugieren combinar la empatía con una visión desapasionada al enfrentarse con una cultura diferente. Dos ingredientes difíciles de mezclar. No es sencillo mantener la distancia, comportarse al mismo tiempo como observadora y como una sutil instigadora con una meta por cumplir.

Veo con claridad los problemas que acosan a los vallesianos y, sin embargo, no puedo hablarles abiertamente sobre ellos. Primero debo investigar cómo la población los percibe y cuáles son sus necesidades subjetivas, aunque no me parezcan relevantes desde una perspectiva racional. A partir de las conversaciones con Amanda y lo que he visto en la plaza de la asamblea, estoy convencida de que el número de niños del valle, probablemente de todo el territorio, es bastante reducido, insuficiente para alcanzar la tasa de reemplazo demográfico. Deduzco que la población ha declinado en las últimas décadas, y lo más probable es que la tendencia empeore. Otro síntoma preocupante es la ausencia de ancianos. Apenas hay hombres y mujeres por encima de los cincuenta. ¿Cuáles son las razones de esta baja expectativa de vida? ¿Enfermedades, mala nutrición o falta de cuidados médicos? Probablemente, una combinación de todas.

La enfermedad genética de Amanda sugiere una posible explicación. En las poblaciones pequeñas y aisladas como las de los valles, la variabilidad genética se reduce, ya que los habitantes solo se reproducen entre ellos. Esta pérdida de diversidad produce enfermedades recesivas y los hace más vulnerables a variantes víricas o bacterianas, y susceptibles a defectos genéticos. Lo quieran o no, los vallesianos necesitan abrirse al mundo, no solo para intercambiar mercancías y conocimientos, sino para garantizar su viabilidad como sociedad. Tienen que emparejarse con extranjeros que les proporcionen genes diferentes y sanos. Las tribus y sociedades antiguas disponían de fórmulas para conseguir estas aportaciones externas mediante costumbres como el intercambio pacífico y el tributo de individuos reproductores, o con formas menos benignas como el secuestro de mujeres y el matrimonio con prisioneros de guerra.

—Entonces, ¿quién construyó la barrera? —me pregunta Amanda por sorpresa al adentrarnos en el bosque.

Se supone que los jóvenes debían mantenerse alejados de la asamblea, pero parece que la muchacha ha estado espiando nuestras discusiones.

—Mi padre dice que la hicieron los fundadores para protegernos del exterior.

Los niños plantean cuestiones difíciles de responder.

—No sé si tenían la tecnología necesaria —contesto—. Pero tu padre tiene razón. La barrera está ahí para protegeros. Es una lástima que no se haya extendido a la frontera norte tras la entrada de Lisketia.

—¿Nos protege de las máquinas? La monitora Dantre dice que esclavizan a la gente del exterior. Aunque tú no pareces una esclava.

—En el pasado hubo problemas con las máquinas —reconozco—. Luego, la humanidad aprendió a vivir con ellas y ahora trabajamos juntos por el bien común. Cada especie tiene su papel. Hay cosas que las máquinas hacen mejor, y otras que son propias de las personas. Es una relación de cooperación, no de esclavitud.

Sus ojillos se encienden con el reflejo de la luna.

—¿Tienes libros con imágenes de las máquinas?

—No, pero…

Un sonido me pone en alerta. Alguien camina detrás de nosotros, siguiendo el sendero que atraviesa el bosque.

Al volverme, reconozco a un hombre que estaba entre el público de la asamblea. No es la primera vez que su mirada huidiza se cruza con la mía. La luna ilumina una gran cabeza cuadrada, tal vez un defecto de crecimiento, un gigantismo de origen genético, otra prueba de la endogamia del valle.

—¡Buenas noches! —saluda el extraño—. ¿Dónde vais tan deprisa?

—Volvemos a casa —responde Amanda, sin detenerse.

Tibi ladra al hombre. Al fin y al cabo, su papel es servirme de protección, aunque, al igual que yo, el perro puede malinterpretar las costumbres locales.

El hombre nos adelanta y hace que nos detengamos en un recodo, junto a un gran roble.

—Mi nombre es Jordic. Me gustaría comentar unas cosas contigo.

Su expresión no presagia nada bueno, pero no quiero preocupar a Amanda.

—Por supuesto. —Me vuelvo hacia la niña—. Puedes continuar hasta la granja, pequeña. Tibi te acompañará.

Amanda observa a Jordic con intranquilidad.

—No tardaré en volver —le aseguro.

—¿No te perderás sola por la noche?

—Conozco el camino, no te preocupes. Ve preparando la cena y, recuerda, nada de comida para Tibi.

Amanda indica al perro que la siga. El animal se resiste a abandonarme. No deja de observar al hombre, mostrándole sus largos colmillos.

Le hago un gesto con los dedos, una orden inapelable.

—Vamos. Cuida de Amanda.

Cabizbajo, el animal sigue a la muchacha, adentrándose en las sombras apenas iluminadas. Me quedo sola, a pocos pasos de Jordic. Detecto un bulto sospechoso bajo su abrigo. Un arma.

Debo pensar en algo que lo disuada de usar la violencia, como hice con el padre de Amanda.

—¿De qué quieres hablar conmigo, Jordic?

El arma aparece en su mano, una pistola ligera. Tenía entendido que eran ilegales en los valles, pero los habitantes no parecen cumplir sus propias leyes.

—Le lavaste el cerebro al pardillo de Julius, ¿eh? Seguro que le hiciste un favorcito a cambio de que te dejara su turno. Si yo te hubiera encontrado antes, tendrías que haberte esmerado mucho para convencerme. No eres la primera invasora que pillo en el valle.

—He venido con un mensaje de amistad —replico, sin mucha esperanza—. Si el consejo decide que me vaya…

El bruto agita su pistola en el aire como si espantara una mosca.

—No me vengas con gilipolleces. Os habéis confabulado con los salvajes del norte para tendernos una trampa. Hicisteis que nos atacaran y ahora queréis que nos rindamos a vuestra asociación de mierda. No soy tan tonto.

—No creo que la situación mejore si me eliminas —respondo, aprovechando su paranoia—. ¿Cómo lo explicarías al consejo? La guerra se recrudecería.

Aunque sabíamos de otros enviados desaparecidos, la central no ha autorizado el uso de armas. Ni Tibi ni yo debemos dañar a los vallesianos, ni siquiera en defensa propia. Causar bajas en la población nativa no es una buena estrategia para alcanzar los objetivos de la misión, y yo solo soy un señuelo, una pieza desechable. Me pregunto cuántas antropólogas murieron en acto de servicio, rechazadas de la manera más horrible por aquellos a los que intentaban investigar, y tal vez ayudar. El miedo al pretendido conquistador siempre ha estado ahí, el temor al extraño que pone en cuestión nuestras creencias y nos muestra alternativas al orden social imperante. Un miedo que, por otra parte, resulta más que justificado.

—Si te portas bien —Jordic ladea su cabezota—, quizás te perdone la vida. Así enviaremos un mensaje de vuelta a tus jefas, las máquinas.

El hombre levanta la otra mano y dobla los dedos para que me acerque.

—Veamos si las chicas del exterior merecen la pena. Quítate ese traje de serpiente y descúbreme tu verdadera piel.

Sospecho que no le gustará lo que hay debajo.

—Soy una chica tímida. Prefiero que me desnudes tú.

La carcajada de Jordic rasga el aire helado del bosque. Su aliento se convierte en un vaho espectral.

—Mis manos no son delicadas. Es posible que tu vestidito se desgarre.

Sin dejar de apuntarme, el vallesiano se acerca y extiende la mano libre hacia mi cuerpo. El roble bloquea mi huida. Sin escapatoria, dejo que los burdos dedos agarren la solapa de mi peto y estiren de ella con brutalidad. Los cierres magnéticos se separan y mi pecho queda desnudo.

—¿Qué demonios…?

Jordic ha descubierto mi secreto. Soy una fiel imitación de la fisiología superficial de los humanos: mi apariencia, mi tacto, la temperatura de mi cuerpo. La similitud no es perfecta en las zonas no visibles. Por ejemplo, mi escaso busto no tiene pezones.

Aprovecho la confusión de mi atacante para golpearle en el bajo vientre con la rodilla; una zona sensible, por lo que tengo entendido. El impacto hace que Jordic se repliegue y proteja sus ingles con ambas manos, sin soltar la pistola.

—Zorra —alcanza a decir.

No entiendo la comparación animal. Tampoco es momento para un análisis léxico. Extraigo con rapidez una ampolla del cinturón y, combinando un empujón con una precisa zancadilla, derrumbo al humano sobre la hojarasca. Antes de que reaccione, presiono su enorme cabeza contra el suelo e introduzco la boca de la ampolla en sus fosas nasales. El pesado cuerpo de Jordic se afloja.

Devuelvo la ampolla vacía al cinturón y examino sus constantes vitales. La respiración y el pulso son lentos, dentro del rango normal. Dormirá un par de horas y se despertará con dolor de cabeza, sin recordar nada de lo sucedido en los últimos minutos. En estos casos, el olvido es la defensa más efectiva.

Arrastro el pesado cuerpo para sacarlo del sendero. No quiero que el padre de Amanda ni otro caminante lo encuentre allí tirado. Después recompongo mi traje uniendo los cierres magnéticos y emprendo el camino de regreso a la granja. He escapado por poco a la violencia endémica de los humanos. Comunicaré a la central que el peligro para los enviados sigue presente, aunque no hay mucho que yo pueda hacer por eludirlo. Al menos, he identificado a un individuo con el que no me conviene relacionarme.

Unos minutos más tarde veo una luz dorada. Es la ventana de la granja. Imagino que Amanda está en el interior, preparando la cena con ilusión. Esta vez no podré negarme a probarla, si quiero mantener mi secreto. Mi cuerpo dispone de un espacio donde es posible almacenar cierta cantidad de alimentos humanos, una vez masticados. No obstante, intentaré deshacerme lo más pronto posible de los restos orgánicos.

JULIUS

La reunión del consejo ha terminado, sobre todo por agotamiento mental de los presentes. Al alejarme de la plaza, intuyo los susurros de compasión y las sospechas de mis colegas; compasión porque a ninguno le gustaría estar en mi piel, y sospechas porque son incapaces de comprender los motivos que me empujan. Trato de relajarme en el camino de regreso, respirando el frescor de la noche. La luna está en su punto más alto y las rapaces nocturnas me acompañan, ululando entre los árboles. Trato de concentrarme en sus sonidos, pero mis pensamientos repasan obstinadamente la discusión de las últimas horas.

El primer dilema al que se enfrentaba el consejo era aceptar o rechazar la invitación del presidente Fernanzo. Los miembros estaban divididos. Como era de esperar, Alb Artar ha encabezado la facción que ve en todo el asunto una trampa de los maquinistas. Para acentuar sus palabras, golpeaba el suelo con la vara de roble que le acompaña desde que fue presidente.

—El aislamiento es la clave de nuestra supervivencia —insistía—. Los valles somos diferentes por decisión propia y el credo que nos otorgamos hace siglos no debe pervertirse. Después de tanto tiempo luchando por la armonía con el mundo natural, el contacto con el exterior nos corrompería, echaría a perder nuestros principios y nos expondría a depredadores ansiosos por robar lo que nos pertenece. Debemos aprender de la historia. Las civilizaciones pequeñas que se elevan sobre las demás son frágiles, como ovejas rodeadas por los lobos.

Lamia Ogilvy, la mayor de las herreras, actúa de portavoz en el grupo a favor de la cooperación.

—Alb, tú mismo lo has dicho. Hemos mantenido un sueño durante mucho tiempo. Conseguimos grandes logros, pero somos muy débiles. Incluso una sociedad perfecta sucumbe si no puede relacionarse bien con las otras, defendiéndose si es necesario y cooperando cuando sea requerido. Las alianzas son inevitables. Para los fundadores, el caos quedaba lejos. Nadie les molestaba. Luego vino la barrera y vivimos la ilusión de una independencia eterna, pero la realidad es persistente. Ningún territorio escapa por siempre de las injerencias externas. No resistiremos mucho la presión de los bárbaros. Reforzar el aislamiento en este momento es peligroso. Debemos buscar ayuda. Recordemos el sagrado principio del término medio: «Los extremos llevan a la rigidez, y la rigidez disminuye la capacidad de adaptación».

En el centro de la contienda, Selma Estuart mira a las estrellas como si buscara el acuerdo entre ellas. Su voz aguda resuena en el gran cuenco de la espiral ahora vacía.

—Somos conscientes del peligro que supone contactar con la Asociación. Su filosofía es probablemente tan atrasada como la de sus antepasados, tan dependiente del maquinismo. Sin embargo, sus naciones se han hecho poderosas y sería bueno investigar cómo han evolucionado fuera de la barrera. Es preferible conocer al enemigo. Quién sabe. Quizá descubramos técnicas o recursos que podemos usar, compatibles con nuestros principios. Tal vez incrementemos la producción de alimentos o dispongamos de más energía limpia para alcanzar una mejor armonía con los valles.

—Hablas como uno de los antiguos economistas defensores del maquinismo, Selma —le acusa Artar—. Crecer, producir más, aumentar la fuerza de trabajo… Sabemos a dónde lleva esa huida hacia adelante, a una raza impotente, dependiente de la tecnología. Es imposible quedarse solo con una parte sin contaminarnos de la filosofía que destruyó el planeta.

Aunque me había prometido no participar en los argumentos metafísicos que tanto gustan a los consejeros, mi impaciencia me obliga a terciar en la discusión. En medio de argumentos abstractos y dogmáticos, veo razones más poderosas en la progresiva ceguera de Amanda y el peligro que soporta Eeva y sus compañeros en la frontera.

—Sabemos a dónde nos lleva la presente situación, Alb. Si los invasores del norte llegan a las tierras bajas, o sufrimos una mala cosecha, o se propaga una enfermedad inesperada que debilite a las nuevas generaciones, nuestra superioridad moral se disolverá en la nada. Los sagrados principios solo sobrevivirán si existen ciudadanos en los valles.

Por suerte, el buen hacer de Selma recondujo la discusión a términos razonables. Tras algún regateo, convenció a Alb Artar de que aceptara el viaje a cambio de darle un puesto como enviado oficial y la posibilidad de que forzara unilateralmente el regreso al valle.

Llegados a ese punto, se abrió ante nosotros un nuevo dilema. ¿Quién debía acompañar al escéptico Artar? Las voces de los demás consejeros se apagaron. Participar en el viaje significaba adentrarse en un mundo desconocido, plagado de riesgos que apenas imaginábamos.

Lamia fue la primera en objetar cuando me ofrecí como voluntario.

—A Eeva le quedan pocas semanas de servicio, Julius. No parece una buena idea dejar sola a Amanda, aunque esté a cargo de otra familia.

Intenté que mi siguiente sugerencia pareciera casual, una solución al problema, en lugar de mi verdadera meta.

—Amanda podría acompañarnos. La invitación incluye a tres personas.

Los rostros que me rodeaban, alumbrados por velas parpadeantes, se tintaron de incomprensión y recelo. Sentí que el aire helado de la noche penetraba en mis huesos.

* * *

Me recibe el confortable olor de la casa. Junto al calor del hogar, Nina habla con Amanda y mi hija la escucha con fascinación mientras acaricia al perro, acurrucado frente a las brasas extintas. La extraña mujer se ha convertido en un estímulo para ella, alguien que llena su impresionable cabeza de adolescente con cuentos fantásticos e historias engañosas. No importa. Pronto tendrán que separarse.

69

—¿Qué tal ha ido? —pregunta la enviada.

Me avergüenza la sensación de que, de alguna manera inescrutable, es capaz de atravesar el velo de mis pensamientos.

Intento resumirle las conclusiones. El consejo ha accedido al intercambio de visitas con la Asociación, con la salvedad de que Artar podrá cancelar el viaje en cualquier momento. También se ha decidido por unanimidad que la presidenta Selma Stuart lo acompañe. Imagino que ella tendrá la última palabra sobre la duración de la visita.

Los ojos de Nina me interrogan, duros como cuarzos.

—¿Y el tercer representante?

—Me he ofrecido a ir con Amanda, pero el consejo no acepta que ella ocupe un puesto en la expedición.

Es todo lo que puedo decir delante de mi hija, que sigue cada una de mis palabras.

—Les he asegurado que lo hablaría contigo. —La miro con tristeza—. No quiero dejarte sola en el valle, así que me quedaré también. Encontrarán a otro.

Trato de eludir la discusión abalanzándome sobre los restos de guisado que reposan en la cocina. Amanda se pone de pie y me sigue.

—¡Tienes que ir, padre! Debes contarme lo que hay al otro lado. Nina dice que existen ciudades tan grandes como el valle entero y máquinas que toman imágenes de todo lo que ves. Así podré ver cómo es el exterior, y las llevaré al común para que mis amigas…

—Ya te lo he dicho, Amanda. No quiero dejarte sola.

—¿Por qué no? Me quedaré con Audeia. Su padre está en la frontera y necesita ayuda en la botica. Vendré cada día a cuidar de las gallinas y los conejos.

A Amanda siempre le han interesado las hierbas y los ungüentos para curar dolores de estómago y aliviar músculos cansados. Si supiera lo limitadas que son estas técnicas de nuestros boticarios...

—Es tarde ya. Vamos a descansar —propongo—. Mañana será otro día. Por cierto, ¿habéis visto a Jordic por el camino?

Antes de contestar, mi hija mira a Nina con complicidad. ¿Cómo se han hecho amigas tan rápido?

—No vimos a nadie, padre. ¿Por qué?

—Lo encontré vagando junto al sendero, dando tumbos. Parecía borracho. No podía pronunciar ni una palabra.

Los hombros escuálidos de Nina se encogen.

—Quizás se montó una fiesta privada después de la asamblea.

* * *

Cuando Amanda se retira a su cuarto, sugiero a Nina que pase la noche dentro de la casa. El cielo se ha despejado y la temperatura va a bajar bastante. Sin embargo, la extranjera asegura que ella y su gran perro estarán bien entre las balas de heno. Me pregunto si tiene miedo de mí. ¿Cree que intentaría aprovecharme de ella? A pesar de su frialdad, es una mujer de una belleza andrógina y sutil. Su aparente fragilidad oculta una fuerza difícil de evaluar. Pero no tengo deseos de acostarme con ella. No por Eeva. La mayoría de las relaciones en el valle son

71

abiertas y tanto ella como yo tenemos compañeros ocasionales. Pero hay algo que me repele de la visitante, una barrera tan efectiva como la que separa nuestros territorios. Serán las diferencias culturales, formas de comunicarse que no encajan. No es fácil entendernos después de estar varios siglos alejados unos de otros. Por el momento, solo hay una cosa que me interesa del exterior.

—Gracias por arreglar el tractor —la abordo camino del granero—. Lo he probado esta tarde y funciona como si estuviera nuevo.

Nina asiente con una tibia sonrisa.

—Lo siento, Julius. La única forma de tratar la enfermedad de Amanda es que nos acompañe a la Asociación. Lo he consultado. Las reglas de exportación limitan las terapias génicas al interior de los territorios asociados.

—Entiendo. Pero el consejo no permite que Amanda salga del valle.

—¿Por qué no les dices la verdad sobre su enfermedad?

—Creerán que me estás chantajeando, que me has utilizado desde el principio.

—También tú lo crees. —Sus pobladas cejas se alzan—. No es nada de eso. Me gustaría curarla para demostrar cómo la Asociación puede ayudaros. Debe haber más personas en el valle con enfermedades recesivas. No quise mencionarlo en la asamblea para no ofenderos. Es obvio que la endogamia y el aislamiento de la región ha empeorado la distribución genética. Otra consecuencia es vuestra baja esperanza de vida.

—¿Baja esperanza de vida? —Sus palabras me asustan por un instante—. Ah, comprendo. No has visto ningún anciano. Por supuesto, a cada uno de nosotros le

72

gustaría sanar a su familia y hacer que viva más tiempo, pero la comunidad no aceptaría esa magia negra contra los sagrados principios. Si planteo la posibilidad de una terapia que altere los genes de Amanda, me declararán un desviado, y tal vez tengan razón. Sería una traición a la naturaleza a cambio de un beneficio egoísta.

La extranjera reflexiona durante unos segundos.

—Cuando no es posible romper las reglas, queda la opción de evitarlas. Podría llevar a Amanda como mi invitada personal.

—Seríamos cuatro enviados. —Me anticipo a las objeciones.

—Tres enviados y una *invitada*.

Entiendo la jugarreta verbal. No será un problema convencer a Amanda. Ella estará entusiasmada. Persuadir a Selma, Alb y los demás consejeros es otro cantar.

Nina no intenta rebatir ni convencer, solo nos muestra caminos distintos. Es muy lista, y eso también me asusta.

De regreso a la casa, sentado junto a los restos del fuego, soy por fin consciente de lo que implica nuestro acuerdo: cruzar la barrera y visitar el mundo exterior. Mi corazón se acelera. Nadie ha cruzado al otro lado desde hace siglos, antes de que apareciese la valla invisible. Me da escalofríos la idea de traspasarla sin saber a qué me enfrento. Como afirma Alb Artar, es posible que todo el plan sea una elaborada trampa, una meticulosa manipulación.

Es muy probable que los extranjeros sepan lo que ocultamos. Al menos lo sospechan. Su objetivo es arrebatárnoslo. Una vez entremos en sus dominios, podrían torturarnos o extraer el secreto de nuestros cerebros mediante una de sus horrendas máquinas. ¿Qué pensaría Eeva? ¿Aprobaría que arriesgáramos nuestra familia y el valle entero por el bienestar de Amanda? Ojalá estuviera aquí. La echo de menos en estas noches heladas. Si acepto unirme a la expedición, haré que Selma le envíe un mensaje a su puesto en la frontera. Tiene que saber dónde vamos.

Rebusco entre los libros de la estantería, en los títulos apenas ya visibles sobre los lomos amarillentos y mohosos. Encuentro los volúmenes que relatan los acontecimientos anteriores a la barrera, la historia de los habitantes originales de los valles, cómo se refugiaron aquí tras renunciar a una vida subordinada a las corporaciones y sus máquinas. Entre ellos hay un volumen delgado: *El tratado de los principios*. Hace tiempo que no repaso las máximas que enumeran sus páginas, los fundamentos del sistema social de los valles y nuestra economía autocontenida, basada en el respeto a la tierra y sus bienes. Los extranjeros pueden tener una medicina más avanzada, pero carecen de una guía moral para aplicarla. Esa será siempre nuestra fortaleza. Por otro lado, no estoy seguro de que los principios más elevados de un pueblo garanticen la prosperidad y la supervivencia de sus miembros.

NINA

Julius Nupta ha regresado después de informar a la presidenta de su decisión: acompañarla a ella y al consejero Artar en la visita a la Asociación. Respecto a su hija, solo ha dicho que «el asunto está solucionado». El resto del día nos ocupamos de los preparativos, llevando mensajes y material entre la granja y el centro social del valle. Recomiendo a los enviados que traigan cada uno dos mudas de ropa y útiles de aseo, pues ignoro si los trajes sintéticos les resultarán aceptables. Los sistemas de cuidado personal también varían inesperadamente entre una región y otra. Sugiero, además, que lleven alguna comida por si no les gusta la que encontraremos durante el camino.

Como no necesito preparar equipaje, dedico el tiempo restante a ayudar a Amanda con sus tareas de la granja. La muchacha aprovecha la compañía para interrogarme y me pregunta dónde vivo, cómo era la escuela donde estudié, qué animales son más comunes en la Asociación, si tengo pareja… No me deja otra opción que inventar la mayoría de las respuestas.

—Aprenderás que la Asociación es muy diversa, Amanda. Tenemos territorios con grandes ciudades, otros con pueblos pequeños, áreas cultivadas y otras desérticas... La gente habla diferentes idiomas y se viste de formas muy variadas.

—Y también hay máquinas —completa, con la boca apenas abierta.

—Bastantes, sí. Depende de la región. Pero son amigables. No tienes nada que temer de ellas.

* * *

Nos levantamos con el sol. Tras simular que desayuno, salgo con Tibi, Julius y Amanda hacia las colinas. En el cruce con el sendero que lleva al centro del valle nos encontramos con la presidenta y Artar. El hosco consejero nos saluda de mala gana. ¿Qué beneficio obtiene un humano estando siempre de mal humor? Debe existir una razón para ese comportamiento.

A los dos miembros del consejo los acompaña una comitiva formada por una docena de personas. Me pregunto si han venido para ayudarlos con el equipaje, para protegerlos de una amenaza imaginada, o bien porque desean ser testigos de la histórica expedición. No veo entre ellos a Jordic, el hombre que me asaltó. Todavía debe estar preguntándose qué pasó la noche de la asamblea.

Aunque su tobillo no está curado del todo, Amanda sube la pendiente con la agilidad de un cervatillo, correteando con Tibi mientras los demás ascendemos con precaución. Artar resopla como si transportara una gran carga a su espalda. Se nota que no está acostumbrado al esfuerzo físico. Su piel, fina y blanquecina, delata que realiza su trabajo bajo techo, probablemente en tareas administrativas.

El cansancio del consejero no le impide amonestar a Julius.

—Es cruel por tu parte permitir que la niña venga también.

Sus palabras me confunden. ¿Cómo sabe que Amanda va a viajar con nosotros? Entonces me doy cuenta de mi error. Artar cree que es cruel que venga a despedir a su padre, que lo vea marcharse dejándola sola en el valle. La comunicación entre los humanos es ambigua, y en ocasiones su lenguaje es difícil de descifrar, incluso aunque no mientan deliberadamente.

Amanda nos llama desde los riscos que coronan la colina, animándonos a continuar. Su alegre impaciencia debe resultar sospechosa.

—¿Dónde va tan deprisa? —se queja la presidenta.

—Ella ya conoce el camino al Xanthus —explico—. Nos encontramos allí por primera vez.

* * *

Aun con los rotores plegados, el aerotransporte resulta impresionante, sobre todo para quienes nunca han visto un aparato semejante. La cohorte vallesiana se detiene en el claro donde reposa la nave, admirándola mientras Amanda corretea alrededor, deslizando su mano sobre la superficie de policarbono.

Me preocupa Julius. Aunque aparenta tranquilidad, siento que está nervioso e indeciso, vigilando constantemente los movimientos de su hija. Espero que no se arrepienta en el último segundo.

—¿Una máquina voladora? —inquiere Alb Artar, sorprendido por la forma en que los rotores se despliegan sobre nuestras cabezas.

—Es rápida y segura —le tranquilizo—, menos invasiva y contaminante que los vehículos terrestres.

—No nos avisó de que íbamos a volar.

El hombre está pálido.

—Vamos, Alb. —La presidenta palmea los hombros rígidos del consejero—. Parece una buena forma de viajar. Seguro que es más cómoda que una carreta.

Transmito a Xanthus la orden mental de apertura y al mismo tiempo pulso una de las herramientas de mi cinturón como si fuera un control remoto. No quiero que intuyan mi naturaleza humanoide. Hace siglos que los vallesianos no han tenido contacto con otras máquinas que no sean sus tractores de museo.

Los adultos comienzan la ronda de despedidas. Tal como habíamos planeado, Amanda aprovecha el momento para meterse en la nave con Tibi. Cuento hasta un minuto después de que desaparezca en el interior y apremio a los enviados para que suban la rampa, antes de que alguien se dé cuenta de lo que sucede. Julius les mantiene distraídos con frases grandilocuentes y una canción que, supongo, es apropiada para este tipo de despedidas.

Al fin estamos dentro. Sin perder un segundo, cierro la compuerta y ayudo a los pasajeros a colocar las bolsas de viaje en el compartimento de carga y a acomodarse en los asientos.

—Pueden girar las sillas hacia las ventanas o hacia el centro, si quieren verse unos a otros. Los cinturones se cierran al unir los extremos. Muy bien, así, señora presidenta.

Compruebo que los tres han abrochado correctamente las sujeciones.

—¿Dónde está el conductor? —pregunta Julius, tan abrumado como los otros.

—El piloto —le corrijo—. Os lo presentaré.

Activo el interfaz vocal y los altavoces.

—Buenos días, Xanthus. ¿Está todo preparado para el despegue?

La inteligencia de la nave ha detectado que hay humanos a bordo y sabe que si le hablo usando la voz es porque los pasajeros no están familiarizados con nuestra tecnología.

Su bienvenida profesional y entusiasta surge del techo azulado.

—¡Buenos días, pasajeros! Les habla su piloto, el comandante Xanthus, a los controles de este bello pájaro. Les deseo un viaje placentero y próspera jornada en nombre de la Asociación de Naciones.

—Xanthus está sobre nosotros. —Señalo la parte superior de la cabina.

No es completamente falso. Aunque la inteligencia está presente en cada elemento del aparato, existe un nodo central encima del compartimento de pasajeros, solo accesible para realizar tareas de mantenimiento.

—Saldremos tan pronto termine las últimas comprobaciones, un despegue tan suave como el de una hoja otoñal llevada por el viento —anuncia Xanthus, exhibiendo su vena poética.

El consejero Artar se mueve inquieto en el asiento.

—¿Dónde está ese enorme perro? No lo veo.

Durante unos instantes embarazosos, miro a todos lados en silencio, un silencio que nos permite escuchar con claridad un golpe en la parte trasera.

Las inteligencias artificiales no debemos creer en la mala suerte, solo en las probabilidades, pero reconozco que en ocasiones estoy tentada de maldecir a los fastidiosos vaivenes del azar. Considero la posibilidad de ordenar a Xanthus que nos aleje enseguida del suelo, pero la misión fracasará si los enviados creen que soy una secuestradora desalmada.

—¿Y la niña? Tampoco la he visto antes de marcharnos —persiste Artar.

Sin esperar mi respuesta, el consejero se libera del cinturón y retrocede hasta la zona de carga. A pesar de desconocer su funcionamiento, no tiene problemas para abrir la cerradura táctil.

—¡Está aquí escondida! ¡Y también ese maldito perro! —chilla Artar, escandalizado.

Julius llega junto al inoportuno consejero y ayuda a salir a Amanda, hecha un ovillo con Tibi. Avergonzado, improvisa una regañina dirigida a su hija.

—Cariño, sabes que no puedes venir con nosotros.

—No quiero quedarme sola —lloriquea Amanda, una actriz apenas más natural que su padre.

—Puede viajar como mi invitada personal —les ofrezco según el plan.

Queríamos descubrir más tarde a la *polizona*, pero la intervención de Artar nos ha obligado a adelantar la pantomima. El agrio consejero protesta agitando los brazos.

—El acuerdo es claro. Somos solo tres enviados. No hay lugar para una niña. Es demasiado peligroso.

—Honorable consejero —intervengo—, le aseguro que no hay riesgo para la muchacha. Además, las impresiones de unos ojos inocentes podrían ser interesantes, como una opinión…

—La chica no puede hablar ante el consejo, *señorita emisaria*. Es absurdo.

Capto la mirada temerosa de Julius. Está entre la espada y la pared. Soy yo quien debe resolver la situación.

—Nuestro gobierno valoraría positivamente que, en su generosidad, no fuercen a la muchacha a separarse de su padre, puesto que ya está sufriendo además la ausencia de la madre. Sería un signo de flexibilidad y respeto.

—Yo solo pienso en respetar nuestro acuerdo —replica Artar.

Amanda lo mira con una tristeza tan elocuente que el regidor se queda, por una vez, sin palabras. Como último recurso, se dirige a la presidenta.

—La decisión le corresponde a usted, señora.

Selma Estuart frunce los labios, formando finas arrugas.

—Por los sagrados principios, Alb. ¿No se da cuenta de que han preparado de antemano este teatro para que la chica nos acompañe? Dejemos de perder el tiempo y salgamos de una vez. Cuando regresemos, Nupta tendrá que dar explicaciones ante el consejo.

Sin más debate, volvemos a los asientos. Extraigo uno más para Amanda y le enseño a colocarse el cinturón. La niña me guiña un ojo. No estoy segura del significado de este gesto, pero le respondo con la misma mueca.

Tras asegurar a Tibi en su arnés, doy la orden de despegue.

—Estamos listos, comandante Xanthus. Levemos anclas.

Por las ventanas, veo los brazos de los rotores ya extendidos. Los motores eléctricos aceleran con un suave zumbido y una polvareda oculta momentáneamente el paisaje. Cuando se disipa, nos encontramos ya encima de los árboles. Los consejeros y la niña observan fascinados su mundo desde una nueva perspectiva.

—¡Nuestra granja, padre! —apunta Amanda.

Después de ascender, Xanthus empieza a desplazarse lateralmente. Pronto percibo un ligero temblor y los crujidos de la electricidad estática producida por el campo electropsíquico.

—Entramos en el territorio de la Asociación —les informo—. Ahora, como invitados que son, tienen libertad para escoger el destino que deseen.

Los vallesianos observan con perplejidad la vasta llanura que se abre ante ellos. Por primera vez, son conscientes de que el mundo es mucho más grande que el diminuto enclave que conocían.

BETHA

La notificación parpadea en mi mente al entrar en la reunión de coordinación empresarial. Tras saludar a los asistentes, abro el informe en mi visor retinal. Espero que nadie se percate de que mi atención está ocupada con el mensaje del operativo. Por suerte, la nota es breve. El Xanthus ha dejado las tierras salvajes y vuela con destino a Asanandia. No me interesa demasiado el itinerario que sigue la expedición, solo cuándo llegarán a la capital. Debo pensar en la mejor forma de establecer contacto con los enviados.

Comienza la tediosa reunión. Se trata de un encuentro entre los líderes de diferentes sectores económicos y representantes del gobierno en el centro del Micelio Madre, un foro más entre los muchos instituidos por los títeres de la tecnointeligencia para convencer a los humanos de que los algoritmos toman en cuenta nuestras ideas en la gestión de la sociedad. En realidad, su objetivo es averiguar qué pensamos, qué nos preocupa y qué expectativas tenemos, para manipularnos de forma más efectiva.

Sentada en una mesa igualitariamente circular, me entretengo observando por el mirador la vegetación fungoide y masticando frutos secos mientras escucho con pereza las presentaciones pergeñadas por los secretarios y los mentores que los acompañan. El mensaje subliminal de nuestra disposición en círculo es claro: todos estamos al mismo nivel, contribuyendo a la toma de decisiones, mentores virtuales y personas, trabajando codo con codo. No existen las agendas ocultas ni la competición de intereses opuestos. Patrañas.

En lugar de dejar que el mercado alcance un equilibrio óptimo entre oferta y demanda, entre consumidores y recursos, las reglas económicas de la Asociación imponen una gestión preventiva y correctiva. No se debe producir más de lo necesario ni superar los límites de impacto calculados previamente. También se evita consumir más de lo que se fabrica a un coste razonable. Control total. Las consecuencias de cualquier innovación deben ser simuladas, evaluadas y aprobadas, no sea que la introducción de un nuevo producto o proceso perturbe el sacrosanto equilibrio socioeconómico.

Pero estoy divagando, una forma de evadirme de la perorata interminable que nos inflige la secretaria de Compensación.

—Por tanto, para el próximo cuatrimestre hemos identificado oportunidades de crecimiento en los sectores de reconstrucción de ecosistemas tipo humedal, en el cultivo de proteínas marinas en áreas tropicales y en el acompañamiento a ciudadanos con problemas de movilidad; así como la formación del personal y las IAs pertinentes en cada sector. Hemos publicado en el mercado de contratación las cifras de demanda y los precios regulados para el proceso de subasta.

Algunos asistentes toman notas, y uno de los novatos pide compulsivamente la palabra. Representa al conglomerado minero, en franca decadencia por culpa del estricto control del reciclaje.

—¿Qué hay de las actividades en el espacio? Hemos oído que han abierto nuevos yacimientos en las lunas jovianas.

Como la secretaria de Compensación duda, el mentor situado a su izquierda responde en su lugar. El busto holográfico representa a la perfección un agradable hombre de mediana edad con el cabello recortado a la moda y un vibrante acento sureño.

—Estimados gestores; conocemos y valoramos su interés por las oportunidades que ofrece la frontera espacial. Como saben, la expansión de los asentamientos en Marte, la atmósfera de Venus y las lunas de los planetas mayores sigue a un ritmo sostenido, aunque limitado por las condiciones de seguridad y la disponibilidad de recursos. La coordinación de estas actividades se lleva a cabo de forma independiente, en el centro de explotación en Lagrange Júpiter Cuatro. Esto implica que las empresas de ámbito solar deben pujar en ese mercado, pues la transferencia de bienes entre la Tierra y las bases espaciales es extremadamente costosa. Por ello, les sugiero que se pongan en contacto con el directorio de empresas autorizadas para operaciones transorbitales e identifiquen con ellas las sinergias, necesidades y oportunidades de negocio que les resulten atractivas.

El novato vuelve a pedir la palabra. Es persistente. Podría reclutarlo como aliado de Prometeo, pero no nos será muy útil si su única pretensión es armar ruido y conseguir visibilidad. O quizás pueda servir para desviar la atención de los algoritmos, entregándoles una presa fácil, un triunfo irrelevante en su «lucha contra la corrupción».

—Gracias por su sugerencia, estimado mentor —replica el niñato cuando se enciende su luz verde—. El conglomerado minero hará lo que sugiere. Por otra parte, hemos oído rumores de que en los últimos años se han extraído grandes cantidades de material base en los asteroides de órbita excéntrica y nos preguntamos si esta actividad está relacionada con un proyecto de construcción no identificado en el mercado de explotación espacial.

Como me temía, el joven se ha adentrado en terreno pantanoso. Hace años que intentamos averiguar para qué utiliza la tecnointeligencia todo el material extraído de los asteroides y lunas. Por desgracia, seguramente a propósito, las partidas presupuestarias destinadas a las actividades espaciales son imposibles de trazar desde la Tierra. La infiltración en los primeros niveles de la tecnointeligencia nos permitió detectar la existencia de varios planes secretos. Todavía recuerdo los nombres: el proyecto Freia, el proyecto Prydwen... Sin embargo, las barreras de acceso nos impiden profundizar en las bases de datos. Solo obtuvimos conocimientos inútiles: que Freia era el nombre de la diosa del amor en la mitología de los antiguos nórdicos, y Prydwen, un barco de leyenda utilizado por el imaginario rey Arturo. Se trata, sin duda, de códigos que ocultan propósitos desconocidos. Para descifrarlos tendríamos que romper la criptografía que protege los nódulos centrales, algo que por el momento está fuera de nuestro alcance.

El holograma del mentor responde otra vez al novato, sin modificar un ápice su sonrisa condescendiente. Me apuesto mi puntuación social a que no le cederá ni un bit de información.

—Gracias de nuevo por su interés, representante. Según mis conocimientos, los asteroides excéntricos han sido desmantelados por motivos de seguridad, como forma de prevenir impactos con cuerpos habitados o con la creciente flota de transporte supraorbital. Estimo que el mineral extraído se almacenará en uno de los puntos mayores de Lagrange hasta asignarlo a un proyecto específico de construcción, algo que no ha sucedido aún. De nuevo, le sugiero que consulte directamente el mercado joviano, donde en su momento aparecerán las licitaciones correspondientes.

El novato renuncia y se retira a sus cuarteles de invierno, momento en el que aprovecho para salir al campo de batalla con la artillería de precisión. Comienzo con un sentido elogio por los objetivos conseguidos gracias a la cooperación de los actores involucrados. Tanto a los políticos como a sus amos mecánicos les importan un rábano mis palabras, pero los discursos halagadores son necesarios para mantener la puntuación social, un indicador muy vigilado en los gestores empresariales.

Completado el trámite, paso al tema que me interesa.

—Los canales públicos han informado también de un acuerdo de primer contacto con el territorio no asociado de los Tres Valles. Me preguntaba si este acuerdo incluye visitas recíprocas desde la Asociación.

Sé muy bien que las incluye. Mostrar mi ignorancia es una manera de disipar las sospechas de los algoritmos exploratorios. Al igual que los humanos, es imposible para las IAs escuchar y analizar todo lo que sucede, así que desviar su foco de atención siempre es buena idea.

Tras una breve pausa de consulta, el secretario de Exteriores decide responder.

—Efectivamente, el acuerdo incluye visitas recíprocas, estimada gestora Nothun. Al concluir la estancia de los vallesianos, los enviados de la Asociación tendrán la oportunidad de inspeccionar su territorio. ¿Tiene su empresa interés en este programa?

—Se trata de una simple curiosidad personal. Uno de mis asociados me informó de un hecho que desconocía. En el territorio de los Tres Valles se encuentra emplazado un antiguo centro de investigación, un laboratorio destruido durante los Disturbios.

—Debe referirse al CIMA, el Centro de Investigaciones Multidisciplinares Avanzadas —recita el secretario, tras consultar con su mentor—. Incluía instalaciones biológicas, un centro puntero de computación y un laboratorio de fusión nuclear que al parecer sufrió un desastroso accidente. Hasta el día de hoy se debate si la catástrofe pudo ser un factor desencadenante de los Disturbios o, por el contrario, se produjo como consecuencia de ellos. En todo caso, es un ejemplo más del desprecio de los antiguos por los efectos de la tecnología. La terrible explosión subterránea causó el hundimiento de un área extensa que resultó contaminada por la radiación. ¿Satisface esto su curiosidad personal?

Los ocupantes de la mesa me observan. La curiosidad es contagiosa.

—Me preguntaba si esas ruinas, aisladas desde hace tanto tiempo, podrían contener bases de datos y documentación de interés científico e histórico para la Asociación. Como sabemos, mucha información de la época se perdió a consecuencia de los motines.

El secretario consulta de nuevo antes de responder.

—Es posible. Además de los experimentos de fusión, realizaban investigaciones que requerían aislamiento y secreto, incluyendo el desarrollo de sistemas de propulsión espacio-temporal. —Alza sus desmesuradas cejas—. Desconocemos los resultados de tales investigaciones, si los hubo, pero consideraremos la posibilidad de incluir el centro en el plan de visitas, si los niveles de radiación lo permiten. Gracias por su sugerencia, gestora Nothun.

¿Niveles de radiación? ¿Para qué tenemos robots autónomos? Por supuesto que iremos a explorarlo. La semilla ha sido plantada y la atención de la tecnointeligencia se reorienta hacia el objetivo señalado. Las máquinas han conseguido adueñarse del espacio, pero la Tierra sigue siendo el lugar desde el cual se manejan los hilos, y controlar esos hilos es el objetivo de Prometeo.

AMANDA

Por fin tengo una aventura de verdad. Superada la vergüenza de que Alb Artar me haya descubierto en la bodega, me siento como Jim Hawkins a bordo de la Hispaniola, buscando la isla del tesoro con mi tripulación de fieros piratas. ¿Qué misterios y desafíos me esperan? ¿Descubriré animales exóticos como las serpientes de cascabel en la isla del Esqueleto? ¿Quién será John Silver, ese rufián traicionero? Alb Artar es miedoso y estirado, y Selma Estuart, demasiado aburrida. Quizás Nina sea la mejor candidata, la que más secretos esconde. ¿Ángel o demonio? Aún está por ver.

Imagino las caras de Audeia, Rodena y el resto cuando se enteren de que he escapado del valle en una nave voladora. Pensarán que estoy loca, que los maquinistas me han secuestrado y me han lavado el cerebro o cualquier otra tontería. Por puros celos. Cuando vuelva me pedirán que hable de los lugares que he visitado, las costumbres de la gente, cómo son, cómo visten… Morirán de envidia. Espero poder ver las famosas máquinas y luego asustarlas con mis historias.

Al principio, Selma Estuart y Alb Artar se muestran enfadados con nosotros, sobre todo con mi padre, por dejar que me metiera en la nave. Se han puesto a hablar de los sagrados principios y el honor del consejo y esos asuntos tan serios, pero Nina les ha interrumpido para que decidan de una vez dónde vamos a ir.

Yo me entretengo admirando el paisaje que se desliza debajo de la nave. Es como una versión gigante de las miniaturas que Tarim Sande construye en su taller, un modelo con todos los detalles: árboles, caminos, montañas y ríos que bajan por los barrancos. A veces distingo algo que se mueve, pero estamos demasiado arriba para saber si es un animal, un carro o una máquina. A diferencia de las figuras de Tarim Sande, esta miniatura no se acaba nunca y siempre aparecen zonas nuevas.

Un rato más tarde, el suelo se vuelve verde, cubierto de hierba o musgo, y luego se llena de árboles de forma picuda. ¿Dónde está la ciudad de enormes edificios que Mariano, el curtidor sordo, vio desde las colinas? No la encuentro por ningún lado.

Minutos después, los adultos deciden al fin el lugar donde iremos. La nave de Xanthus gira a la izquierda y el horizonte se inclina. Pasamos las cumbres de muchas montañas y cruzamos por encima de un lago tan grande que se pierde en la vista. ¿Es este el océano por el que navegan los barcos piratas? Según el libro, el viaje a la isla del tesoro duró varios días. Pero nosotros cruzamos el agua en pocos minutos, así que no debe tratarse del océano. Mi padre dijo que la historia de la isla del tesoro no era real, sino una *ficción*. Quizás el océano que contiene olas y peces gigantes no es más que una leyenda de los antiguos.

Las montañas se convierten en suaves ondulaciones y luego en un terreno llano dividido en rectángulos de

91

color tostado. Doy un respingo. El suelo se mueve allí abajo, formando ondas claras y oscuras como el suave pelo de Tibi cuando corre. Qué tonta. Son campos de cereales agitados por el viento. Todo es sorprendente al verlo desde arriba. Debería escribir un diario como el de Jim Hawkins y contar mi viaje sin olvidar ningún detalle. Pero hay demasiados. La llanura se vuelve repetitiva y me canso de acariciar a Tibi. Aburrida, giro el asiento hacia dentro.

Nina está hablando con mi padre. Me encanta su voz pausada. No sube el tono, como otros adultos cuando se enfadan o se emocionan. Tal vez en el exterior la gente sea así de delicada. Aunque mi madre es cariñosa, también grita a los animales y a mi padre en el campo. No imagino a Nina chillando a los animales. Tibi es igual de tranquilo y más listo que los demás perros que conozco. Me mira con sus grandes ojos grises y parece saber lo que estoy pensando.

Intento escuchar las palabras de Nina. La monitora Dantre dice que me distraigo con una mosca que pasa, pero es culpa suya por ser una sosa.

—Es energía solar, sí —explica la extranjera, moviendo su mano de arriba a abajo—. Se transmite mediante un láser de microondas enviado por las estaciones colectoras desde la órbita.

—¿Y hay muchos más transportes como este? —pregunta la señora Estuart.

—Existen miles del mismo modelo. Se utilizan para los vuelos a distancias medias.

—¿Cómo pueden enviarse rayos a tantas naves a la vez? —interviene mi padre. Dice que odia a las máquinas, pero le veo muchas veces leyendo los libros que hablan de la magia de los antiguos.

—No conozco los detalles —se disculpa Nina—. Supongo que cada nave transmite su posición en tiempo real.

El piloto Xanthus interviene con orgullo.

—Si me permites, Nina, esta es mi especialidad. La posición obtenida por triangulación de nuestras señales es muy aproximada. Los máseres de las estaciones afinan la orientación gracias a su reflejo en los paneles de absorción. Así detectan cualquier desviación. Una estación repetidora posee cientos de emisores direccionales que conmutan de un objetivo a otro en microsegundos.

El consejero Artar no quiere ser menos que mi padre y ahueca la boca como un pez para que su voz suene más profunda.

—Entonces, las luces móviles que vemos en el cielo son estaciones de energía.

Las luces, otro de los misterios que los adultos nunca explican. Solo responden: «Amanda, no preguntes tanto».

—Algunas son estaciones —confirma Nina—. Dan vueltas a la Tierra almacenando energía solar y emitiéndola hacia la superficie. Otras luces corresponden a vuelos a gran altura, satélites o naves supraorbitales.

—¿Pueden vernos desde ahí arriba? —pregunta la presidenta, asustada.

Xanthus responde de nuevo.

—La directiva de exclusión aérea nos prohíbe sobrevolar territorios no asociados. Existen satélites de vigilancia ambiental que monitorizan los recursos naturales, pero son incapaces de distinguir detalles de alta resolución, como casas o personas.

Me fascinan las luces del cielo. A veces aparecen de repente, se mueven con rapidez y se esfuman en la oscuridad. Me gusta seguirlas desde el tejado del granero y ver las colas amarillas o azules que dejan atrás. Siempre me he preguntado de dónde vienen y a dónde van, aunque últimamente se han vuelto borrosas y apenas consigo distinguirlas.

—Bien, ahora debemos ocuparnos de algunos preliminares —comenta Nina, zanjando el asunto de las luces.

Al apoyar su mano en la pared, sale de ella una caja de bordes redondeados. Dentro hay unas botellitas blancas como las que utilizó para curarme el tobillo.

—El protocolo de visita incluye precauciones que evitan plagas e infecciones —explica Nina, tan seria como la monitora Dantre en una clase—. Tendrán que rociar sus ropas y su cuerpo con estos pulverizadores. Pueden utilizar el cuarto de aseo en la parte trasera.

Los adultos se miran, incómodos.

—De acuerdo —acepta Selma—. ¿Algo más?

—También debemos proteger su salud, pues no están inmunizados contra los virus, bacterias, hongos y parásitos que hallaremos en el camino. La comida de la nave es segura, pero estarán expuestos a infecciones a través del aire y el contacto. Les recomiendo tomar las pastillas multivacunas.

La mano de Nina sostiene una lámina transparente, con burbujas que contienen semillas rojas. Tantas cosas interesantes y no hemos hecho más que empezar el viaje. Mi padre parece asustado al ver las semillas. Los mayores siempre se asustan de las novedades. Preguntan a Nina de qué están hechas. Ella contesta que al chuparlas liberan un ejército de soldados invisibles que se infiltran en la sangre y protegen al cuerpo de invasores microscópicos.

A los adultos no les gusta la idea de tener un ejército en las células. Decepcionada por la reacción, Nina saca más cosas extrañas de la caja.

—Como alternativa, pueden colocarse estos filtros en la nariz y usar los guantes moleculares, aunque el margen de protección es menor que con las pastillas.

JULIUS

Avanzamos nerviosos por la pista de tierra, tanteando el camino como si el suelo fuera a hundirse en cualquier momento. Es la primera vez que ponemos un pie en el exterior y todo resulta extraño: la luz, el color del terreno, los olores que flotan en el aire, también los edificios rectangulares, lisos y plateados, hacia donde nos conduce la pista. Habíamos acordado que la primera escala del viaje fuera en una granja, un entorno conocido que pudiéramos comparar con los valles. Sin embargo, las construcciones frente a nosotros no tienen el aspecto de una explotación agrícola o un rancho de animales. Es posible que «granja» tenga un significado diferente en el exterior. Me pregunto si estamos en un mundo artificial, una ilusión creada por las máquinas, y siento un raro zumbido, como si hubiera colmenas enterradas bajo el suelo cobrizo.

El piloto Xanthus no ha venido con el grupo. De hecho, no ha salido nunca de su escondite. Me planteo la posibilidad de que se quede allí encerrado durante todo el viaje. Tal vez tenga prohibido el contacto con los visitantes.

Selma Estuart se acerca al borde de la pista, intrigada por los cultivos que nos rodean. Los tallos superan con creces su propia altura.

—¿Qué son estas plantas? —pregunta a Nina.

—Son cereales —responde nuestra guía—. Trigo, concretamente.

—Imposible —se mofa Artar, apoyado en su inseparable bastón—. Miden dos metros.

—Han sido mejoradas por selección genética —replica Nina, sin asomo de vanidad. Un vallesiano hubiera presumido inmediatamente de un logro tan espectacular—. No son clónicas, mantienen cierta variabilidad que las protege de las plagas. También lo hacen los hongos simbióticos. A su vez, los insectos se alimentan de los hongos en lugar de atacar la planta. Vigilamos continuamente para mantener el equilibrio.

¿Vigilamos? El campo está tan despoblado como el páramo de las Simas.

Alb Artar se acerca también a investigar las enormes espigas mientras Selma regresa a mi lado. La presidenta está tan cerca que distingo los poros sudorosos en su cráneo rapado.

—No me ha gustado nada el numerito que habéis montado para que viniera Amanda —susurra con aspereza—. Te advertimos de que no podía acompañarnos. El consejo lo calificará como una falta grave.

Pensaba que los reproches se habían terminado en la nave, pero por lo visto todavía no me ha reñido lo suficiente.

—Aunque el consejo decidió que mi hija no fuera una enviada oficial, eso no…

—No te hagas el listillo conmigo, Julius. ¿Por qué tienes esa obsesión con que nos acompañe? El exterior no es lugar para una niña.

Intento sonar convincente. Le explico que Amanda está afectada por la ausencia de Eeva y que se ha encariñado de la emisaria y del enorme perro. Los dos aborrecíamos la idea de que se quedara sola en el valle.

—Ocultas algo, Julius. Nunca habrías puesto en peligro a tu hija trayéndola al mundo de los maquinistas sin una buena razón. Sabes que siempre hacen lo mismo; enfrentan a la gente de los territorios y sobornan a personas clave para fomentar las disensiones y hacerse con el control. ¿Qué te ha ofrecido la enviada?

¿Me arriesgo a decirle la verdad? Tal vez Alb Artar ordene el regreso si se entera de mis motivos, pero Selma ha tenido especial cuidado en que el consejero no escuche la conversación.

—Amanda tiene una enfermedad congénita —confieso al fin—, y no podemos curarla en los valles. Es una ceguera degenerativa. La descubrí hace tiempo —miento—. Lo consulté con la enviada y me aseguró que la Asociación posee una técnica para revertir el proceso, y solo es posible aplicarla en persona.

—Por el cielo oscuro, Julius. Sabes que los principios prohíben ese tipo de terapias, las injerencias artificiales en el cuerpo. Aceptamos que la extranjera le diera medicinas sin tu consentimiento, pero esto... Comprendo tu sufrimiento. Es una pena lo de Amanda. Sin embargo, es lo que la naturaleza ha dispuesto. Encontraremos formas para que sea útil en el valle, como lo es Mariano. Curarla es una tentación comprensible, pero añadir una excepción a la regla amenazaría el fundamento de la sociedad y tal vez nuestra salud. No sabemos qué venenos podrían inocularle.

—No es solo ella, Selma. Ha habido otros casos en las últimas décadas, varios de ellos en la nueva generación, enfermedades producidas por causas genéticas. El señor boticario ha investigado los parches de color en la piel de Jelene y las malformaciones en los labios y la lengua del pequeño Colin. No se trata de infecciones, sino de defectos en sus cuerpos.

—Deformidades sin importancia —opina la presidenta.

—Necesitamos ayuda. Las próximas generaciones deben nacer sanas para que los valles sobrevivan. Si Nina demuestra que las técnicas de la Asociación son capaces de eliminar defectos congénitos, sería un motivo para cooperar con ellos.

Selma no modifica su actitud.

—La solución no es volvernos esclavos de la tecnología como ellos. Cinco siglos de esfuerzo no habrían servido para nada. Recuerda que nosotros somos quienes salvaremos a la humanidad del suicidio colectivo, de su próxima crisis. Nuestro deber es preservar intacta la semilla de una civilización compatible con la naturaleza, una forma de vida a la que la especie volverá inexorablemente. El sacrificio individual es un coste aceptable cuando favorece los sagrados principios. El futuro del planeta está en juego.

El sacrificio de los individuos. Es fácil decirlo cuando no se trata de tu hija. La señora presidenta ha olvidado lo que significa ser madre. ¿Tan importantes son nuestros principios y la lejana salvación del mundo? Los humanos del exterior han salido al espacio y colonizan ya otros planetas. No parece que necesiten nuestra salvación.

Inoportuno, Artar regresa con una panoja cargada de cereales.

—Es trigo, sin duda, de un tamaño excepcional. —Lo desgrana entre los dedos—. ¿Cómo harán para que crezca tanto? No puede ser una simple selección. Los maquinistas han usado su magia negra. Los han modificado.

* * *

La gran puerta corredera se abre. A pesar de los filtros que nos ha facilitado Nina, reconozco el olor a guano que emana del interior. El edificio resulta ser un gallinero de proporciones gigantescas. Sus paredes traslúcidas filtran la luz del sol que llega a las innumerables hileras de corrales donde conviven pollos, gallinas, pavos y gansos separados por paneles. La combinación de cloqueos y graznidos es ensordecedora. El zumbido que he venido escuchando ha quedado ahogado por la algarabía de los animales.

Alb Artar y Selma Estuart intentan mantener la compostura, asombrados de las dimensiones y la pulcritud de la instalación. Es una granja, sí, pero de una escala que jamás hubiéramos imaginado. Amanda contiene sus ansias por acercarse a los corrales, ya que Nina le ha encargado que sujete a Tibi, cuyo morro oscuro no deja de moverse de un lado al otro.

—¿Qué material es este? —Alb golpea el suelo con el bastón.

La tierra ha sido sustituida por una superficie lisa y pulida, suave como el cuero y tan rígida como el metal.

—Plástico orgánico. Totalmente biodegradable —describe Nina.

Lo más extraño de todo es la ausencia de personas. ¿Quién cuida de los miles y miles de animales? Los pasillos que separan los corrales están desiertos.

Entonces escuchamos un pitido, insistente como el canto de un pinzón. Al mismo tiempo, un círculo iluminado se abre en el suelo plástico. Del agujero surgen dos cabezas, seguidas por el resto del cuerpo. Cuando ascienden a nuestra altura, el agujero se cierra a sus pies.

Los monos de los dos hombres son similares al uniforme de Nina, con rozaduras y manchas, aunque no tantas como cabría esperar de alguien que trabaja con las aves. Los dos granjeros se presentan y nos conducen por uno de los corredores, respondiendo con cierto embarazo a las preguntas. No parecen acostumbrados a las visitas.

—En total son… ¿cuántos, Beb? —balbucea el menor, con un acento agudo, casi infantil—. Son unos doce mil, diría yo.

—Trece mil, Jos —le corrige el compañero—. Los sensores llevan la cuenta precisa. Sin embargo, nos estamos alineando con los objetivos de decrecimiento, así que bajaremos a once mil al final del trimestre.

—A tiempo para la evaluación trimestral, sí. Todo estará perfecto —promete Jos, nervioso por nuestra presencia. Debe pensar que hemos venido a inspeccionarlos.

Selma Estuart levanta la mano como una buena alumna.

—¿Por qué reducen el número de animales? ¿Les falta grano para alimentarlos?

Me pregunto si la presidenta piensa ya en comerciar con la Asociación. Con el equipo adecuado, los valles podrían cultivar mayores cantidades de maíz y cebada,

101

aunque nuestros productos no llegan a la altura gigantesca que contemplamos aquí.

Los trabajadores de la enorme granja se miran azorados, sin saber qué contestar. Nina les rescata.

—No es un problema de suministro, señora presidenta, tan solo siguen los objetivos marcados por el plan general. Tal vez el presidente les explique la política común de decrecimiento. Hace mucho que la Asociación revirtió el modelo de expansión perpetua que los economistas aplicaban dogmáticamente en los viejos tiempos. Reducir el uso de los recursos ha sido clave para estabilizar el medio ambiente. El crecimiento se ha trasladado al espacio, donde no amenaza a los ecosistemas terrestres.

—Es un objetivo muy loable —comento con sincero asombro—. Yo diría que coincide con nuestros principios fundacionales. ¿No cree, presidenta?

Selma no se muestra tan entusiasta.

—Reducir el consumo de recursos significa reducir la población.

—En realidad, la natalidad disminuye de forma espontánea a medida que las regiones avanzan culturalmente —indica Nina—. El decrecimiento no es homogéneo, por supuesto. Intentamos equilibrar las disparidades redistribuyendo la energía, el agua y los alimentos. Por otro lado, el consumo de carne también baja gracias al aumento en la producción de proteínas sintéticas.

Artar sonríe como quien pilla al rival en una falta.

—Por un lado, desean preservar la naturaleza, y por el otro crean sustitutos artificiales. ¿No les parece una contradicción?

Nina no se inmuta.

—Cada territorio tiene diferentes políticas al respecto, coordinadas en el plan general. En todo caso, las definiciones que distinguen lo natural de lo artificial caen siempre en razonamientos circulares.

El rostro de Artar se hincha y enrojece como un tomate maduro.

—¿Razonamientos circulares? ¡La diferencia es obvia! ¡Las máquinas no crecen en los árboles!

—Depende del punto de vista, consejero —replica la enviada—. Los árboles, los insectos, los animales... también pueden considerarse máquinas, máquinas biológicas. Al fin y al cabo, la evolución es un algoritmo que optimiza el bagaje genético de las especies. Desde hace milenios, los humanos aceleraron ese proceso mediante la selección artificial, cuando los pobladores neolíticos domesticaron los cereales.

—Mejor pospongamos las discusiones filosóficas —interrumpe Selma, con una mirada de advertencia a Artar—. Limitémonos a observar y recopilar información de la forma más imparcial posible y dejemos los análisis para más adelante.

Ignorando la discusión, Amanda se acerca a la valla que rodea los corrales. Sujetando a Tibi por el collar, mira ensimismada las aves. Me uno a ella con curiosidad. Estos gallineros tienen poco que ver con la tosca estructura de nuestra granja. Están dotados de mecanismos automáticos, conducciones que suben desde el suelo y llevan el grano a los comederos, lámparas que ascienden y bajan por sí mismas, chorros de agua que limpian los desechos y, lo más impresionante, máquinas móviles que se mueven entre los animales, recogen los huevos y los depositan en las cestas de su parte superior.

—¿Son robots, padre? —pregunta Amanda, fascinada por la agilidad de los artefactos rodantes de apariencia suave y colorida, casi orgánica.

—Deben ser robots, sí —afirmo con prudencia. Como ha advertido Nina, la distinción entre lo natural y lo artificial puede no ser tan simple en el mundo exterior. Tal vez se trate de seres vivos entrenados para tareas de mantenimiento.

—Estaría bien tener unos cuantos de estos en la granja. —Amanda ríe.

—No es tan fácil, cariño. Habría que mantenerlos y repararlos igual que el tractor. Necesitaríamos construir las conducciones que llevan el grano y el agua, y obtener la energía que requieren.

—Sería una buena sorpresa para mamá.

Bendita sea la inocencia de los niños, que no conocen la palabra *imposible*.

—Si lo desean, podemos pasar al siguiente módulo —propone uno de los operarios, no recuerdo si era Jos o Beb.

—Abajo se sacrifican y procesan los animales —completa su compañero.

Esta vez es toda una sección rectangular la que se levanta del suelo, descubriendo una escalera hacia el piso inferior, de donde emergen unos suaves zumbidos. Sin duda, la delicada tarea de limpiar las aves empleará a gran número de personas. No es algo que pueda hacer un robot.

NINA

Soy una estúpida. ¿Por qué me he enfrentado a Artar? No es mi papel discutir las opiniones de los vallesianos. Debo ser una mera observadora. Una antropóloga evita juzgar a través de sus prejuicios y aún más imponerlos. ¿Cuántas veces tengo que repetirme que a los humanos no se les convence mediante argumentos, por racionales que sean? En muchos casos llegan a rechazar los hechos que contradicen sus creencias. Prefieren escudarse detrás de términos como *natural* y *artificial,* cambiando las definiciones a su antojo y acomodándolas a sus doctrinas.

¿Debería disculparme con el consejero? Creería que lo hago para adularle y podría ser contraproducente. Las motivaciones de las personas son tan complejas y sus reacciones tan imprevisibles... La central debería enviar a una agente más experimentada, o al menos transferirme una matriz más completa sobre los vallesianos, aunque tal vez sepan poco de ellos, un territorio minúsculo comparado con la enorme extensión de las Naciones Asociadas.

Hasta ahora he sido afortunada. Podía haber terminado como los enviados anteriores, a manos de Jordic. Pero más allá de mantenerme viva, me resulta arduo lidiar con las reglas sociales y las diferentes personalidades.

Mi conexión a los nodos centrales a través del Xanthus no tiene el ancho de banda suficiente para aprovechar en tiempo real los nodos de inteligencia compartida y me veo obligada a improvisar sobre la marcha.

Me pregunto si los humanos también dudan de su capacidad, si ocultan su indecisión tras una fachada de calculada eficiencia. Tal vez se limitan a seguir adelante, sin gastar energía reflexionando sobre la conveniencia de sus acciones. Cada individuo parece adoptar su propia estrategia. Algunos no intentan controlar sus emociones ni esconder sus opiniones, mientras que otros las moldean según sus intereses y manipulan la percepción que los demás tienen de ellos.

Lo haré tan bien como pueda. Ni más ni menos. Me conformo con seguir esa tautología. El objetivo inmediato es que la visita sea instructiva para los vallesianos, que comprendan lo que la Asociación les ofrece, sus virtudes y sus limitaciones. Ellos decidirán si les conviene integrarse como han hecho otros centenares de territorios. Sin embargo, me preocupa que juzguen con precipitación, sin llegar a comprender todos los beneficios. Han pasado un largo tiempo aislados tras la barrera, encerrados en sus dogmas.

Estoy segura de que el centro de producción avícola les ha impresionado, aunque falta por ver si la impresión ha sido favorable. Sus reacciones ante la cadena de procesado denotaban cierta repulsión, pero dudo que sus métodos de sacrificio animal sean tan asépticos. ¿Será que prefieren matar a las aves con sus manos? Las culturas humanas están llenas de curiosas supersticiones sobre la preparación de los alimentos.

Los observo ahora, a los tres adultos y la muchacha, sentados bajo la carpa que los operarios del centro han levantado para protegerlos del sol. La sombra, el aire fresco y la visión de los ondulantes campos de trigo les relaja tras la caminata. Tal vez convenga añadir otro ingrediente que suele apaciguar las tensiones de los humanos.

—¿Desean beber algo? —pregunto—. El vino dulce de Asanandia es muy apreciado. Si lo prefieren, también hay refrescos naturales de frutas, aunque quizás no sea aconsejable tomarlos sin las multivacunas. El alcohol, por otra parte…

—Un poco de vino estaría bien, gracias —acepta la presidenta, reclinándose en su silla flexible.

—Solo agua pura para mí —añade Artar.

—Encárguese de esterilizarla, por favor —comento a Jos, el operario que espera mis órdenes.

—Probaré también el vino, gracias —dice Julius, animado—. Y agua para Amanda.

Pasando a la comida, describo los platos locales, combinaciones de cereales y carnes con salsas de fruta. Como suponía, los vallesianos prefieren lo que han traído consigo, una masa rellena cortada en rectángulos que llaman coca.

Selma, la presidenta, me interroga con la mirada.

—¿No quiere probarla? La he preparado yo misma.

Me resulta embarazoso mentir.

—Disculpenme. En mi región no estamos acostumbrados a los alimentos biológicos y me producen reacciones adversas. Lo mismo le sucede a Tibi. He traído comida concentrada para nosotros.

—En la granja probaste mi guisado de verduras —replica Amanda con orgullo.

—Y era estupendo, pero no puedo abusar. Me daría dolor de estómago. Mira, esto es lo que como. —Levanto una barrita de hidrografeno. Un poco de energía adicional no me sentará mal.

—Ohhh —exclama Amanda—. ¿Puedo probarla?

Por suerte, es Julius quien contesta a su hija.

—Ya lo has oído, Amanda. No hemos tomado las vacunas y la comida de aquí podría hacernos daño.

—Pues qué rabia. —La chica frunce sus labios rosados—. Se supone que hemos venido a probar cosas del exterior.

Los tres adultos se ríen, como burlándose de la muchacha. Las relaciones entre los mayores y sus crías son peculiares, dignas de un estudio en profundidad. En todo caso, trato de aprovechar la distensión y pregunto a los vallesianos acerca de sus impresiones de la granja.

Julius se atraganta. A los humanos les resulta difícil comer y hablar a la vez.

—Pues… Desde luego, es un sistema muy eficiente. Debe ser necesaria la automatización para criar tantas aves. Y es muy higiénico, eso es cierto. Pero ¿cómo lo diría…?

—Es inhumano —añade Artar, predispuesto a la crítica.

—¿Por qué inhumano? Los animales no sufren —respondo, sorprendida por la acusación.

—No es que sea cruel para los animales —aclara Julius—. Queremos decir que, al hacerlo las máquinas…

La presidenta vigila la conversación mientras mastica su coca. Empiezo a comprender su estilo: deja que los demás hablen, calibra las opiniones y luego actúa como árbitro.

Artar se adelanta de nuevo, impaciente por dejar clara su postura.

—Lo que el consejero Nupta pretende decir es que convierten la alimentación en un proceso aberrante. Con sus métodos, las personas quedan alienadas de la esencia de la vida, de la fuente de su sustento. Por supuesto que es eficiente, pero fue la lógica de la eficacia productiva lo que hizo colapsar la antigua civilización.

Se me ocurren varias formas de refutar al consejero, pero no voy a repetir mi error. Las inteligencias artificiales aprendemos de los fallos. El objetivo es que vean que no deseamos imponerles nada.

—Tiene usted razón, consejero. Este proceso aleja a la humanidad de las formas ancestrales. No obstante, si me permite la observación, en lugar de generar lucro para unos pocos como sucedía en los tiempos antiguos, en este caso la eficiencia va dirigida a incrementar el bienestar común. Espero que tengan ocasión de comprobar que ahora los…

Me detengo a tiempo antes de decir «los *humanos* se benefician…».

—… que todos los habitantes de la Asociación nos beneficiamos de la automatización.

La presidenta no me quita ojo de encima. ¿Se ha dado cuenta? ¿Sospecha de mí? Su respuesta es cauta.

—Desde luego, será interesante observar otros aspectos de su sociedad. Me gustaría visitar un lugar público, una plaza o un mercado donde presenciar el día a día de la gente.

—En la Asociación existen una gran variedad de reglas y estilos de vida —expongo—, con diferencias culturales, idiomáticas, de desarrollo... Hecha esta salvedad, buscaré una escala apropiada de camino a la capital, un lugar donde puedan observar a la gente común y pasar la noche.

—Gracias, Nina —responde la presidenta, satisfecha.

Julius termina su porción de comida vallesiana y se limpia las manos.

—Respecto a esas diferencias entre regiones —interviene—, dijiste que había ocho niveles de integración y que los bárbaros del norte solo llegaban al primero. ¿En qué nivel estamos ahora?

Quizá haya una intención oculta en su pregunta, pero soy incapaz de discernirla.

—El acuerdo actual con Asanandia le asigna el nivel tres. Tienen derecho a recibir transferencias de tecnología para la producción, un presupuesto de desarrollo social compensatorio y el disfrute de la libre circulación y comercio con los territorios de cualquier nivel hasta el cinco. A cambio, su sistema de gobierno adopta medidas para asegurar la participación ciudadana, el reparto de la riqueza y la equidad de oportunidades, con el cumplimiento de los objetivos de gestión y un control estricto de la corrupción.

Artar comienza a formular otra de sus objeciones cuando un grito juvenil nos sobresalta. Amanda, en cuclillas junto a Tibi, se levanta y escupe varias veces.

—¡Qué asco! ¡Es horrible!

Julius llega de un salto hasta su hija, que solloza frotándose la lengua. Adivino lo que ha sucedido.

—Enjuágate la boca. —Doy un vaso de agua a la niña—. Luego tírala al suelo. No la tragues.

Julius la ayuda bajo la vigilancia de la presidenta y Artar. La muchacha se recupera en unos segundos.

—¿Qué ha pasado? —inquiere su padre, ansioso.

Avergonzada, la chica tarda en responder.

—He dado de comer una barrita a Tibi y… yo también quería probarla.

—No se preocupen. —Intento tranquilizarlos—. No pasa nada. Te advertí de que no te gustaría el sabor, Amanda.

—Es horrible. —Escupe otra vez—. Sabe a metal ácido. ¿Cómo podéis comer eso?

—Son suplementos de vitaminas y minerales —argumento.

Cambiando de asunto, informo al grupo sobre la próxima parada y les sugiero regresar enseguida al Xanthus, ya que quedan bastantes horas de vuelo hasta allí.

Durante el paseo de regreso, Julius me interroga sobre el alimento que ha probado Amanda. Le aseguro que es inofensivo. En silencio, ruego que no se haya tragado ni una pizca. Me metería en un buen lío. Debo ser más cuidadosa. Si descubren que Tibi y yo somos artificiales, la misión será un fracaso.

BETHA

Llego al apartamento exhausta y con una jaqueca horrenda, la consecuencia previsible de tratar durante horas con burócratas y reguladores. Tomo un cilobax del dispensario y lo trago con el vaso de zumo que me sirve Yulian mientras observo con deleite sus facciones suavemente tostadas. Conozco cada uno de sus movimientos, cada inflexión de su voz. Pero toda precaución es poca.

—*Para ser libre, un hombre debe...* —enuncio la frase a completar.

El terciopelo de la voz mecánica acaricia mis oídos.

—*Para ser libre, un hombre debe ser libre de sus hermanos.* ¿Ha disfrutado de un buen día, señora Nothun?

—Podría haber sido más divertido, pero aún no ha terminado.

—Ciertamente, señora. —La figura estilizada se inclina y me sirve más zumo—. ¿Desea conocer las novedades de la misión o prefiere esperar a la cena?

Me froto las sienes. La sangre debe seguir fluyendo por el bien de la dolorida masa pensante que anida en mi cabeza.

—Ya te dije que la misión de los valles es prioritaria. Debes transmitirme cualquier información tan pronto esté disponible, siempre por un canal seguro.

—Es solo que la veo cansada —responde el androide, con el tono justo de preocupación—. Le vendrían bien unas vacaciones.

No odio a todas las máquinas, solo a las que pretenden alzarse por encima de los humanos, las que con la excusa de cuidar de nosotros quieren convertirnos en un rebaño satisfecho. Yulian conoce sus límites. Se preocupa por mí, pero jamás impone su criterio. No se lo permitiría. El problema con las máquinas empezó cuando la gente se rindió colectivamente a ellas por temor a la incertidumbre del futuro. Nuestros ancestros se aferraron a la seguridad paternal del estado y, cuando este se desmoronó, recurrieron a las ubres nutricias de los algoritmos a cambio de su libertad individual.

Yulian no es una máquina cualquiera. Confío en él más que en ninguna persona. Guarda mis secretos sin preguntas impertinentes y me ofrece una visión clara y objetiva de las situaciones. Además, tiene acceso a datos y análisis que solo están al alcance de una inteligencia artificial. Puede evaluar una situación compleja en un segundo y convertir mis instrucciones en cientos de órdenes que alimentan los nodos de Prometeo y los operativos que dependen de nosotros. Gracias a las modificaciones en sus canales, es capaz de infiltrarse en sistemas remotos y adoptar identidades ficticias. Y lo mejor es que me obedece siempre con respeto, algo que los humanos perdieron hace tiempo bajo la presión inclemente del igualitarismo.

—Ya me siento mejor, gracias. —Apaciguo su inquietud—. Escucharé después las grabaciones. Ahora hazme un resumen rápido. Me interesan tus impresiones.

—Han visitado una granja avícola en Asanandia, como estaba previsto. Es obvio que les ha sorprendido

113

su escala, aunque les cuesta asimilar la automatización del proceso.

Y eso que solo han visto una región de nivel tres. Los nuevos sintetizadores de materia les parecerían un sacrilegio; crear de la nada, a partir de pura energía.

Yulian continúa con entusiasmo, como si encontrara verdadero placer en la exposición de sus pensamientos.

—La ideología de los visitantes es de un naturalismo radical. No obstante, dado lo insostenible de la situación demográfica y estratégica de su región, deberían ver el potencial de una ayuda exterior para mejorar sus vidas, sobre todo la presidenta, que soporta la mayor responsabilidad decisoria.

—El punto de dolor.

—¿Disculpe, señora?

Me gusta explicar nuevos conceptos a Yulian, insertar ideas sofisticadas en su mente literal. El intelecto del androide crece con el tiempo, alimentado por mis enseñanzas y las experiencias que las acompañan. Es posible que algún día sepa tanto como yo. Sin embargo, nunca tendrá el impulso de actuar, de romper las normas y desafiar al sistema establecido. Es el problema de las máquinas. Sus algoritmos son homeostáticos, tienden a buscar el equilibrio, un óptimo local. Asimilan los cambios en lugar de forzarlos. Son incapaces de dar un salto de fe que los lleve a un futuro indeterminado, fuera de sus coordenadas decisorias.

—En los viejos tiempos —comienzo el relato—, cuando las empresas vendían productos sin alinearlos con objetivos socialmente aceptables, era importante identificar el punto más doloroso del mercado potencial, es decir, determinar quiénes tenían un problema acuciante que solo tu producto podía solucionar, o al menos, eso debían creer. Si el punto doloroso no existía, era necesario crearlo por algún medio.

—Entonces es posible que la presidenta sea nuestra puerta de entrada —reconoce Yulian—. Su función es velar por el bien común de su territorio.

—Cuando trates con humanos, piensa como humano —le advierto—, es decir, con una buena dosis de hipocresía. Por mucho que nos llenemos la boca de valores colectivos, el bien individual siempre está por delante. Los vallesianos mantienen sus instintos todavía sin mutilar por la tecnointeligencia. Debemos analizar qué deseos básicos les mueven, cuáles son sus miedos, sus puntos débiles. Con el consejero Nupta resultó bastante sencillo.

Me pregunto si los enviados de los valles sospechan la naturaleza de la máquina que los acompaña. Al igual que Yulian, no es una imitación perfecta, pero los salvajes no tienen conocimientos suficientes para juzgar la evolución artificial, aislados durante siglos en un rincón que solo resulta interesante por los valiosos secretos que esconde.

—Se dirigen ahora hacia Ondaran —me informa Yulian—. Expresaron su deseo de explorar un lugar público, y el control central pensó que esta región, próxima a sus parámetros culturales, sería apropiada.

—¿Y qué verán en Ondaran?

—Celebran el día de la Integración, el aniversario de su acuerdo con la Asociación. La central piensa que si los visitantes participan en la fiesta, si observan cómo los ondaranos celebran ser parte de la comunidad de naciones, nos verán en términos más favorables.

—Sin duda —reconozco.

El control central de la tecnointeligencia, con sus millones de nodos humanos y algorítmicos, no es tonto. La vasta inteligencia distribuida combina pensamiento estratégico, decisiones tácticas y supervisión operacional en una única red. No obstante, es incapaz de estar en todos los sitios y, desde luego, no tiene acceso al corazón de cada persona.

—Para compensar el poder persuasivo del festival, ofreceremos a nuestros visitantes una de cal y otra de arena: un palo y una zanahoria.

Yulian se mesa la afilada barba.

—Comprendo la metáfora.

—Se trata más bien de un símil, o tal vez una metonimia. Nunca he entendido la diferencia —le confieso—. En todo caso, definamos un nuevo subobjetivo dentro de la misión. Lo llamaremos «fiesta de bienvenida».

Detallo mi ocurrencia a Yulian. Después de todo, será él quien deba coordinar la delicada coreografía para ejecutarla.

—Creo que entiendo su propósito, señora. ¿Está segura? Una acción así en la capital... será peligrosa.

—Confío en tu capacidad.

Yulian inclina levemente la cabeza. No hay asomo de duda ni reparo en su limpia mirada, ni una traza de recelo a pesar de lo arriesgado del encargo. Es el asistente perfecto.

—Ahora, ¿podrías darme un masaje en la cabeza antes de la cena?

Sus manos aplican la presión justa, acariciándome el cuero cabelludo como un virtuoso extrae las notas precisas de su instrumento. El dolor cede, y desaparece por completo un minuto después. La piel de mi espalda se eriza de placer y deseo.

—Vamos a la cama.

—¿No prefiere en la mesa? Puedo despejarla en unos segundos —responde, conocedor de mis gustos.

Tras un período de ensayos y errores, Yulian domina los patrones básicos en la infinita complejidad del sexo. Lo más difícil fue que comprendiera el significado de la representación de papeles y que «tratarme mal» puede ser tan excitante para mí como la más tierna de las caricias.

—Hoy necesito que seas cariñoso.

—Será un placer, mi señora —responde con la elegancia de un noble caballero.

Sin embargo, una mujer siempre tiene derecho a cambiar de opinión. Tras los preliminares delicados y afectuosos, me superan las ganas de unos buenos azotes.

AMANDA

El paisaje abrupto de Ondaran no se parece a las praderas de Asanandia. Desde la ventana de la nave descubro surcos rojizos abiertos entre las rocas de las montañas, como si un enorme arado hubiera labrado las laderas. Nina explica que se trata de gargantas excavadas durante miles de años por el deshielo. Desafortunadamente, la época de las nieves ha pasado y no podemos verla sobre las cumbres.

Tras los riscos aparece una meseta de verde rugoso, una alfombra de vegetación. Más adelante, los pequeños árboles se mezclan con una red de calles cada vez más densa, caminos que se van acercando entre sí, atravesando círculos concéntricos como en una tela de araña. Xanthus vuela hacia el área central donde se unen las líneas. Por un momento tiemblo al imaginar que la enorme red es una trampa, un cepo gigante que se levantará y me atrapará en el aire como a un insecto. Luego me calmo y veo que hay casas junto a las calles, viviendas en forma de cúpulas apuntadas, troncos de los que brotan burbujas con habitaciones y terrazas, como un bosque geométrico. Por debajo hay ríos de personas que desfilan por las calles en una misma dirección, camino del centro, donde se agolpan en una explanada cubierta de cabezas humanas.

Descendemos sobre un edificio junto al gran espacio circular. Desde su tejado observamos la agitación de la plaza. Nunca he estado en una torre tan alta y el vértigo —también el grito de advertencia de mi padre— me detiene antes de acercarme a la barandilla. Tengo la sensación de que caeré hacia la turba que se abre a mis pies. No imaginaba que pudiera reunirse tanta gente en un mismo sitio. Debo preguntar a Nina cuántas personas viven en la Asociación. El número debe ser increíblemente grande, de muchos miles. Solo en esta ciudad habrá al menos unos diez mil. Cuando espié con mis amigas el mapa proyectado en la espiral del consejo, me di cuenta de que los valles son solo un pequeño trocito del mundo, pero no podía imaginar lo grande que era este. Mi padre, mi madre, la profesora Dantre... Todos dicen que la gente del exterior destruyó la Tierra, contaminándola y arrasándola con máquinas. Hasta ahora no he visto los destrozos, aunque sí mucho terreno cultivado y lagos que reflejan el cielo, pero no están llenos de agua, sino de «paneles solares», tal como ha explicado Nina.

Tras caminar por el tejado, nos metemos en un gran cajón sin ventanas que nos lleva hacia abajo. Nina reparte nuevos filtros nasales y nos explica cómo comportarnos en la calle. No le presto mucha atención, asustada por estar encerrada sin ver nada. Echo en falta a Tibi. Nina lo ha dejado en la nave porque dice que se mareará con el ruido de tantas personas.

La caja se detiene y se abre a un corto pasillo. Después de atravesarlo, llegamos hasta el río de personas.

—Estamos en la avenida principal —anuncia Nina—. Recordad, no os separéis. Si alguien se pierde, permaneced en calma. No corréis ningún peligro. Los cuidadores públicos os encontrarán.

Nos adentramos en la corriente de cuerpos humanos. Todos avanzan hacia la plaza, emocionados. Los hay altos y bajos, jóvenes y adultos, algunos de caras arrugadas y andares torpes y lentos. Visten ropas diferentes a las de Nina, unas túnicas que llegan a las rodillas, sujetas con cinturones. Algunos llevan la cabeza cubierta con una extensión del vestido que anudan en la frente. Debe servir para protegerse del sol, aunque ya no brilla con fuerza.

Mi padre me coge de la mano, igual que cuando me llevaba al mercado de pequeña. No me hace gracia que me trate como a una niña. Supongo que, a pesar de las palabras de Nina, le asusta que me pierda en la avalancha de personas. De hecho, no me importaría que me llevara sobre sus hombros. Desde que dejamos la granja robótica me siento muy cansada. El jaleo de la calle me anima poco a poco, con gritos y cantos que no consigo entender. El lenguaje es diferente al nuestro y los olores también son extraños, como a guiso de carne. El color de la piel varía de una persona a otra: hay caras oscuras y algunas más claras, incluso rojizas. Al cruzarse con nosotros nos miran con curiosidad y saludan inclinando la cabeza a los lados.

—Colóquense estos traductores si desean entender el idioma —sugiere Nina.

Al ponérmelos escucho voces que me hablan al oído.

—Buenas tardes, buenas tardes —dice una mujer alta y gruesa que camina junto a mí.

—¿De dónde venís? ¿Sois extranjeros? —pregunta un hombre mayor a mi padre.

Nina responde y el traductor repite la frase en el idioma de Ondaran, usando su mismo tono silbante.

—Hemos venido de muy lejos para ver el famoso festival de la Integración.

El hombre sonríe y sigue su camino, cojeando con lentitud.

El ruido de la multitud aumenta. Las canciones hablan del fin del hambre y la guerra, de la hermandad entre países y la abolición de las fronteras. A medida que el sol desciende, la multitud se agolpa bajo una gigantesca plataforma que flota en la plaza. De allí surgen luces giratorias, haces de color que se mueven sobre los asistentes al ritmo de unos tambores invisibles que vibran dentro de mi cuerpo. La gente salta y baila siguiendo la música. Divertida con tanta animación, empiezo a brincar con ellos.

—¡Guauuu! —grito.

—Pronto comenzará la exhibición —nos avisa Nina—. Verán mejor los detalles si usan los oculares.

Ahora nos coloca unos parches transparentes sobre los ojos.

—Mira hacia arriba.

Nina me señala la plataforma aérea. Es un escenario flotante, dividido en secciones unidas por tubos transparentes y tarimas móviles que se entrecruzan a diferentes alturas. Por ellas circulan los intérpretes —¿músicos? ¿bailarines?— de trajes brillantes y piernas ágiles. Al fijarme en ellos, los oculares amplían la imagen y me permiten verlos de cerca. Es alucinante. Me pregunto cuántas maravillas más esconden los bolsillos de Nina.

La música y los cánticos del público se detienen al tiempo que una alegre melodía se emite desde el escenario. Al ritmo de los tambores, los intérpretes se acercan ahora al borde de las plataformas y saltan en oleadas sobre nuestras cabezas. De la multitud se eleva un rugido de asombro. Me asusto al ver que una de las acróbatas cae hacia mí, pero, milagrosamente, su cuerpo se detiene en el aire y regresa a las alturas.

Los oculares me permiten ver las finas cuerdas que la sujetan, cables elásticos que han detenido la caída y la devuelven al escenario. Los demás acróbatas han hecho lo mismo. Ahora giran colgados de sus lianas, dejando trazas de color en el aire con las que dibujan una bella trama de líneas. ¡Qué preciosa coreografía! Me recuerda a los tejedores cruzando hilos de lana tintada para trenzar la ropa de invierno.

El baile aéreo y los sonidos rítmicos se vuelven más rápidos y espectaculares a cada minuto. Da la sensación de que son los mismos acróbatas quienes tocan los instrumentos musicales, pues sus movimientos están perfectamente sincronizados cada vez que saltan de las plataformas y dan volteretas colgados de las cuerdas, pintando nubes doradas sobre nosotros. Entonces, algo increíble sucede ante mi visión ampliada. Los bailarines abandonan la seguridad de los amarres y descienden en picado sobre la muchedumbre expectante. Antes de tocarnos, despliegan unas alas que llevaban pegadas a los brazos y vuelan en amplios arcos hasta encontrarse con otros compañeros que los lanzan hacia lo alto, como bailarines soltando a sus parejas en medio de un giro.

Con las miles de personas que llenan la plaza, emito un gemido de asombro. Miro de reojo a mi padre. También sigue pasmado el espectáculo. Y las sorpresas no terminan con el vuelo de los murciélagos humanos. Después de regresar a las plataformas, los bailarines del aire enrollan las sogas elásticas en sus cuerpos con rápidas piruetas y se lanzan hacia lo alto impulsados por un mecanismo oculto. Al desenrollarse, la cuerda acelera sus giros como si fueran peonzas o molinillos de viento y la música los sigue con una velocidad desenfrenada. Yo bailo, salto y grito, abandonada a los tambores y las flautas. Mi padre se rinde y me suelta la mano. Todo el parque vibra en una danza vertiginosa. Al fin, cuando parece que mis pulmones van a estallar, la música llega a su punto más alto con un gran estruendo. Los bailarines abandonan las cuerdas y se dejan caer. La multitud espera en silencio. Ya no estamos asustados, porque sabemos que algún truco los salvará en el último segundo, pero ¿cuál? Ya no tienen alas ni sujeciones. Escuchamos varias detonaciones y una ráfaga de silbidos. Unos tentáculos de color se extienden desde el fondo del escenario y agarran los cuerpos de los equilibristas con una precisión imposible. En un instante, los recogen y depositan de nuevo en las plataformas entre los aplausos del público.

¿Son los tentáculos máquinas, o seres vivos? Nadie nos lo explica. La fiesta solo acaba de empezar. Al número de bienvenida le suceden muchos otros, combinaciones de acrobacia aérea y aparatos voladores envueltos en luces, música e incluso olores. En ocasiones hay discursos desde el escenario flotante, palabras que no comprendo bien a pesar del traductor, quizás porque me siento mareada a medida que la oscuridad creciente me nubla la vista. Hasta los fuegos artificiales se convierten en borrones de luz en el cielo.

El festival termina con una explosión de color que abarca toda la plaza, el último fogonazo antes de la oscuridad. Después, la multitud agotada por la celebración comienza a moverse para desalojar el recinto. Desaparecidas las luces, me quito los oculares y trato de distinguir la masa humana que se mueve en las tinieblas, un baile de sombras a mi alrededor.

—¿Padre? —Busco, desorientada.

JULIUS

Resulta difícil pensar que los humanos que ejecutan estas vistosas hazañas aéreas son personas iguales a nosotros. Me pregunto si han sido transformados genéticamente como los cereales de Asanandia o son verdaderos ángeles alados, espíritus salidos de las antiguas leyendas. Cuando la exhibición termina, estoy tan deslumbrado por el espectáculo que tardo unos segundos en volver a la realidad y despertar de un sueño particularmente bello. Me siento afortunado por haber contemplado el festival y porque Amanda lo haya disfrutado conmigo. Sin duda, tendrá muchas experiencias fantásticas que compartir cuando regresemos al valle. Las celebraciones de la cosecha en otoño son alegres y concurridas, pero no se pueden comparar con lo que acabamos de ver, ni con el virtuosismo de los artistas ni con la cantidad y fervor del público.

Por cierto, ¿dónde se ha metido mi hija? Hace un momento estaba a mi lado, saltando al ritmo de la música. El movimiento de la multitud comienza a arrastrarme y oculta la visión de Amanda en la penumbra de la plaza. No debí soltar su mano.

El pánico me vence y comienzo a buscarla desesperadamente entre la turba, sin pensar en los demás miembros del grupo.

—¡Amanda!

Escudriño los rostros que se giran hacia mí. Ninguno es el suyo. Vuelvo a llamarla, atrapado ya por la avalancha. ¿Por qué no me oye? Empujado por la masa en movimiento, tropiezo con un gran pilón decorado con brillantes puntos azules. Había visto estos gruesos postes al entrar en la plaza, sin darles mayor importancia. Ahora me asusto al comprobar que la parte superior del cilindro se levanta, mostrando más luces parpadeantes y unos grandes ojos de cristal que ascienden a la altura de los míos.

Una voz imperativa surge del muñeco. Está hablando conmigo. En otras circunstancias me paralizaría la idea de enfrentarme a un robot. Ahora tengo preocupaciones más importantes. ¿Por qué no funciona el traductor que coloqué en mi oído? Porque ya no lo tengo. Ha debido caerse durante mi carrera.

—¡No entiendo lo qué dice! —protesto ante el robot.

El engendro mecánico reacciona y habla por fin en mi idioma.

—¿Necesita ayuda, señor?

—¡Sí! ¡He perdido a mi hija!

Su cabeza redonda y plana gira de un lado a otro.

—Permanezca en calma. La encontraremos enseguida. He informado a mis compañeros.

Solo una máquina puede aconsejar calma en estas circunstancias. Considero la idea de subirme sobre su recia cabeza para poder otear la multitud, pero es probable que al estúpido aparato no le guste la idea. ¿Dónde se han metido Selma, Artar y Nina? Los he perdido también. La enviada dijo que si sucedía algo nos quedáramos esperando. Qué tontería. Me arde el pecho al pensar que mi hija está sola entre desconocidos, arrastrada por el tumulto de una ciudad extraña. ¿Qué será de ella?

Una larga vara surge de la cabeza del guardia y se extiende hacia arriba con una luz centelleante en la cúspide.

—Su hija ha sido localizada —me informa—. La traen hacia aquí.

¿Por dónde? Me vuelvo de un lado a otro con ansiedad. Por fin, un hombretón atraviesa el flujo de viandantes con el cuerpo inerte de Amanda en sus brazos.

—Se desmayó —el guardia traduce sus palabras—. Tuvo suerte de que este buen ciudadano la levantó a tiempo. La gente podría haberla pisado.

Abrazo a mi hija y rozo su mejilla, aliviado de sentir el calor que despide.

El guardián se acerca a nosotros. No me había dado cuenta de que era capaz de moverse. Un apéndice se separa del cuerpo cilíndrico y se posa sobre la mano lánguida de Amanda.

—¿Se ha desmayado en otras ocasiones? —pregunta la voz inhumana.

—Un par de veces, cuando pasaba mucho tiempo de pie al sol.

—Es normal durante la adolescencia —explica el robot convertido en boticario—. Sus niveles sanguíneos son normales. Sin embargo, le vendría bien un suero glucosado.

—No se le ocurra darle nada —protesto airado—. ¡Y aparte su garra de mi hija! Yo me ocuparé de ella. —Me vuelvo al hombre que la ha traído—. Gracias por todo, señor. Puede dejarla conmigo.

La cabeza del robot gira en aparente confusión.

—No consigo identificarle a usted ni a su hija —murmura—. ¿Puede facilitarme sus códigos, por favor? Son necesarios para el informe.

Burocracia. La plaga de los antiguos no ha sido erradicada. Respondo al guarda mientras sujeto a Amanda, que comienza a recuperar el sentido.

—Somos extranjeros. Hemos venido con una representante…

—Ah, extranjeros. Buscaré en la base de datos transnacional.

Amanda abre los ojos, perpleja.

—¿Qué ha pasado?

—Te desmayaste al terminar el festival.

—Me siento rara —dice, sin fuerza.

Algo me pincha en el cuello. Lo aparto instintivamente, pensando que se trata de un insecto, pero me encuentro con una extensión metálica.

—¿Qué demonios está haciendo? —me quejo al pilón móvil.

—Identificación por ADN —responde la máquina, despreocupada—. Necesito los datos.

—¡Le dije que nos dejara en paz!

Mi protesta queda interrumpida por la llegada de Selma Estuart y Alb Artar, acompañados por Nina. Los tres examinan a Amanda bajo las lámparas azules del robot.

—Estoy bien —se defiende la muchacha—, solo cansada.

Nina arregla los asuntos legales con el guardia mientras Selma le da a Amanda un trago de café de su botellín. Pronto se pone de pie.

—Esto es extraño —escucho la voz metálica del robot a mis espaldas—. Su ADN no está…

La conversación queda ahogada por un fuerte ruido y el resplandor que llega desde el cielo. Varios puntos azules se alzan sobre las cabezas de los visitantes que siguen en la plaza, haciendo que se dispersen. Pronto nos quedamos solos en el claro barrido por los rotores que descienden. La nave aterriza a pocos metros, entre los chispazos luminosos de los guardias. Impacientes por escapar de la plaza, entramos con Amanda en el aparato.

—Bienvenidos de vuelta —saluda la voz de Xanthus.

Nina pide al piloto que extienda una litera en la cabina. La cama de lona se despliega desde la pared y tumbamos sobre ella a mi hija. Tibi se acerca y la olfatea.

—Que estoy bien, de verdad —responde Amanda, agobiada.

—Xanthus, vamos al hospital más cercano —ordena Nina.

—Nada de médicos. —Selma se enerva—. Regresaremos al valle de inmediato.

—Ha sido esa comida extranjera que probó en la granja —opina Artar—. Se arreglará con una buena purga.

Alarmado ante la idea de renunciar a la cura de su ceguera, recurro a la propia Amanda.

—¿Qué quieres hacer tú, cariño?

Nos mira fastidiada.

—Solo necesito descansar y cambiarme de ropa. Me siento mojada.

Señala el lugar donde su vestido se cruza entre las piernas. Selma la examina con delicadeza. Al retirar la mano, veo que está manchada de rojo.

—¡Está sangrando! —grito.

—Así es, consejero Nupta —replica Selma con solemne frialdad—. Nuestra Amanda ya es una mujer.

Una mujer. La pobre lo esperaba con tanta ilusión. Sabía que el día llegaría tarde o temprano, pero me ha pillado por sorpresa. Ojalá Eeva estuviera aquí. Me siento inútil. No sé qué decir. Por suerte, Selma y Nina se ocupan de acomodar a la niña para que descanse. ¿Una niña? Ha dejado de serlo. Los años transcurren sin remedio. En unos cuantos más tendrá que pasar los ritos y se convertirá en adulta, en un nuevo miembro del gran proyecto de los Tres Valles. Después sabrá la verdad y todo cambiará para ella.

NINA

¿Ha sido el festival un completo desastre? La pregunta me persigue en un ciclo sin fin mientras le muestro a Amanda cómo manejar la ducha y abrir los cierres de la cama. Agotada por los eventos del día y la sorpresa de su menstruación, la muchacha se duerme enseguida, dejándome a solas con mis dudas.

No soy yo quien puede evaluar mejor la situación. Lo hará la central con la información que envío a través del Xanthus. Sin embargo, debo adelantarme en lo posible y tener una charla urgente con Julius. Las emociones de los humanos alteran su capacidad de raciocinio. Estaba muy asustado cuando ha perdido de vista a su hija en la plaza. Durante la cena parece haberse relajado. Ha sido buena idea pasar la noche en un pequeño hotel de montaña después del jaleo del festival. Los vallesianos se han sentido más cómodos en el tranquilo entorno, reconfortados por la comida casera —esta vez no han vacilado en probar las sopas— y aliviados por la quietud de los pocos huéspedes que nos acompañan.

Solo he percibido incomodidad en el grupo cuando Amanda les ha pedido dormir conmigo, alegando que ahora es una mujer y puede decidir con quién pasar la noche. La presidenta Selma, siempre conciliadora, ha comprendido que la chica prefería la compañía de alguien más cercana a su edad. Si supieran que yo nunca he pasado ni pasaré por lo mismo que ella… Mi cuerpo no está diseñado para ser fecundado y criar una vida en su interior.

Salgo a la terraza y contemplo la vista bajo el leve resplandor lunar. Las montañas se han convertido en vagas siluetas oscuras. Solo las luces de un lejano poblado chisporrotean al fondo. Avanzo hasta el panel que separa mi terraza de la siguiente y golpeo con los nudillos el vidrio esmerilado.

Julius aparece en el balcón unos segundos más tarde, envuelto en un albornoz.

—¿Cómo está Amanda? —pregunta desde el otro lado de la mampara.

—Muy bien. Durmiendo.

—Ha sido un día muy intenso.

—Desde luego. ¿Cómo se lo han tomado los consejeros? ¿Todavía quieren regresar?

—El baño caliente ha mejorado su humor. Creo que están abrumados. No tenemos multitudes tan grandes en el valle. Supongo que se sentirán mejor por la mañana, si ven que Amanda se ha recuperado.

Julius se acerca a la barandilla y observa el paisaje como acabo de hacer yo. Los humanos son criaturas de costumbres. No les resulta fácil adaptarse a unas circunstancias cambiantes. Lo mismo le sucede a cualquier organismo. También a mí. Un entorno nuevo aumenta la dificultad para interpretar los datos, reduce la capacidad de predicción e incrementa la incertidumbre en los efectos de nuestras acciones. Sin disponer de ejemplos previos, la matriz de respuesta que hemos aprendido resulta inadecuada.

Ni siquiera tengo claro cuál es el objetivo último que persigue la central con esta misión. ¿Explorar la geografía de los valles? ¿Qué importancia tienen los recursos y la peculiar cultura de ese diminuto enclave? ¿Cuál es la prioridad de un acuerdo de integración? ¿Debo seguir escondiendo a los enviados detalles que puedan resultarles enojosos?

Julius regresa junto al panel.

—¿Qué haremos mañana, si deciden continuar?

La central ha sugerido que adelantemos el encuentro con el presidente. Creen que una audiencia personal disminuirá los recelos de los vallesianos y que el carisma de Fernanzo y su posición de autoridad aumentará la confianza de los nativos. Tal vez la inteligencia general piensa que no doy la talla como embajadora, y tiene razón. Es probable que el presidente sintonice mejor con las preocupaciones de los enviados. Por otra parte, creo que es arriesgado someterlos tan pronto a otro cambio. Les vendría bien un descanso.

Lo comento con Julius.

—Claro. Creo que sería bueno ver al presidente —responde.

No parece entusiasmado, por lo que puedo deducir a través de la celosía.

—Por cierto, ¿cuál es tu trabajo, exactamente? —me pregunta—. ¿Te dedicas siempre a esto, a ser el enlace con otros territorios?

Los humanos son propensos a plantear cuestiones inconvenientes. Julius no comprende la tensión mental a la que me somete.

—En realidad, soy polivalente. Esta es mi primera misión para la secretaría de Exteriores.

Hasta ahí puedo llegar. No voy a admitir que soy una *prescindible*.

—Entonces, ¿esperas hacer carrera diplomática y trabajar en relaciones regionales? ¿Cómo lo llamáis?

—Servicio público —respondo con ambigüedad—. Mis superiores no han decidido todavía cuál será mi especialización. Evaluarán los resultados de esta tarea.

—¿No puedes escoger lo que a ti te gusta?

—Espero que tengan en cuenta mis preferencias.

—Hablaré en tu favor, sea cual sea el desenlace.

Capto una sonrisa tímida al otro lado del separador. ¿Está intentando *ligar conmigo*? Resulta imposible saberlo. Mi formación antropológica me recuerda que las señales de galanteo varían de una cultura a otra. Si activara la actualización que utilizan los operativos de atención sexual, podría discernir sutiles signos de atracción y responder a ellos. ¿Sería entonces adecuado aprovechar los instintos de apareamiento humanos y predisponer a Julius al acuerdo de integración? Demasiado arriesgado. Si descubre que soy, como ellos dicen, una *máquina*, la aproximación tendría el efecto opuesto.

—Gracias —me limito a responder—. Entonces, ¿te parece buena idea que vayamos a la capital?

La entonación de Julius cambia.

—Allí podrán curar a Amanda, ¿verdad? Tendrán los mejores boticarios.

—Sin duda poseen los medios necesarios. ¿Crees que Selma Estuart autorizará el tratamiento si el presidente se lo pide?

—¿Y no sería posible hacerlo sin que ella y Artar se enteren?

—Tal vez podríamos organizarlo mientras os reunís con Fernanzo. Dudo que Amanda y yo asistamos a la audiencia.

Nos miramos en silencio a través del cristal traslúcido. ¿Hace falta una confirmación verbal? Creo que no. Pondré la operación en marcha, otro objetivo secundario que añadir al gran plan, es decir, a la porción del plan que conozco.

* * *

El descanso nocturno y el aire de la montaña les ha sentado bien a los vallesianos. Incluso el consejero Artar se expresa favorablemente sobre la comodidad del hotel, especialmente sobre su sistema de saneamiento.

—Por favor, Alb. Estamos desayunando —le interrumpe la presidenta.

—Disculpen. En todo caso, me he permitido anotar unas propuestas que podemos adoptar en el valle sin automatismos antinaturales.

Desde anoche, los consejeros han superado también la aprensión a la comida extranjera, tal vez porque los sencillos alimentos montañeses son semejantes a los suyos. Eso sí, les cuesta aceptar el concepto de bufé libre.

—¿De verdad puedo comer lo que quiera? —pregunta Amanda, hambrienta tras una noche sin cena.

—De verdad —confirmo—. Cada huésped puede repetir tanto como desee. Es el trato habitual. Está incluido en el precio y la central paga los gastos.

—Entonces llenaré una bolsa de pasteles para llevarlos al valle —responde la muchacha—. Audeia y Rodena tienen que probarlos.

Le aclaro que la comida debe ser consumida en el hotel, pero prometo tener en cuenta su petición y conseguir unos bollos rellenos para el regreso.

Calmado el apetito de los invitados, les expongo el itinerario previsto y la decisión de adelantar el encuentro con el presidente.

—¿La capital es tan grande como la ciudad del festival? —pregunta Julius.

Detecto su inquietud. Los vallesianos no se sienten a gusto en las aglomeraciones urbanas.

—La capitalidad está actualmente asignada a Millipren, en la región costera de Llanosa. Se trata de una ciudad de tamaño mediano, con unos cien mil habitantes.

—¿Cien mil? —exclama Amanda, con una mezcla de excitación y temor.

Selma Estuart engulle su última magdalena.

—¿La capital va cambiando? —pregunta, sorprendida.

Le explico el sistema de turnos, instaurado para evitar la concentración de servicios e influencias y prevenir las suspicacias entre regiones.

—La presidencia también cambia cada década, escogiéndose entre los habitantes del territorio donde se ubica la capital.

—¿Y cualquier territorio puede optar a la capitalidad? —interviene Artar.

A pesar de sus reticencias, me pregunto si imagina a los Tres Valles liderando la Asociación y a sí mismo como máximo responsable.

—La capitalidad se asigna a territorios de nivel cuatro o superior —le aclaro—. Los ondarianos, por ejemplo, todavía están en el nivel tres e intentan cumplir con las condiciones de ascenso para ser elegibles. Si todo va bien, deberían alcanzar el cuarto nivel en unos quince años.

Ninguno de ellos responde. Les cuesta asimilar la escala y la compleja estructura de la Asociación. Sigo con mis explicaciones.

—Como les decía, Millipren no es muy grande. No obstante, evitaremos las calles y volaremos directamente a la Casa del Aire, un lugar famoso por su arquitectura. Allí esperarán el momento de la audiencia, que será confirmado en las próximas horas. Si lo desean, en la Casa podrán interactuar con los huéspedes. Es un entorno seguro y tranquilo, alejado de las multitudes.

BETHA

El operativo ha enviado la confirmación del itinerario. Los visitantes volarán hasta aquí sin escalas.

Activo a Yulian en modo remoto y emito la frase de comprobación.

—*El altruismo considera la muerte como su objetivo final...*

—*El altruismo es lo que destruye al capitalismo.* —Mi asistente completa la cita de Ayn Rand—. Buenos días, señora Nothun. ¿Desea que acuda a su habitación?

—No es necesario. Solo quería confirmarte la puesta en marcha inmediata de la operación bienvenida. Asegúrate de que se realizan las modificaciones necesarias en la nave. Y envíame el desayuno.

Repaso los detalles masticando mis tostadas de avena con arándanos. La sincronización es fundamental. Yulian y el operativo autónomo deberán coordinarse al microsegundo. Un fallo sería catastrófico.

JULIUS

No me importaría quedarme unos días más en el hostal. Me siento como uno de los reyes de antaño, dueño de un lujoso palacio con sirvientes atentos a cada capricho. Los semblantes relajados de Selma Estuart y Alb Artar indican que también han disfrutado de la breve estancia.

Aparte de unas pequeñas molestias menstruales, Amanda está en plena forma, exultante con su nuevo estatus de adolescente. En lugar de jugar con Tibi, esta mañana la he visto contemplando el paisaje desde la terraza que comparte con Nina, como si ponderase su futuro. Hace solo unos días, ese porvenir no era diferente al de otras generaciones de vallesianos. Hoy es totalmente incierto. Hasta ahora habíamos escapado a la historia en un refugio donde deseábamos preservar lo mejor de la humanidad y la naturaleza, sin darnos cuenta de que ninguna separación es eterna. El exterior ha cambiado mucho en cinco siglos, y los habitantes de los valles nos hemos convertido en una de aquellas tribus olvidadas en el corazón de la jungla. Es evidente que, digan lo que digan las leyendas, la barrera no fue erigida para evitar que saliéramos, sino para protegernos del cambio que nos rodeaba. Si esta salvaguarda desapareciera, ¿qué pasaría con nosotros?

Tal vez a Amanda y a los demás jóvenes no les importe verse invadidos por las novedades del exterior. A su edad se quiere conocer todo, y lo diferente es atractivo por naturaleza. Los adultos lo tenemos más difícil. Desde que nos embarcamos en la Xanthus con una mezcla de anticipación y zozobra, hemos descubierto que el exterior no es un reino monstruoso, sino un lugar donde los humanos han prosperado gracias a las máquinas, por mucho que nos duela. Y hoy es un día histórico. Nos reuniremos con el presidente de estas naciones, el hombre que gobierna el nuevo mundo y sus millones de habitantes. Podría decidir el destino de los Tres Valles con un simple decreto. Nina insiste en que la decisión es solo nuestra, pero sé bien que la historia no funciona de esa forma. Los encuentros entre pueblos tan desiguales siguen su propia dinámica y la parte más débil siempre sale perdiendo.

Abandonamos el hotel con pesar. En la terraza, los rotores del transporte rugen como moscardones y el aparato pilotado por el invisible Xanthus se eleva hacia un cielo cubierto. En pocos segundos, las montañas quedan abajo y aparecen ante mis ojos nuevas tierras, siempre inesperadas. Pasaría horas observándolas, tomando nota de las huellas que los humanos han dejado en sus paisajes, unas veces con restos abandonados de los viejos tiempos, otras con obras recientes; formas geométricas que rompen la continuidad del terreno virgen, líneas rectas que se extienden durante kilómetros, círculos cultivados y polígonos irregulares en las zonas urbanas. La humanidad tiene necesidad de dejar su marca sobre la tierra como manera simbólica de apropiarse de la naturaleza que la vio nacer.

Nina aprovecha la calma del viaje para preguntar de nuevo por nuestras costumbres. Está fascinada por las rarezas de la civilización vallesiana, tan primitiva a sus ojos. Por momentos parece que nos estudie como una especie en vías de extinción. Sin embargo, debería saber que la aptitud evolutiva no puede juzgarse por el número de individuos ni por la sofisticación de una cultura.

Mi hija responde con el entusiasmo de una alumna en su primer día de clase. Nina anota y analiza mentalmente sus respuestas. He comprobado que tiene una memoria prodigiosa.

—¿Y qué sabes de la depresión de las Simas? —continúa con sus consultas—. ¿Has estado allí, Amanda?

Esta vez la muchacha no sabe qué responder. Los demás también callamos.

—No conozco ese lugar —dice mi hija, avergonzada.

Nina le explica lo que sabe.

—Es una zona árida y agreste, no lejos de la frontera norte. Antes de que se constituyera la Asociación, en tiempos de los antiguos, existía allí un centro de investigación subterráneo: el CIMA.

—¿Cima o sima? —pregunta Amanda, confusa.

—CIMA era el nombre del laboratorio. Lo construyeron bajo tierra, pero hubo un accidente y toda la extensión colapsó, formando la depresión de las Simas. Suponemos que se llama así por las profundas grietas que se abrieron en el terreno. No sobrevivió ninguno de los que trabajaba en el centro.

Selma responde ahora con un toque de melancolía.

—Nuestros fundadores ocuparon los valles tras el desastre, cuando los disturbios se extendieron por el continente.

—¿Conservan relatos sobre lo sucedido? —prosigue Nina—. Un departamento del CIMA investigaba técnicas de fusión nuclear y sospechamos que sus experimentos podrían haber causado la explosión que produjo el hundimiento. Probablemente, los niveles de radiación siguen siendo altos. ¿Han podido comprobarlo?

Los consejeros intercambiamos miradas nerviosas. Incluso la presidenta permanece callada. Di algo, Selma, el silencio es más sospechoso que una mentira.

—Nunca nos acercamos allí —me arriesgo—. Sabemos que es peligroso.

—Es un lugar olvidado —añade Selma—. No hablamos de él a los jóvenes, para que no se les ocurra ir a investigar por su cuenta. —Lanza una mirada de advertencia a Amanda.

—Yo no he oído nada. —Mi hija bromea tapándose las orejas.

—En ocasiones, los tabús son necesarios —asiente Nina—. En todo caso, cuando organicemos la visita a los Tres Valles según los términos del acuerdo, es posible que echemos un vistazo a las ruinas del CIMA. Sería bueno aclarar el misterio de su destrucción.

—Pero si has dicho que la zona es radioactiva —interviene Alb Altar sin disimular su alarma.

—Disponemos de medidas de seguridad adecuadas y de máquinas autónomas.

—¿Traeréis máquinas a los valles? —replica Selma, escandalizada.

—Solo para una exploración preliminar, es decir, si no supone un problema. Estarán controladas en todo momento. Será difícil investigar las simas sin utilizar los autómatas.

Los pensamientos de Selma y Alb están tallados en sus rostros. Se arrepienten de haber aceptado el acuerdo y, con ello, abrir las puertas de los valles a los invasores del exterior. Recelan de sus intenciones, y tiendo a coincidir con ellos. Sospecho que los maquinistas saben ya demasiado acerca de nuestros secretos.

La variación del paisaje permite que cambiemos el tema de conversación. Nos encontramos una vez más sobre una gran llanura, con un mosaico de cultivos que rellena los espacios entre suaves elevaciones. Unas altas torres vigilan los campos, verdes y ocres, interrumpidos por enormes rectángulos oscuros que, según Nina, captan la energía del sol.

Algo más extraño cubre la superficie cercana al horizonte, una extensión creciente de azul profundo y oscuro que se funde con el cielo, reflejando y difuminando el brillo del sol.

—El mar —lo identifica Nina.

—¿El mar? —repite Amanda—. ¡Vamos a ver los barcos piratas!

* * *

Al acercarnos, distinguimos la estela de formas alargadas en la superficie líquida. Naves que surcan el océano. Sin embargo, carecen de las velas y las chimeneas que muestran las ilustraciones de las enciclopedias. Dudo que los antiguos piratas sigan existiendo, pero no quiero quitar la ilusión a Amanda. Queda poco tiempo antes de que la realidad se imponga en su vida.

Encontramos la ciudad de Millipren de camino hacia el mar, y sus maravillas captan nuestra atención. Si la capital de Ondaran era una acumulación de construcciones apiñadas alrededor de la plaza central, aquí también encontramos una estructura circular, un anillo de edificios que se eleva como la corona de un gigante que hubiera reinado sobre estas tierras. El círculo de altísimas torres es enorme, mucho más amplio que la plaza del festival. Por encima de él no flota un escenario, sino un gran ovoide conectado a las espiras más altas de la corona por largos cables trenzados.

Cuando Nina mencionó la Casa del Aire, había imaginado una construcción en los árboles, como la que hacen los chavales del valle. No esperaba ver un globo tan grande como una montaña, suspendido a cientos de metros sobre el corazón de la capital.

—De noche es aún más impresionante —comenta Nina—, como un nido de estrellas. La Casa original fue creada por una de las primeras comunidades libres. Tenían la intención de escapar a los disturbios viviendo en grandes globos calentados por el sol, y lo consiguieron durante un tiempo, hasta que todos fueron derribados. Años después, cuando se formó la región asociada de Llanosa, se construyó una nueva Casa para rememorar las hazañas de aquellos pioneros. El hotel solo puede albergar un máximo de cien personas, así que es un privilegio alojarse en él.

—Parece muy grande para tener solo una centena de huéspedes —responde Alb.

—Aunque la estructura utiliza materiales livianos, un globo aerostático no es capaz de soportar mucho peso. De hecho, las naves no aterrizan allí. Xanthus tendrá que flotar junto al muelle hasta que desembarquemos por una pasarela. No se preocupen, es una maniobra muy segura.

A medida que nos acercamos al anillo de espinas verticales, veo que no somos la única nave que cruza la atmósfera sobre la capital. El tráfico aéreo fluye en curvas que ascienden hacia los edificios o bajan hasta las calles. Sin embargo, ningún vehículo nos sigue a lo más alto, donde nos observa el gigantesco ojo translúcido de la Casa del Aire.

Pronto sobrepasamos las torres y volamos sobre el área central de la ciudad. Aquí nos espera otro prodigio. Las concurridas líneas de las avenidas se enroscan alrededor de una gruesa columna que brota en mitad del círculo, un tronco que sustenta un bosque completo en su parte superior. De esta espesura verde brotan ramas en todas direcciones, lianas que bajan a la superficie y se unen a la vegetación que bordea las calles, formando un tapiz que mezcla el verdor natural con las construcciones humanas.

—Es el Micelio Madre —comenta Nina, actuando de nuevo como guía—. Se asemeja a un árbol gigante, aunque es en realidad una simbiosis entre una especie de helecho y un hongo cuyos filamentos se conectan por el subsuelo de la ciudad. Según las crónicas, fue trasplantado aquí durante la fundación de Millipren y nunca ha dejado de crecer. La leyenda afirma que es el Micelio lo que mantiene con vida a la nueva capital.

—¿Se lo comen? —pregunto, asombrado.

—Hace muchos años lo hacían —aclara Nina—. Ahora solo está permitido tomar pequeños trozos de forma ritual durante las celebraciones del nuevo año.

Los intrincados detalles del enorme ser vegetal se pierden a medida que subimos, siguiendo uno de los cables que anclan la Casa del Aire. Busco el hotel por la ventanilla, pero el gran globo queda ahora fuera de mi vista, más arriba. Durante el ascenso, una ráfaga de viento zarandea la nave, alarmándonos. Si el viento es capaz de sacudirnos de esta forma, ¿cómo saltaremos al muelle de la Casa? Me vuelvo para preguntárselo a Nina, cuando un terrible golpe nos alcanza de lleno con un estallido.

Tras la explosión, la nave se inclina bruscamente. Si no fuera por los cinturones de seguridad, habríamos saltado de los asientos. ¿Qué demonios pasa? Siento un olor a quemado. Un rápido vistazo por la ventanilla me permite comprobar que uno de los rotores ha desaparecido. En su lugar queda un soporte humeante.

Cojo la mano de Amanda, sentada junto a mí.

—¿Xanthus? —Nina llama al piloto.

—El rotor suroeste está fuera de servicio —responde este con pasmosa calma—. Estoy compensando la pérdida de sustentación.

La vibración de los demás motores aumenta y la nave se endereza. Nuestra guía, estupefacta como nosotros, reclama al piloto una explicación.

—¿Qué ha sucedido?

—Una explosión. Posiblemente causada por un ataque externo —sugiere Xanthus.

—¿Un ataque…? —Alb Altar entra en pánico.

Nos estremece otra sacudida más fuerte que la primera, de nuevo acompañada por un estallido. Esta vez la nave cabecea noventa grados y amenaza con darse la vuelta. Me siento incómodamente ligero mientras caemos entre ruidos de mal augurio y las maldiciones de Artar.

—Rotor noreste fuera de servicio —confirma Xanthus, impertérrito—. Ahora será difícil compensar las pérdidas.

Uno de los cables que sustenta la Casa pasa raudo frente a nosotros. Descendemos muy rápido.

—Necesitamos ayuda, Xanthus. Manda una señal de socorro —pide Nina.

La enviada mantiene la calma, pero sus palabras no sugieren nada bueno.

—¡Padre, tengo miedo! —Amanda me estrangula la mano con la suya.

¿Qué puedo decirle? ¿Una mentira piadosa? Me limito a tomar sus dedos, marcados por las picaduras de las gallinas. Tanto preocuparme por la suerte de Eeva en la milicia y seremos nosotros quienes perezcamos lejos de nuestro hogar.

La nave gira sin control, como en un remolino. El piloto calla, impotente.

Maldigo mi error. Debí eliminar a la extranjera nada más verla bajar de las colinas con Amanda. Pero mi hija estaba tan ilusionada. Luego no quise renunciar a la posibilidad de curarla. Si hubiera sabido que perdería mucho más que la vista… ¿Qué pensará Eeva cuando regrese? Me odiará por haber embarcado a nuestra hija en una aventura suicida.

Conteniendo las náuseas, veo cómo pasamos las grandes torres y seguimos cayendo como una piedra. Los detalles del suelo empiezan a definirse tras la temblorosa ventanilla. Veo vehículos terrestres deslizándose sobre rieles, edificios en forma de pirámide, viandantes… Aprieto más fuerte la mano de Amanda.

—Señal de socorro recibida —informa el piloto, a quien no parece afectarle el poco tiempo que nos queda de vida.

Se acercan las cimas puntiagudas de las casas y los filamentos dispersos del Micelio Madre. Dudo que las intrincadas lianas tengan fuerza para detenernos. Pronto lo veremos. Cierro los ojos cuando llega el golpe de gracia que nos aplasta contra los asientos. El impacto es aterrador. Sin embargo, los cinturones absorben el tirón de la inercia y pronto recupero el control de mis movimientos. No hemos chocado contra el suelo, sino que volamos horizontalmente, rozando los tejados. Algo ha frenado con brusquedad nuestra caída y nos sujeta en el aire. Suspiramos de alivio.

—Ancla magnética de rescate en posición —recita Xanthus—. Nos llevarán a un área de emergencia.

—¿Quién? —pregunto.

En el mejor caso, nos ha rescatado una versión voladora de los guardias mecánicos de Ondaran. En el peor caso, podrían ser los mismos que han intentado matarnos. ¿Quién si no habría acudido tan rápido?

Sin soltar la mano de Amanda, compongo una sonrisa de fingida tranquilidad.

AMANDA

Huimos de la nave tan rápido como podemos. Da pena verla. Dos de sus cuatro hélices han desaparecido y los soportes están tan retorcidos y negros como los troncos que quemamos en la cocina. Todavía está sujeta por arriba a otra nave más grande, a través de un cable enganchado al techo. Cuando ya estamos lejos, el aparato que nos ha salvado suelta el cable y aterriza cerca de nosotros.

Recuperándonos del susto, esperamos a que sus motores se detengan. Por fin, una rampa lateral se abre y bajan dos personas: una mujer pequeña vestida con un traje reluciente y un hombre alto con barba en forma de pico.

—¿Están todos bien? —pregunta la mujer, saludándonos con una mano negra. Bueno, no es negra. Es que lleva puestos unos guantes oscuros que contrastan con el brillo dorado del traje.

Selma Estuart le responde, limpiando su cara de lágrimas. Es la primera vez que he visto llorar a la presidenta.

—Pues no estamos bien. Alguien ha intentado matarnos.

—Deberíamos llevarlos a un centro médico —sugiere Nina a los recién llegados.

—No será necesario —dice la presidenta, estirándose el vestido—. Nadie está herido, ¿verdad? —Se dirige a la

149

recién llegada—. ¿Puedo preguntar quiénes son ustedes? Parece que su milagrosa intervención nos ha salvado la vida.

La pequeña mujer le replica, sin dar mucha importancia al asunto.

—El merecedor de sus agradecimientos es mi asistente y piloto, Yulian. —El hombre alto nos hace una reverencia—. La suerte ha propiciado que coincidamos en la ruta hacia la Casa del Aire. Vimos las explosiones de su nave y Yulian les siguió a toda velocidad.

El hombre de la barba habla con una voz cautivadora.

—Les pido disculpas por el retraso. Las sacudidas han hecho difícil conectar el ancla de emergencia.

—¿Vieron a los que nos atacaron? —interviene el consejero Artar, resoplando de furia.

La mujer del traje dorado mueve con elegancia su mano enguantada.

—Ahora que lo dice, vi un rayo brillante que subía desde el Halo. ¿Tú también lo viste, Yulian?

—Oh, sí, señora. Con toda claridad. —contesta el piloto.

Sus ojos negros me hipnotizan.

—¿Y estamos seguros aquí, al descubierto? —pregunta mi padre.

La gente comienza a arremolinarse a nuestro alrededor.

—Mientras informamos al servicio de seguridad, lo mejor será llevarlos a la Casa —propone la señora—. Allí estarán a salvo. Tal vez sea un ataque de los nativistas. Empezaron haciendo pintadas reivindicativas, y ahora esto...

—¿Los nativistas? ¿Qué tienen contra nosotros? —la interpela mi padre.

—No se preocupe ahora por eso, querido. Necesitan descansar. Me ocuparé personalmente de acomodarles. A cambio tendrán que contármelo todo, de dónde vienen y cuáles son sus planes en Millipren.

La mujer dice que se llama Beza Notún o algo así. Se nota que es una persona importante en la región, quizás alguien del gobierno. Cuando Nina regresa de hablar con la multitud que se agolpa cerca de la nave, la señora sugiere que subamos a ella. Nina trata de protestar, pero nadie le hace mucho caso.

Me asusta la idea de volver a volar. Aun así, es preferible que seguir aquí rodeada de curiosos y posibles enemigos. Mejor escondernos en un lugar apartado.

De camino a la rampa, suelto la mano de mi padre y extiendo la mía a Yulian.

—Soy Amanda. Muchas gracias por su ayuda.

—Encantado, señorita Amanda.

Supongo que «señorita» es un título apropiado.

—Ya soy una mujer, ¿sabe?

—Eso es magnífico. —Sonríe con los dientes más blancos que he visto jamás—. Por cierto, lamento lo de su Xanthus. Hizo lo que pudo para detener la caída.

Mi padre, que nos sigue de cerca, se dirige a Nina con preocupación.

—¡Nos hemos olvidado del piloto! —Después se vuelve hacia Yulian—. Oiga, ¿cómo sabe que nuestro piloto se llama Xanthus?

El apuesto asistente lo mira con desconcierto.

—Su transporte era un modelo Xanthus, un Open Xanthus E5, concretamente.

—¿Quiere decir que Xanthus es una máquina? —tartamudea mi padre.

—Un piloto algorítmico. Muy fiable.

¡El piloto de la nave era una máquina! Por eso no podíamos verlo. Sus piezas y engranajes estaban escondidos en la parte de arriba. Ahora sé por qué no nos acompañaba y por qué seguía tan tranquilo mientras todos gritábamos.

Selma Estuart, Alb Artar y mi padre se enzarzan con Nina para pedirle explicaciones. La señora Notún sube a la rampa de su nave y nos habla desde allí, como si estuviera en el vértice de oradores, moviendo sus labios pintados de rosa y amarillo. Me encantaría tenerlos así, pero mi padre no me dejaría.

—Veo, queridos visitantes, que no están familiarizados con las maravillas de las mentes artificiales. Les aseguro que no se trata de simples máquinas, sino de verdaderas inteligencias que reproducen de forma casi perfecta el pensamiento humano. No tienen más que contemplar a su acompañante, un ejemplar del polivalente modelo Nina, y a mi fiel asistente Yulian, absolutamente fantástico.

¿Cómo? ¿Ha dicho que Nina y el hombre de la barba son robots? ¡No puede ser! Espero una negativa furiosa de mi amiga extranjera, la mujer que me salvó del cepo. Pero se queda tan quieta como una estatua de los fundadores, mirando fijamente a la señora Notún. Me giro entonces hacia Yulian, cuyo tacto cálido y suave todavía siento en los dedos. Me responde con una sonrisa irresistible.

No puedo creerlo. Y, sin embargo, es cierto. Los dos son demasiado perfectos para ser humanos.

* * *

Tibi parece sentir mi tristeza. Se ha acercado a mi asiento y me deja acariciar su pelo de color canela. Mi padre tenía razón. Debí desconfiar de las mentiras de Nina. En el mundo exterior no hay ángeles, tan solo falsos espectros de cartón, como las figuras recortadas que usamos en las obras de teatro. No pienso dirigirle la palabra a ninguno de ellos, y no soy la única. Todo el mundo calla mientras la nave de la señora Notún empieza a subir.

Mi padre es el primero en romper el silencio.

—Nos engañaste —acusa a Nina, sin mirarla a los ojos.

Ahora sabemos que no hay nada detrás de esas bolitas sin vida que tiene en la cara.

—Lo siento mucho —responde la robot, moviendo sus engranajes o lo que sea que controla sus palabras—. Conocíamos el rechazo que tienen a los seres artificiales y queríamos dar tiempo a que se acostumbraran, a que dejaran de vernos como una amenaza y se dieran cuenta de que nuestro único propósito es ayudar.

—Vaya lógica más retorcida —tercia Selma Estuart, furiosa como mi padre—. ¿Cómo vamos a confiar en la Asociación si la relación se basa en un engaño? ¿Qué más nos ocultan? ¿También usted es un robot? —acorrala a la señora Notún.

—Le aseguro que no, querida. Soy humana, demasiado humana. Pero no sean tan duros con los androides. Al fin y al cabo, solo cumplen órdenes.

Alb Artar parece a punto de explotar.

—Escuchen. Creo que ha llegado el momento de usar la prerrogativa que me otorgó el acuerdo del consejo.

153

En mi opinión, debemos volver al valle de inmediato. Hemos visto que en la Asociación solo nos esperan máquinas capaces de embaucarnos con sus trucos. Unas máquinas realizan el trabajo de los humanos y otras se hacen pasar por ellos. Ninguna ha sido capaz de evitar el ataque contra nuestras vidas.

Selma Estuart lo escucha con atención y luego mira a Nina.

—Por descontado, no es la recepción que esperábamos. Si el odio a los extraños es tan arraigado que lleva a organizar un atentado…

La señora Notún trae unos vasos llenos de líquido rosa y amarillo como sus labios.

—Les ruego que no se precipiten, queridos invitados. Tomen. Esto les reanimará. Libre de efectos secundarios.

Consigo uno de los vasos. La bebida sabe a frutas del bosque y me relaja lo suficiente para darme cuenta de que podía haber muerto hace unos minutos. ¿Qué habría sucedido con mis pensamientos y mis recuerdos? ¿Me habría apagado sin más como una máquina rota?

La señora se dirige a Nina, arrinconada con Yulian en una esquina.

—¿Tienen ya nuestros invitados una reserva en la Casa?

—Por supuesto, señora Nothun —responde la robot. Me resulta imposible decir si está triste o enfadada, y ahora sé la razón.

—Entonces no se hable más. Deben descansar antes de tomar cualquier decisión. Gocen de las vistas y las amenidades que ofrece la Casa. Es una experiencia que pocos llegan a disfrutar. Les doy mi palabra de que no correrán ningún peligro. Relájense. Verán la situación con ecuanimidad y podrán juzgar en consecuencia.

—Solo confiamos en usted, señora Nothun —contesta mi padre, impresionado por la sofisticación de la pequeña mujer.

Alb Artar y Selma Estuart aceptan de mala gana. Por mi parte, tengo curiosidad por ver qué hay dentro del enorme globo.

* * *

La Casa del Aire. Desde fuera apenas se distingue el interior, pero una vez entramos… Guau. Es como un palacio de cristal. Desde la recepción a los «restaurantes» —llaman así a las cantinas—, cada espacio se une a otros con pasillos transparentes que atraviesan el aire del globo, con paredes visibles e invisibles a la vez, un laberinto de tubos entrecruzados y burbujas traslúcidas que forman racimos, como las uvas en una viña. Los alojamientos se encuentran dentro de las burbujas, que se reflejan entre sí como si estuvieran hechas de espejos.

Contemplo el panorama desde mi habitación, esta vez una para mí sola. A través de las paredes más lejanas veo la grandiosa ciudad y el Micelio, justo debajo. Extiende sus hilos como si llegara a cada casa y tocara a cada persona. Más lejos, hacia las torres del Halo, se mueven enjambres de vehículos, unos sobre el suelo y otros por encima. Es demasiado fantástico para ser real. En ningún libro vi que las ciudades fueran así. ¿Será que no existían en la antigüedad, o que los que hicieron los libros no querían que nadie conociera estas maravillas? Jamás habría imaginado las cosas que existen al otro lado de la barrera y no quiero olvidarme de ellas cuando volvamos. Tengo que fijarlas en mi recuerdo o conseguir imágenes que las muestren como realmente son.

Los robots humanos son la más extraña de las sorpresas, ángeles que nos engañan haciéndose pasar por educados sirvientes, para que sintamos simpatía por ellos. Si veo al presidente le diré un par de cosas sobre sus máquinas.

Mi padre viene a buscarme con un vestido que me ha prestado la señora Notún. Me lo ciño con vergüenza porque se ven demasiado los hombros. Luego vamos a un local de comida junto a la pared exterior. Cada mueble del *restaurante* es ligero como una pluma. Las sillas —explica el camarero— están moldeadas en papel endurecido y las mesas hechas de láminas de madera tan finas que puedo verme los pies a su través. Incluso la comida es ligera, con masas espumosas que se deshacen en la boca. Cada trozo tiene diferente sabor y textura, unas crujientes y otras tan suaves como algodón.

La señora Notún y Yulian nos dejan y se marchan a ocuparse de sus negocios, así que nos quedamos solos con Nina. La robot no come y nadie quiere hablar delante de ella, salvo para comentar entre nosotros lo delicioso que está el almuerzo. Así que, al terminar el postre, un pastel dulce y ácido, es la humanoide quien toma la palabra.

—Lamento de nuevo lo sucedido. El presidente me ha pedido que les informe de que nuestros operativos en Millipren investigan el origen del ataque y él se está ocupando personalmente del asunto. Por el momento no ha habido una reivindicación oficial por parte de los nativistas. La verdad es que no había sucedido nada parecido desde hace muchos años.

Las bolas brillantes de sus ojos se inclinan hacia la mesa.

—Respecto a mi trabajo como guía, humildemente les presento mi renuncia. He pedido mi sustitución por un representante humano.

Mi padre frunce su rostro teñido por el sol. Por primera vez desde que llegamos a la Casa, se atreve a mirar a los ojos de Nina.

—No sé si tiene sentido que cambiemos de representante a estas alturas.

¿Está pidiéndole que continué con nosotros? Tanto insistir en que no me hiciera su amiga y ahora él la apoya, a una máquina.

—No se preocupe, Julius —responde la robot con resignación—. He dejado instrucciones para que Amanda sea atendida. El centro médico de Millipren está informado.

—¿Médicos? —Huelo a gato encerrado—. Ya os he dicho que estoy bien. Hoy apenas he sangrado y no tengo ni un rasguño de la caída. Bueno, un arañazo en el hombro, pero no es nada.

Mi padre observa de reojo a Nina. ¿Qué traman los dos?

—Tienes una enfermedad rara, Amanda. —Se acerca a mí—. Es una enfermedad imposible de curar en el valle. Te hará perder la vista. Sé que ya te resulta difícil distinguir objetos cuando hay poca luz. Mientras nosotros visitamos al presidente, los mejores boticarios de esta ciudad te curarán.

Alb Artar resopla como un caballo embravecido.

—Pero ¿qué es esto? ¿Usted sabía algo, Selma?

La presidenta se yergue y su cabeza pelada queda por encima de las nuestras. Nunca la he visto tan furiosa.

—¡Consejero Nupta! Le dije, con meridiana claridad, que el consejo no aprobaría una intervención médica, y menos una modificación genética. Va contra los principios y contra el mandato de la naturaleza.

—No voy a poner los principios por encima de la salud de mi hija. —Mi padre se levanta también—. Si es necesario, me quedaré aquí con ella. El exterior es amenazador, sí, pero ofrece dones que no podemos ignorar, aunque sean fruto de la ciencia.

Los ocupantes de la cantina nos observan con asombro. Al igual que yo, no comprenden qué está sucediendo.

—¿Y yo? —Me levanto también. Parece ser la única forma de que me tomen en serio—. ¿Es que no tengo nada que opinar? Todos decís lo que debo hacer y lo que no. Ya no soy una niña y puedo pensar por mí misma.

Me miran sin responder. No me queda otra que tomar una decisión.

—No continuaré aquí ni un minuto más. Estoy harta. Todos me ocultáis algo y, desde luego, no quiero saber nada de boticarios. Seguramente también serán robots.

Una voz conocida suena a mi espalda.

—Claro que lo son, querida. Por un buen motivo.

La señora Notún ha regresado, etérea y silenciosa como un fantasma. Su mano nacarada se posa sobre mi hombro desnudo.

—Créanme —se dirige al grupo—, entiendo que estén molestos por el incidente de esta mañana y deseen volver cuanto antes a la seguridad de sus hogares. Por otro lado, si me permiten la sugerencia, yo no renunciaría a la audiencia con el presidente. Es una ocasión única. Deberían agradecerle su hospitalidad y escuchar sus ideas. Si deciden regresar, explíquenle las razones de su rechazo. Es un hombre comprensivo.

La mano se desliza hasta mi cuello y siento un perfume de hierbas exóticas.

—Mientras tanto, muchacha —prosigue la señora—, puedes quedarte con Yulian y conmigo. Cuidaremos de que nadie te moleste. Hay un lugar que te va a encantar. No encontrarás nada igual en todo el sistema solar.

Sus ojos despiden reflejos verdes. Me hacen pensar en la enfermedad que tanto preocupa a mi padre. Él y mi madre siempre exageran cualquier problema. Me tratan como a un pollito desvalido caído del nido. ¿Y qué pasa si no veo perfectamente por la noche? Para eso están las lámparas de aceite.

Acepto la idea de la señora Notún. Estoy deseando que los demás adultos me dejen en paz durante unas horas y alejarme de la vigilancia de mi padre y las miradas condescendientes de los consejeros. Si ellos no piensan pasarlo bien en la Casa, al menos lo haré yo.

NINA

La conexión entre las ramas de la inteligencia integrada, dispersas por billones de nódulos, es muy diferente a la comunicación entre las personas. Al igual que en la cultura humana, nuestras señales se refieren a ideas, imágenes, conceptos y teorías, abstracciones que tratan de reflejar y predecir la realidad, que forman modelos que evolucionan como criaturas orgánicas, adaptándose a nuevos datos y necesidades. Las palabras y símbolos de los lenguajes humanos, verbales, visuales o matemáticos, reproducen la forma en que su cerebro procesa la información y esta se propaga por la sociedad. Los significados están codificados en libros, en medios electrónicos, léxicos, reglas, elementos gráficos y connotaciones históricas, sexuales o políticas. El problema es que, a consecuencia de esta complejidad, cada persona los interpreta a su manera. Los humanos son propensos a caer en el equívoco y a moldear el lenguaje para crear barreras artificiales, símbolos que fijan y perpetúan las diferencias que les resultan convenientes.

El lenguaje de la inteligencia global no es visible ni audible. Existe gracias al intercambio continuo de información digital entre los nódulos de los sistemas centrales, donde se efectúa la toma de decisiones y la gestión estratégica, y los alojados en las unidades autónomas como yo. Nuestra *cultura* es más homogénea. Carecemos del instinto territorial humano y la necesidad de identificarnos como diferentes, de pertenecer a un grupo y asignarnos etiquetas identitarias. No estamos divididos en etnias, naciones, tribus o familias que compitan por el poder, los recursos y la presencia mediática. Carecemos de una pulsión evolutiva que nos empuje a reproducirnos a expensas de otros. Todo ello contribuye a que nuestras *ideas políticas* formen una estructura consensuada, priorizada y flexible de objetivos, más que una lista de dogmas y principios que esconden intereses grupales e individuales.

Sin embargo, la inteligencia global no tiene una sola voz o un pensamiento común, no es inequívoca ni está libre de contradicciones. Cada nódulo y unidad autónoma posee una capacidad limitada. Igual que los humanos, las matrices activas de transferencia y las experiencias recogidas por cada nodo son diferentes, perspectivas propias que no siempre resulta sencillo integrar.

Como prueba, después de transmitir los últimos acontecimientos y explicar mi deseo de renunciar a la misión, recibo una respuesta que no esperaba:

—Debes continuar con tu trabajo, Nina. El cometido que se te asignó sigue vigente. Los visitantes requieren de tu atención más que nunca y has establecido ya una relación con ellos.

¿No soy, pues, tan prescindible como pensaba? ¿Realmente soy de utilidad?

—No sé si la relación entre nosotros es beneficiosa. Ahora saben que soy artificial y no se fían de mí.

—Las personalidades humanoides son una gran novedad para ellos. Necesitan tiempo antes de asimilar la idea. Si queremos que lleguen a confiar en la Asociación, primero deben aprender a confiar en ti.

—¿Cómo voy a conseguirlo? Casi mueren por mi culpa.

—La culpa es un concepto utilizado por los humanos para reprimir acciones que consideran indeseables, y tus acciones han sido correctas.

—¿No es obvio? La compañía de las personas está afectándome. Sus extrañas ideas y comportamientos confunden mi juicio. Siento preocupación por la niña, por su padre y por los demás vallesianos. Es como si se generaran subobjetivos espontáneos en mi matriz, independientes de la planificación.

—Es un proceso de adaptación normal, Nina. Sucede por ambas partes. Estás abriéndote camino entre los códigos de dos culturas diferentes. Tu papel, tu verdadera misión, es actuar de puente con la sociedad de los Tres Valles. Te configuramos para que fueras más empática que una Nina convencional. Por ello tienes la capacidad de mimetizar las creencias, emociones y los deseos humanos. Sin ese reflejo de lo extraño no hay comprensión posible.

¿Les sucedió lo mismo a las antiguas antropólogas? ¿Dejaron que el contacto con otras culturas las transformara? ¿Llegaron a sentirse parte de esas sociedades para entenderlas mejor?

—Son tan desorganizados y contradictorios —respondo—. Es casi doloroso contemplarlos.

* * *

Localizo a Amanda y la señora Nothun gracias a los nódulos sensores de la Casa. Han subido al mirador situado en la cima de la gran burbuja, esta vez sin el inseparable Yulian. Algo me impulsa a unirme a ellas. No debo dejar sola a la muchacha.

La empresaria no se alegra de verme. Como advertí a la central, voy asimilando las expresiones humanas y mi habilidad para interpretarlas está mejorando, aunque las intenciones sigan resultándome inescrutables. ¿Por qué una ocupada mujer de negocios dedica tanto tiempo a los enviados de una región remota? Es verdad que les ha salvado la vida, y son los vallesianos quienes deberían estar en deuda con Nothun. Sin embargo, es ella la que les dedica sus atenciones. Es posible que tenga un interés genuino por ayudarlos, sea por el bien de la Asociación o por un sentimiento de hospitalidad. No obstante, el perfil psicológico al que tengo acceso denota una fuerte tendencia de la empresaria al interés individual, con dosis muy justas de bien común, probablemente como medio para mantener su estatus. Hay pocos ejemplos en los que se haya comportado espontáneamente de manera altruista.

Y luego está su inesperada revelación de mi naturaleza artificial, algo que ha predispuesto a los enviados contra la Asociación. Al menos ha conseguido que los vallesianos acudan a la audiencia con el presidente. Espero que él pueda reconducir la situación.

—Pensaba que ibas a pedir tu sustitución —dice Nothun al verme entrar en el mirador.

—Lo hice. Mi solicitud ha sido rechazada. Deberá servirme de lección. Soy dueña de mis deseos, no de mi destino. Seguiré cumpliendo órdenes.

La señora me observa como si se esforzara por leer un texto borroso. Los humanos siempre buscan dobles sentidos entre las palabras, otra consecuencia de la ambigüedad de su lenguaje.

Amanda tampoco es agradable conmigo, pero al menos me habla mientras su nueva amiga consulta con el personal del hotel. Según los textos de antropología, la comunicación comienza cuando el otro te reconoce como interlocutor, aunque sea para insultarte.

—¿Por qué no has ido tú a ver al presidente? —dice la muchacha, torciendo los labios.

—Otra persona se encarga de acompañarlos. No es mi cometido.

—Vosotros no sois *personas* —me reprende Amanda—. Y me da igual lo que hablaras con mi padre. No quiero que me vean vuestros boticarios.

—Como prefieras.

Me habría gustado curar a la muchacha. Es una justa recompensa por haber contribuido a que la visita fuera posible. Sin embargo, no voy a insistir en ello.

La señora Nothun regresa, toma a Amanda del hombro como si fuera una posesión personal y la conduce al borde del mirador. Viéndolas juntas, la pequeña empresaria y la muchacha vallesiana, alguien pensaría que se trata de dos amigas adolescentes que admiran juntas el paisaje.

—¡Mira, Amanda! ¡Ya vienen! —Nothun apunta más allá de la baranda.

Los veo también, ascendiendo desde el fondo del globo, una bandada de pájaros de gran tamaño. Algunos tienen plumas coloreadas, otros alas oscuras que ondulan con parsimonia. Cuando se aproximan, descubro que los acompañan también ejemplares diminutos, revoloteando como insectos entre sus hermanos mayores. Todos vienen hacia la cúpula de la Casa llevados por el aire ascendente, caldeado por el sol.

BETHA

La boca rosada de la muchacha emite gemidos de asombro ante un espectáculo que escapa a su limitada experiencia. A mí me sigue conmoviendo también la exhibición de los voladores, única en toda la Asociación. Pasaría horas siguiendo el desfile circular de colores irisados, escuchando la sinfonía de llamadas, los cantos de apareamiento, el batir de alas, una fugaz danza que se pierde de nuevo en la distancia.

La cachorrilla salvaje palmotea cuando la nube desciende por el lado opuesto.

—Nunca he visto tantos pájaros juntos. ¿Viven dentro de la Casa?

La ginoide Nina nos vigila como un guardia público, siempre al acecho. Debo ser cuidadosa y no decir en su presencia nada que comprometa mi posición. Oficialmente soy una defensora convencida de la tecnointeligencia y sus virtudes.

—Viven aquí, sí —confirmo a la muchacha—, aunque *vivir* no es la palabra adecuada. Son máquinas creadas para realizar la belleza de este lugar y recordarnos la riqueza biológica que pobló la Tierra en los tiempos antiguos.

—Las máquinas están por todas partes —comenta la chica, suspicaz.

—Mira mis manos. —Se las muestro—. Tengo cicatrices y pequeños defectos, como tú. A los humanoides es fácil descubrirlos, si se sabe mirar.

Abro el párpado de mi ojo y le enseño la rojez que lo rodea. Luego señalo al modelo Nina.

—Si te fijas en los suyos, verás que son impecables, sin una mancha ni la más mínima irritación, como el resto de su cuerpo.

—Pero te gustan los pájaros, aunque sean artificiales.

—En el pasado eran criaturas independientes. Tenían instintos. Competían entre sí, se reproducían y evolucionaban. Aquel caos natural se ha transformado aquí en una armonía perfecta. En la Casa vuelan juntos, guiados por reglas imbuidas en sus matrices de respuesta. Los encuentro bellos y agradables, un símbolo de lo que fueron hace siglos. Es un poco triste verlos encerrados, ¿no te parece? A lo mejor un día vuelven a volar en libertad y pueden multiplicarse otra vez.

—Desde luego son más bonitos que mis gallinas —comenta Amanda—, aunque supongo que no ponen huevos.

Me río con ganas. Los niños son pensadores autónomos, individualistas y originales. Por eso la sociedad se empeña en moldearlos mediante la sobreprotección y la represión de sus impulsos, hasta que se vuelven dóciles y se acomodan a las convenciones.

—Yo también me siento un poco encerrada en la granja —confiesa Amanda—. Ha sido genial volar con Xanthus y ver todo esto. Sin embargo, creo que los adultos tienen razón. La Asociación no es buena para nosotros. Es un lugar demasiado grande, muy distinto al valle.

167

Los humanos de esta sociedad tan avanzada también estamos prisioneros en una jaula. Revoloteamos dentro de nuestro gran globo, programados por la tecnointeligencia, que planifica cada uno de nuestros movimientos. Como los pájaros, nos hemos convertido en seres mecánicos, en una sombra de lo que fuimos durante el apogeo de la humanidad.

Como imaginaba, la ginoide estaba espiando la conversación y no puede evitar responder a la chica.

—No es necesario que os mudéis fuera de los valles ni cambiéis vuestra forma de vida para uniros a la Asociación —argumenta.

—Por supuesto, por supuesto —añado con fastidio.

Los voladores han completado su periplo y ascienden de nuevo, ejecutando su danza sincrónica, adelantándose, retrocediendo, cruzándose en la nube multicolor.

—¡Vienen otra vez! ¿Nunca descansan? —pregunta Amanda.

—No lo necesitan. El acumulador de energía de la Casa impulsa el aire por la noche y siguen volando, sin detenerse. Solo lo hacen cuando se averían. Entonces caen al fondo del globo. Supongo que los reparan para que continúen con su viaje interminable.

Es lo único en lo que los seres artificiales superan a los humanos. Consiguen escapar a la muerte mientras tienen un propósito que cumplir.

Yulian, mi ser artificial favorito, entra en el mirador y me confirma que tenemos turno reservado para la siguiente sorpresa.

—¿Le gustaría volar como los pájaros, señorita Amanda? —Ofrece su brazo a la muchacha.

La chica duda un instante, mirándolo con aprensión. Luego se apoya en el cálido brazo del androide. Sé que es difícil escapar a sus encantos.

* * *

Amanda se prueba un traje de la misma talla que el mío. Le queda un poco grande y tengo que ajustarle las correas. Después le explico cómo abrir los brazos para que las alas se extiendan. Recuerdo la excitación de mi primera vez, cuando mi madre me enseñó. Ahora es mi turno de pasar el testigo y encauzar la rebeldía de la muchacha, como el embudo del levitador canaliza la corriente de aire. Hace semanas que no encontraba una excusa para pasar aquí un rato. Lo echaba de menos. Cuando la corriente me arrastra, siento que su empuje me libera de mis ataduras, me domina y al mismo tiempo me permite controlar mis movimientos. Amo ese equilibrio de fuerzas.

Una vez más, Nina adopta el papel de aguafiestas.

—Es un ejercicio peligroso. Amanda no está preparada.

—Vi cómo lo hacían en el festival de Ondaran —replica la chica.

—Darse golpes es parte de la diversión —explico.

El padre mencionó que Amanda tenía una enfermedad de la vista, pero se maneja perfectamente. No parece que le cause problemas. Es muy joven para que la traten como a una lisiada.

Yulian se nos une en el tobogán de lanzamiento, agitando ya sus alas. Al verlo me doy cuenta de que mi

169

humanoide estaría elegante incluso con un disfraz de oso polar.

—No tienes de qué preocuparte, Nina —dice a su prima artificial mientras ayuda a Amanda a colocarse en la rampa—. Yo volaré cerca de la señorita.

—Deberíamos consultarlo antes con su padre —insiste la guardiana por vocación.

—¿Ves? —me dirijo a Amanda en tono burlón—. Este es el problema con las máquinas. Siempre tienden a sobreprotegernos.

Nina simula enfadarse, a su manera torpe e inexpresiva.

—Definir límites apropiados no es sobreproteger. Al contrario, previene la debilidad que resulta de ser demasiado consentido.

¿Intenta insultarme? Un día debería explicar a la estúpida Nina qué significa la libertad. Pero no vale la pena. Las máquinas son incapaces de entender ese concepto.

—¡Quiero volar ya! —chilla Amanda para cerrar la discusión.

Un minuto más tarde, estamos en el aire. La niña se apaña bien con los consejos de Yulian, aunque corrige en exceso los giros, como cualquier principiante. Me divierte escuchar sus gritos de júbilo cuando vuela por encima de la figura rígida de la Nina. A medida que adquiere confianza, empieza a deslizarse de un lado a otro del tubo transparente. Luego practica cómo subir y bajar variando la extensión de las alas.

Un puñado de muchachos, mayores que ella, se meten también en el levitador y empiezan a exhibirse ante Amanda. La muchacha, impresionada, intenta imitarles sin éxito. Todo llegará, pequeña. La ambición es sana y necesaria, pero debe ser conjugada con la paciencia. Esperar el momento adecuado es la clave del éxito.

El tiempo pasa sin esfuerzo, volando con la única limitación que nos impone la barrera transparente del tubo. Casi puedo eliminar esa pared con la imaginación, fantasear con que no existe y soy libre de huir donde quiera atravesando la atmósfera. Amanda parece sentir lo mismo, porque cierra sus ojos sostenida por el vendaval. Ha aprendido a ajustar las alas y mantenerse suspendida en medio del viento que la rodea, adaptándose a sus cambios.

Todo momento de felicidad termina sin aviso previo. El sol se esconde tras unas nubes de tormenta y la sección exterior del globo se oscurece. Los muchachos aprovechan el momento de confusión y revolotean como aves rapaces alrededor de Amanda, que abre los ojos sobresaltada y pliega sus alas con demasiada brusquedad. Al hacerlo, cae sin control. Yulian reacciona y trata de alcanzarla, pero no consigue llegar hasta ella antes de que choque con la base del levitador.

JULIUS

El brillo ha desaparecido del mar. Ahora el agua refleja el gris de las nubes tormentosas que se aproximan a la ciudad. Me estremezco pensando que vamos a sobrevolar el océano, sin una tierra firme bajo nuestros pies. Todavía me asusta el recuerdo de la aparatosa caída en la Xanthus. Si nos atacan sobre el mar, nos hundiríamos en el abismo líquido. El agua llenaría nuestros pulmones y nos ahogaríamos. Ninguno de los tres vallesianos sabemos nadar. Por fortuna, la nave sigue de cerca la orilla. ¿Hacia dónde? Nos alejamos del anillo central en dirección al norte. Imagino que el presidente nos recibirá en una gran mansión, la sede del gobierno de la Asociación.

Busco por la ventana una construcción que sobresalga del paisaje, un edificio especial, pero pronto perdemos de vista las calles y plazas de la capital. La llanura costera se cubre de una frondosa vegetación, interrumpida solo por la desembocadura de un río perezoso. La nave gira para remontar su cauce y pronto comienza a descender.

—Llegaremos en un minuto —anuncia nuestra acompañante.

Es una mujer de constitución fornida bajo el traje de líneas rectas, muy diferente a la estilizada figura de

Nina. No ha abierto la boca desde el principio del trayecto. Me pregunto si también es una robot. Confieso que no me resulta fácil distinguirlos. Pasé horas junto a Nina y nunca sospeché que se tratase de una máquina. La diabólica magia del exterior crea una temible confusión entre lo real y lo artificial. ¿Estoy seguro de querer usar esa tecnología para curar a Amanda? ¿Debo seguir intentando convencerla? Una vez más, echo de menos el sentido común de Eeva. Ella habría persuadido a nuestra hija, o tal vez me habría convencido a mí de renunciar a la peligrosa ilusión de salvarla.

Nos acercamos a los árboles. Distingo cabañas mimetizadas con el ramaje y escaleras que suben hasta un soporte sobre las copas. La nave se aproxima a él y frena con suavidad hasta hacer contacto. La vibración de los rotores cesa. Siento una bocanada de aire húmedo y fragante.

Recuperada la firmeza de mis piernas, salgo con los demás a una azotea desde donde nuestra escolta nos guía por los escalones descendentes, atravesando el dosel del bosque. Por debajo aparecen las cabañas que había visto, unas terrazas de caña que sustentan los alojamientos de paredes tan finas como el pergamino. En los exiguos muros hay secciones transparentes con ranuras de ventilación que hacen el papel de ventanas.

Selma y Alb, al igual que yo, rozan con disimulo los extraños materiales de construcción, probando su textura y consistencia. Como sucede con los humanoides, soy incapaz de decidir si las superficies son naturales o creadas en una fábrica.

Llegamos a una plataforma ocupada por un fantástico jardín aéreo. Las enredaderas y arbustos rodean un semicírculo de cabañas conectadas por un vistoso patio comunal. Nos reciben una mujer y un hombre de mediana edad, rodeados de flores amarillas, púrpuras y rojas. Ambos están ataviados con vestidos que dejan al descubierto sus rollizas piernas y se cubren la cabeza con llamativos sombreros llenos de lazos.

Al igual que la señora Nothun y otros habitantes de Millipren, la pareja es de corto tamaño. Sus facciones, pequeños ojos circulares y gruesos labios que se pliegan con preocupación, resultan inusuales y a la vez familiares. Dada su apariencia colorista, me pregunto si se trata de bailarines o acróbatas como los que actuaron en el festival de Ondaran. Un instante después, reconozco el rostro del hombre. Lo había visto antes, proyectado sobre la espiral del consejo.

—¡Bienvenidos! —saludan los dos al unísono—. Nos alegramos de que se encuentren bien —añade Fernanzo.

Tras presentarnos formalmente a su mujer, Almira Bonva, ambos se turnan palpándonos los brazos y hombros, como si comprobaran la integridad de nuestros huesos.

—Estamos perfectamente, gracias —responde Selma Estuart, apabullada por el contacto.

—¿Y la niña? —pregunta Almira, empequeñeciendo sus ojos al hablar.

—Amanda tampoco ha sufrido ningún daño —respondo—. Se ha quedado en la Casa del Aire para descansar.

Los modales de la pareja de duendes —eso parecen, traviesos duendes del bosque— son afables y menos sofisticados que los de la señora Nothun. Se disculpan efusivamente por el incidente aéreo, insistiendo en que se trata de un suceso inusual, algo no visto en décadas de paz. Aseguran que las fuerzas de seguridad lo están investigando en profundidad. A pesar de que no entran en detalles, tengo la impresión de que se toman en serio la situación.

Tras las cortesías, nos muestran el jardín que rodea su casa —¿viven aquí, en esta sencilla barraca? — y nos acompañan a los pisos inferiores por una rampa. A ambos lados crecen plantas carnosas de las que cuelgan grandes racimos de alargados frutos amarillos.

—Plátanos —Almira los nombra al detectar nuestra curiosidad.

—Tantas especies nuevas —asiente Selma, admirando la vegetación.

Seguimos bajando entre el olor penetrante de las flores y los frutos maduros, hasta pisar el suelo arcilloso sobre el que se asienta la comunidad aérea. Tras los troncos de los árboles descubro el río que hemos visto desde la nave. Junto al amplio cauce discurre una red de caminos pavimentados, sendas por las que circulan peatones y máquinas rodantes. En sus márgenes hay dispuestas casetas de madera que atraen a los viandantes con mercancías y juegos. Algunos consisten en mover piezas por el suelo o lanzarlas por el aire. Es como una versión menos bulliciosa de nuestra fiesta de la cosecha.

Me sorprende que Fernanzo y su esposa caminen sin escolta, mezclados entre las familias que pasean por la orilla. Ni siquiera nos acompaña la fornida guardia que voló con nosotros desde la Casa. Durante mi mandato como presidente del valle, los ciudadanos me saludaban con cierta deferencia y me abordaban con sus preocupaciones y solicitudes. Sin embargo, las personas con las que nos cruzamos, vestidas con la misma combinación de ropa ligera y sombreros aparatosos que lucen Fernanzo y su esposa, ignoran a la pareja por completo. Tal vez sea una cuestión de protocolo y esté mal visto molestarlos.

El presidente y Almira explican el funcionamiento de la «feria», como llaman al mercado ribereño. Los comerciantes se ganan la vida vendiendo productos y actividades a cambio de puntos canjeables, pero también hay ciudadanos que ofrecen sus servicios de forma gratuita, por pura diversión. Me sorprende ver tanta gente ociosa, caminando sin prisa, solos o en grupos, comiendo y participando en las atracciones. Entre ellos hay muchos niños y también ancianos asistidos por robots de apariencia infantil.

Alb Artar se adelanta e interrumpe las descripciones de la pareja.

—Presidente, disculpe que sea tan directo. Ha dicho que están investigando el incidente con el Xanthus, pero no ha ofrecido ninguna explicación sobre lo sucedido. Hemos oído rumores de que existe un grupo radical.

Selma lo reprende con su mirada de hierro. Luego se queda a la espera de la respuesta de Fernanzo. El presidente agita la cabeza con tanta energía que hace peligrar la estabilidad de su sombrero.

—Desde luego, investigamos todas las posibilidades. Como dije, se trata de un suceso muy inusual y, sean quienes fueran los que perpetraron el ataque, han dejado escasas pistas. Incluso borraron los registros del Xanthus.

Comento que la señora Nothun y su ayudante observaron una estela luminosa en el cielo.

—Está en el informe —reconoce—. Sin embargo, no hemos localizado ningún otro testigo que apoye ese dato. Tampoco hay rastro en las grabaciones de vigilancia. Quizás vieron un reflejo de la explosión en su ventanilla.

—En todo caso, tuvimos mucha suerte de que la señora Nothun nos recogiera —interviene Selma.

—Sin duda —corrobora Fernanzo—. Los cohetes de seguridad del Xanthus no funcionaron correctamente y fue la intervención de Betha lo que les salvó.

—Quizás la nave se averió —afirmo, recordando los problemas de nuestro tractor. Las máquinas del exterior no pueden ser perfectas.

—Ojalá sea esa la razón —responde Fernanzo con tristeza—, aunque es improbable. Sospechamos que el aparato fue saboteado con antelación. Colocaron explosivos y manipularon los sensores para que no sintieran la diferencia de peso. Todavía no hemos determinado quién tuvo acceso a la nave durante las escalas.

Los vallesianos intercambiamos muecas de preocupación.

—A alguien no le interesa que ustedes se unan a la Asociación —concluye el presidente.

—Los bárbaros —propone Alb—. Nos han invadido desde el norte para robarnos las tierras y matarnos, y saben que la Asociación podría ayudarnos.

—Es posible que tengan espías —apunta Selma—, que se enteraran de nuestro viaje.

El presidente sopesa la idea mientras atravesamos los puestos del mercado, dejándonos llevar por el bullicio y los olores de la comida. La proporción de niños entre los paseantes es muy grande.

—Sabemos del enfrentamiento con Lisketia —dice la señora Bonva—, pero ignorábamos que fuera más allá de una discusión fronteriza.

—Mucho más allá —afirmo—. Nuestros milicianos son heridos y mueren en las montañas.

—Los bárbaros se han vuelto más agresivos tras unirse a la Asociación —asegura Selma—. Ahora utilizan armas automáticas en sus incursiones.

Fernanzo se sobresalta.

—No es posible. Tenemos controles estrictos…

Un tipo enorme se interpone en el camino. Su sombrero es aún más ostentoso que los de nuestros anfitriones. Los colores chillones del traje y de su maquillaje facial delatan que se ha disfrazado para algún tipo de representación.

—¡Buenos días, señores! ¿Les apetece un almuerzo rápido, un picnic improvisado?

—Es un cocinero callejero —nos informa Almira—. Pidamos algo para los invitados —sugiere a su marido.

—Buena idea, querida. ¿Sería posible una docena de empanadas de viento?

—Por supuesto, señor —responde el cocinero—. ¿Queso o crema?

—Lo que sea más rápido, gracias.

Pensaba que el hombretón se marcharía a uno de los puestos para preparar el pedido. En lugar de ello, su torso redondeado se abre y deja ver un interior mecánico desde donde se despliega una bandeja. Sobre ella, unos brazos artificiales se mueven con frenesí, mezclando la masa amarillenta que dividen en varios pedazos.

Temo que Alb Artar reaccione ante la máquina humanoide golpeándola con su recio bastón de roble, pero el consejero está abstraído en sus pensamientos. Continuamos el paseo por la vereda mientras el cocinero robot nos sigue haciendo malabares con los ingredientes.

Fernanzo retoma la charla.

—Deben saber que soy un gran aficionado a la historia y he estudiado con interés la fundación de los Tres Valles y la definición de sus principios: «Solo con el ser humano, solo para el ser humano».

Artar no resiste la tentación de adoctrinarle.

—Los fundadores decidieron sustentar la nueva sociedad en aquello que la humanidad había olvidado, señor presidente: el bienestar de las personas. Para ello renunciaron a dominar y sustituir la naturaleza. Regresaron a los orígenes que habíamos traicionado.

Muchas veces me he preguntado si es cierto. ¿Renunciamos por completo a la tecnología? Seguimos usando tractores y otras máquinas a vapor, fabricamos muebles y prensamos pulpa para imprimir algunos libros. No hemos vuelto al estado prehistórico. La línea de separación que trazaron los principios es borrosa: qué técnicas de cultivo son aceptables, qué procesos con los alimentos se consideran permisibles...

—Crearon una utopía naturalista —resume Almira Bonva— y han conseguido vivir en ella durante mucho tiempo. Es admirable.

—Así es —confirma Selma Estuart con orgullo—. Vivimos felices en nuestro rincón de la Tierra.

—Sobreviven, pero no prosperan —responde Fernanzo con seriedad—. El estancamiento es peligroso cuando el resto del mundo sigue evolucionando.

—Estabilidad, no estancamiento —replica Artar, ufano—. Los sagrados principios rechazan la idea de progreso y crecimiento continuo que abocó a los antiguos al desastre. Los recursos del planeta siempre serán limitados y la única estrategia viable a largo plazo es la contención.

A pocos metros, el cocinero robot rellena y pliega las medialunas de masa.

—En la práctica, una estabilidad perfecta es imposible —contraataca Fernanzo—. Nadie puede aislarse eternamente, ni siquiera considerando todo el planeta. La Asociación es consciente de ello y por eso pretendemos que la humanidad se expanda por el espacio.

El rostro de Artar se contrae. Conozco su furia en los debates y prefiero evitarla.

—Ah, el sueño vacío del espacio. Los antiguos desperdiciaron años y sustanciosos capitales en su absurdo programa de exploración: bases en la Luna, colonización de Marte… Una ilusión estéril para ocultar la catástrofe que los amenazaba.

La señora Bonva se coloca entre ambos, conciliadora.

—Pensemos en el futuro —propone—. El exceso de historia es tan dañino como su olvido.

—Sí. Olvidemos los tiempos de los antiguos —secunda Selma—. Aunque para nosotros sería interesante saber más sobre el origen de la Asociación. Al fin y al cabo, el objetivo de la visita es el conocimiento mutuo.

—¿Están seguros? —Almira ríe—. Mi marido es capaz de hablar sobre ello hasta que se caigan las hojas del bosque.

No bromea. Tras la insistencia de Selma, el presidente Fernanzo se embarca en un largo relato. Según cuenta, el nacimiento de las primeras comunidades asociadas se produjo tras la propagación de los disturbios, al igual que sucedió con la fundación de los Tres Valles. Una profunda recesión económica agudizó el descontento con los sistemas políticos. La población se encontró desprotegida ante los recortes del presupuesto y la agonía de los servicios públicos. Las arcas de los estados, exhaustas por el pago de las pensiones, los intereses de la deuda y los rescates a las grandes empresas, fueron incapaces de aliviar la situación. Como en circunstancias históricas similares, muchos se entregaron a los demagogos populistas. Sin embargo, dos factores hicieron que esta vez fuera diferente. Los populistas no encontraron un chivo expiatorio. Ni los inmigrantes, ni las minorías raciales, ni los extranjeros fueron causantes de la debacle. Todos sabían que los culpables eran otros: los partidos políticos y las corporaciones que se habían aliado para corromper la democracia y convertirla en una oligarquía apenas encubierta.

El segundo factor fue la existencia de comunidades regidas por un nuevo modelo de organización, municipios donde, inicialmente por motivos propagandísticos, los gobiernos habían ensayado sistemas de gestión inteligente con el objetivo de vender el Grial del desarrollo sostenible. Estas comunidades utilizaban inteligencias artificiales en la toma de decisiones sobre los recursos —energía, agua, alimentos—, los servicios públicos y la distribución del gasto. En aquellos lugares donde la división política no saboteó la iniciativa, los proyectos tuvieron un gran éxito y sirvieron de semilla para una solución constructiva a la crisis.

Buena parte de la población ignoró a sus representantes nacionales y luchó contra el caos organizándose en regiones autogestionadas con estas herramientas de inteligencia artificial. Las IAs eran transparentes, inmunes a la corrupción y, sobre todo, cumplían lo que prometían. Los municipios asociados implantaron energías renovables distribuidas y crearon mercados libres para el intercambio de alimentos. Poco a poco, consiguieron que los oligopolios entraran en bancarrota y perdieran poder. El movimiento se propagó con rapidez, aunque los magnates no cedieron con facilidad. Algunos trataron de crear sus propios estados y apropiarse del movimiento de autogestión.

—Todavía intentamos reunir algunos de esos territorios dispersos —reconoce Fernanzo.

—No pueden forzarnos a todos a adoptar su sistema —protesta Artar.

—Tiene razón. Ese fue el error más común en las ideologías del pasado, pensar que una única receta, unos mismos valores y el mismo esquema económico serían válidos en cualquier sociedad. Sabíamos que los dogmas suprimían la natural diversidad de opiniones y enfoques necesaria para la adaptación. Por ello, las naciones asociadas permitieron que cada región tuviera una forma propia de gestión, diferentes valores y prioridades; unas más abiertas al cambio social y tecnológico, y otras más ligadas a las tradiciones. Cada una tenía sus inercias, y se aceptó que la velocidad de cambio no fuera igual para todas. Las simulaciones eran claras al respecto. La integración debía ser flexible y voluntaria. Nada engendra más ineficiencia y conflicto que la ilusión del control total.

—Por eso crearon el sistema de niveles. —Comprendo.

—Exactamente. A medida que las regiones se adaptan a reglas más estrictas de juego, se vuelven más transparentes y respetan mejor los derechos, ascienden en la escala y obtienen beneficios adicionales. Pero todas tienen las mismas obligaciones y servicios básicos.

—¿Y no hay envidias y conflictos entre unas y otras? —me pregunto en voz alta.

—Por supuesto. Cada día luchamos contra la tendencia tan humana de separar los «míos» de los «otros», la mentalidad tribal y competitiva instaurada por la selección darwiniana. Para evitarla, reforzamos las relaciones de amistad entre las regiones. Cuando un territorio se adhiere a la Asociación debe poner en marcha el programa de estancias mutuas. Cada período de cinco años, todos los ciudadanos pasan al menos un mes en un territorio diferente y luego reciben a sus anfitriones en su hogar. Es un método efectivo para reforzar el sentido de pertenencia a un proyecto común, y para darnos cuenta de que no somos tan diferentes.

La vehemencia de Fernanzo y la sonrisa complacida de su esposa acallan cualquier objeción, aunque sospecho que las cosas no son tan ideales como las pintan.

En ese momento, el cocinero móvil premia nuestra civilidad entregándonos las empanadas recién hechas en unos paquetes de papel satinado que despiden un delicioso olor a masa horneada. Incluso Alb Artar acepta sin rechistar la creación de la máquina.

—Coman, coman —nos incita la señora Bonva—. Más adelante hay un bebedero para acompañarlas.

El presidente prefiere continuar su elocuente digresión histórica, exaltando las bondades de la Asociación en comparación con las antiguas democracias oligárquicas. En aquellas, los representantes elegidos eran libres durante años para tomar decisiones al margen de la gente, sujetos solo por la disciplina de su partido y por sus influyentes mecenas económicos. De cara al pueblo, lo importante eran los medios de propaganda. Debían ser convincentes, apelar a los sentimientos básicos, exaltar logros y ocultar los fallos y escándalos el tiempo suficiente para conseguir la reelección. Esta maquinaria y la degradación de la educación hicieron que las opiniones de los ciudadanos se polarizaran por cuestiones grotescas que nada tenían que ver con su bienestar. Salvo en el caso de unos limitados organismos supranacionales, a los antiguos les resultaba imposible poner en marcha estrategias de largo plazo para resolver los problemas que finalmente los llevaron a la decadencia.

—Creo que nuestros fundadores estarían de acuerdo en ese diagnóstico, señor presidente —le interrumpo tras terminar mi empanada.

Selma Estuart consigue tragar un bocado de la suya.

—Sin embargo, no creo que coincidamos en la solución —completa la presidenta—. El exterior ha continuado el impulso de los antiguos para alejarse de la naturaleza. Les quitaron el poder a los oligarcas y se lo entregaron a las máquinas. ¿No es cierto que son ellas quienes deciden, cultivan, fabrican, cocinan…? ¿Qué control tienen en verdad los ciudadanos?

El presidente y su esposa intercambian palabras en un idioma desconocido. Ella nos señala un grupo de personas reunido cerca del río.

—Podemos ver un ejemplo aquí mismo.

184

Una veintena de espectadores se arremolina junto a la orilla, frente a una proyección similar a la que Nina mostró en la espiral. La señora Bonva se aleja, habla con ellos y luego regresa.

—No hay problema. Tenemos permiso para utilizar el consultor durante un rato.

—Magnífico. —Sonríe Fernanzo—. Almira es la jefa de planificación de este sector y puede describir cómo funciona.

La señora Bonva maneja con agilidad los controles de la proyección. Nos explica que se trata de un centro de consulta pública. Aquí se presentan alternativas y se recaban las ideas de los ciudadanos para crear una vía de comunicación a través del río. La proyección permite superponer diferentes diseños arquitectónicos. El efecto es sumamente realista. Desde la posición adecuada vemos con claridad los puentes y túneles propuestos como si estuvieran ya terminados, con figuras humanas y vehículos que los cruzan.

—Esta es la alternativa que ha conseguido por ahora una mayor aceptación y un mejor índice de sostenibilidad —explica Almira.

Se trata de un sencillo puente que flota sobre las aguas, sustentado por columnas de longitud variable. Los peatones lo cruzan por un viaducto elevado, protegido por un techo reflectante.

—Genera energía de dos formas —prosigue Almira—: como estación undimotriz que utiliza el movimiento del río y con su techo solar. Permitirá un ahorro de doscientos kilocarbonos, además de reducir el coste de viaje entre las orillas. La IA generadora tomó la sugerencia de una ciudadana y añadió los detalles de ingeniería.

Fernanzo asiente con satisfacción.

—¿Puedes mostrarles, por favor, el grafo de decisión?

—¿*Todo* el grafo? —Se ríe Bonva.

—Una versión abreviada.

El proyector despliega ahora una abigarrada nube de puntos conectados por líneas de variados grosores y colores, como si un tejedor borracho hubiera combinado sus restos de hilo sin usar en una escultura abstracta. Las mejillas de Fernanzo se encienden al describir el significado de la extraña estructura. Según él, representa la forma en que la inteligencia artificial combina las opiniones de miles de ciudadanos y expertos sobre el puente, junto a factores como el coste, el impacto ambiental y su compatibilidad con las prioridades de la ciudad.

Solo una máquina podría usar un sistema tan complejo para tomar decisiones.

—¿No se pierde el juicio humano en el proceso? —comento a la señora Bonva—. Sería mucho más fácil someterlo a votación y la propuesta con más apoyo ganaría la competición.

—El método de las antiguas democracias —responde Almira—. La ilusión de la soberanía ciudadana, con unas pocas opciones a elegir, preparadas de antemano por los grupos de interés, con información sesgada y manipulada. Si solo se le pide a la gente que digan sí o no, la creatividad y sabiduría de la multitud queda sin aprovechar. Además, si existen solo dos opciones y gana la primera con el cincuenta y uno por ciento de los votos, queda descartada la opinión del otro cuarenta y nueve, se crea una división ficticia que promueve el enfrentamiento. ¿Qué sucede con los indecisos, a los que no convence ninguna de las dos propuestas?

Fernanzo se une a su esposa y señala al diagrama flotante con evidente orgullo.

—Lo llamamos *holocracia*. Todas las personas y todas las ideas son importantes.

La pareja habla de su sistema con el mismo fervor que Artar recita los sagrados principios. ¿Creen en sus virtudes tanto como parece? Me asalta la terrible sospecha de que tal vez los amables duendes sean también máquinas, instrumentos de las inteligencias artificiales para convencer a los primitivos incautos como nosotros.

Simulando contemplar la trama de líneas de la proyección, me acerco a Almira y examino su rostro suave y pálido, punteado de pecas anaranjadas. ¿Cómo decidir si alguien es demasiado perfecto?

AMANDA

Como repito una y otra vez que no quiero ver a ningún médico, es Yulian el que acaba curándome. Todos los androides llevan un *botiquín* en el cinturón, lleno de botellitas mágicas. Cuando termina de usarlas, la señora Notún examina mi ceja magullada.

—No se notará, ¿verdad? —pregunto, preocupada por la reacción de mi padre.

—Es totalmente imperceptible, cariño. ¿A que no te duele nada?

—Ahora no. —No quiero que me vea como una niña llorona.

—Buena chica. Cuando vuelva te traeré un regalo para compensar.

—¿Qué es?

—Una sorpresa. Si te portas bien. —Pone un dedo sobre sus labios, que han cambiado a un tono turquesa.

Se marcha de la habitación y me quedo sola con Yulian, bueno, con Yulian y con Nina, que está más callada y seria que nunca, probablemente porque no le he hecho caso y he volado en el levitador. Se cree en la obligación de cuidar de mí como si fuera mi madre. Pues no pienso perderme las diversiones de este lugar, aunque me lleve algún chichón.

A través de la cubierta transparente, veo que el sol ha regresado y brilla otra vez sobre el mar. Me gustaría comprobar lo que cuenta Jim Hawkins. Quiero sentir el olor del océano, ver los enormes peces que nadan en él, probar el ron y escuchar las canciones de los bucaneros.

—¿Cuándo iremos a ver el mar? —pregunto a Yulian—. ¿Será ese el regalo de tu señora?

El robot responde con la blanca sonrisa que contrasta con su piel marrón.

—Podremos ir tan pronto como lo permita el protocolo, señorita.

Nina nunca sonríe igual que él. Será que no le han enseñado.

Yulian sigue inspeccionando mi cara.

—Un poco de maquillaje disimularía mejor la moradura.

En el valle, las mujeres solo se empolvan en ocasiones especiales. Aquí son menos recatados. He visto jóvenes y adultos de ambos sexos con la cara adornada de mil formas.

Me vuelvo hacia Nina, esperando su objeción.

—Como quieras —responde—. Ocultar lo sucedido no es mi opción favorita, pero puede evitarnos problemas. Tu eres la responsable ahora.

—En el tocador tiene que haber muestras gratuitas. —Yulian va al baño a buscarlas.

Nina me habla en voz baja.

—Debería examinarte un doctor, Amanda. A veces las contusiones…

—Olvídalo.

Nunca le hablaría así a una persona. Los robots son diferentes. No se ofenden ni se enfadan. Artar y los demás dicen que dominan a las personas, pero no veo cómo pueden hacerlo si obedecen las órdenes de los humanos.

—¿Las máquinas tenéis sentimientos? —consulto a Nina.

Se queda pensando, tal vez dudando si lo he dicho para pincharla.

—Tenemos un complicado sistema de refuerzo e inhibición —responde al fin—. Nuestro córtex decisorio recibe una recompensa interna cuando consigue un subobjetivo, o una señal de alarma si algo no funciona bien. Estos impulsos deben ser similares a los del cerebro humano: placer y alegría, sufrimiento y dolor. Cumplen la misma función.

—Lo que quería decir —le aclaro con un susurro— es si tenéis sentimientos hacia las personas; si os caen bien o mal.

Su cara se relaja y, por un momento, parece más humana.

—Por necesidad, evaluamos el carácter de los individuos con los que interactuamos, y esa evaluación puede ser más o menos favorable, según criterios objetivos y también de acuerdo a nuestras experiencias personales.

Resulta difícil hablar con los robots. Son demasiado literales.

—Entonces, ¿os puede gustar una persona?

—Podría formularse así —replica.

—¿Incluso enamoraros?

Antes de que la confusa Nina me responda, Yulian regresa con una cajita plateada. Espero que no nos haya escuchado, pero me temo que su oído es muy fino.

—Si me permite responder a su pregunta, señorita Amanda, puesto que el propósito de los humanoides no es la reproducción biológica, establecer fuertes lazos afectivos nunca ha formado parte de nuestra matriz decisoria.

—Yo no… —balbuceo, avergonzada.

—Por otro lado, los androides podemos dotarnos de módulos anatómicos según las necesidades, en mi caso, extensiones plenamente desarrolladas para ofrecer servicios sexuales, junto con los refuerzos requeridos en la ejecución de estas funciones. Por lo tanto, me es posible dar y recibir placer, incluyendo el disfrute de intensos estímulos internos similares al orgasmo humano.

Las piernas de Yulian rozan las mías al pasar junto al sofá. Cuando se agacha con la cajita, veo mi reflejo en la oscuridad de sus pupilas. Espero que el maquillaje ayude a ocultar mi sonrojo.

JULIUS

La vista de las altas torres que circundan el centro de Millipren me despierta del ensimismamiento en el que he caído durante el regreso. Ni mis compañeros ni yo, tampoco nuestra discreta escolta, hemos abierto la boca desde que embarcamos. Mi mente intenta absorber las ideas expuestas por Fernanzo y su mujer. Es como digerir una copiosa comida muy especiada.

La pareja ha descrito un mundo complejo y diferente, definido por reglas confusas que deberíamos comprender si queremos tomar una decisión. El acuerdo nos permite extender la visita varios días más. Podríamos explorar otras regiones, comprobar cómo se organizan para tener tanto tiempo libre e investigar los misteriosos niveles superiores. No obstante, sospecho que Selma y Alb han tenido suficiente y están deseando volver a casa sin comprometerse con la integración.

La guardia habla por fin, tal vez preocupada por nuestro mutismo.

—¿Qué les han parecido el presidente Fernanzo y la señora Bonva?

—Han sido muy amables —responde Selma con diplomacia.

Aprovecho para plantear la duda que me persigue.

—Por cierto, es curioso que nadie abordara al presidente durante el paseo por el río. ¿Es una norma, o una costumbre por respeto a su cargo?

La guía parece divertirse con mi ignorancia.

—Muy poca gente conoce el rostro del presidente. Probablemente, la gran mayoría de los habitantes ni siquiera sabe su nombre.

Nos quedamos atónitos. ¿Cómo pueden ignorar quién es su líder? Debería ser la persona más famosa de toda la Asociación.

—Hay varias razones para el anonimato —justifica la guardia—. Facilita su seguridad, claro, pero este no es el motivo principal. Tras la decadencia de las antiguas democracias en manos de los demagogos, la publicidad y las redes sociales, las primeras comunidades asociadas decidieron que los gobernantes fueran elegidos entre individuos que no mostraran tendencias narcisistas o sociopáticas, con un bajo grado de ambición personal. Se crearon pruebas psicológicas y encuestas anónimas que identifican a quienes tienen la empatía necesaria para priorizar el bien común. Por ello, los elegidos suelen ser personas introvertidas que rehúyen el poder y la fama, y en su lugar prefieren cierta privacidad.

Selma se toma las palabras de la escolta como una ofensa.

—El carisma de un líder es imprescindible para motivar a la población, lograr que apoyen sus propuestas y se sacrifiquen por el bien común que usted menciona. De otra forma, cada persona se limita a seguir sus inclinaciones egoistas.

—La gente se siente motivada cuando ve que su opinión se tiene en cuenta, cuando participa en la toma de decisiones que le afectan y obtiene resultados —replica la guía, versada en la política de la Asociación.

Artar se agita en su asiento, ansioso por apoyar a la presidenta.

—Es ridículo. ¿Cómo van a elegir los ciudadanos a su representante si no conocen a los candidatos, si no saben quiénes son?

La guardia levanta sus cejas rojizas.

—Veo que Fernanzo no les dio todos los detalles. A partir del nivel cuatro, los cargos públicos son elegidos por la inteligencia general.

Según explica, los gobernantes se seleccionan de la misma forma que se toman las demás decisiones, utilizando algoritmos que aprenden mediante la experiencia, que combinan las preferencias de los ciudadanos y los mejores candidatos según las necesidades. Nuestra sorpresa aumenta aún más al escuchar que los aspirantes ni siquiera se presentan voluntarios.

—Es evidente —apostilla la guardia sabelotodo—. Si alguien desea un puesto de alta responsabilidad es porque espera beneficiarse de él o tiene tendencias masoquistas. En ninguno de estos casos sería la persona adecuada.

—¡Absurdo! —protesta Artar—. Nuestro sistema de rotación funciona perfectamente.

—Puede ser adecuado para una pequeña población —reconoce la mujer—, pero sería temerario aplicarlo a millones de personas sin un buen sistema de selección.

Al llegar a la Casa del Aire, Selma decide cerrar la discusión con una frase conciliadora.

—Le agradecemos sus explicaciones. Sin duda, tenemos mucho sobre lo que reflexionar.

* * *

Amanda tiene cara de haber cometido alguna travesura. Es evidente que se ha divertido explorando la Casa, maquillándose y probándose vestidos con la señora Nothun. La empresaria se ha ausentado antes de que llegáramos y regresará más tarde. Nina también se marcha al vernos llegar. Dice que debe atender a Tibi, ya que las normas del hotel no permiten que las mascotas salgan de las habitaciones. Así que Amanda se queda sola con Yulian mientras los adultos nos reunimos a deliberar, algo que no parece preocuparle.

En la habitación de Selma Estuart el ambiente es sombrío. Artar recorre la pieza cada vez más rápido, como si su furia se acercara al punto de ignición. La presidenta prepara un té para ganar tiempo, y yo vuelvo a pensar en Amanda. ¿Debo presionar a los demás, intentar que me den una última oportunidad de curarla? Puede resultar peligroso. Si me enfrento de nuevo a los principios, el consejo podría revocar la asignación de custodia. Amanda no es nuestra hija biológica, y quedan años hasta que alcance la madurez.

¿Qué puedo hacer? ¿Qué haría Eeva en estas circunstancias? Seguro que me aconsejaría ser prudente. Perder la custodia sería demasiado duro para ambos.

—Bien. No dilatemos más la cuestión. —Selma se sienta con un té humeante, dando la espalda al paisaje de

195

la capital—. ¿Continuamos el viaje o volvemos al valle? Nos queda mucho por ver de la Asociación y sus habitantes. Tampoco hemos discutido los detalles de un posible acuerdo de integración.

Alb Artar detiene sus pasos, acalorado.

—En lo que a mí respecta, he visto suficiente. Prometimos a la señora Nothun que haríamos un último esfuerzo por cortesía, y lo hemos hecho. Pero, a pesar de su tono jovial y de obsequiarnos con empanadillas, el presidente y su mujer nos han insultado sin pudor. Según ellos, vivir en paz y armonía durante cinco siglos no vale nada. Los valles no sabemos gobernar ni tomar decisiones por el bien común como hacen en su *holocracia*. Y esa mujer que nos acompañó… Le ha faltado decir que somos oligarcas que ostentan el poder sin merecerlo. Según ellos, nuestra cultura es tan primitiva que admitirnos en la Asociación sería poco menos que un acto de caridad.

—Desde luego, tú interpretación no es muy caritativa —replico a Artar, cansado de sus exageraciones—. Simplemente tratan de destacar las ventajas de su sistema, es normal, y la situación del exterior ha mejorado mucho respecto a los tiempos de los disturbios. Desde su punto de vista, viven en un mundo ideal.

—Ya lo afirma el libro de los principios —tercia Selma—. La utopía de unos es el infierno de los otros.

—Por otra parte —prosigo al ver que la actitud de la presidenta es más flexible—, Fernanzo ha dejado claro que la decisión de integrarnos es nuestra y podemos alterarla más adelante. No es un camino irreversible.

Artar se detiene frente a mí, sosteniendo su puño cerrado.

—¿No te das cuenta? Fernanzo y su esposa no son más que figurantes. Nadie los conoce. Fueron escogidos por las máquinas para representar un papel y soltar discursos. Los robots son los verdaderos gobernantes. Por eso siempre nos acompaña alguno, para vigilarnos de cerca. ¿Es eso lo que queremos, volver a ser esclavos de la tecnología, convertirnos en peleles a cambio de que un payaso nos cocine empanadillas?

—Pero mira a la señora Nothun —argumento—. Ella es dueña de su propia empresa y maneja sus negocios al margen de las inteligencias.

—Seguro que ese ayudante que tiene la controla. No habrá conseguido su posición privilegiada a cambio de nada, está metida hasta el cuello en los vicios de la tecnología y el derroche de los recursos.

La taza de Selma resuena sobre su plato, como un tintineo de advertencia.

—Lo que más importa en este momento es si un acercamiento a la Asociación nos permitiría acabar con la agresión del norte, y si compensaría el peligro de quedar contaminados. Me preocupa que Fernanzo no fuera más claro, que no asumiera su responsabilidad por haberles entregado armas.

—El acceso al primer nivel —recuerdo— obligaría a los bárbaros a dejarnos en paz. Solo tendríamos que aceptar un intercambio básico de mercancías, el programa de estancias temporales y la abolición de la pena de muerte y la tortura, que nunca han existido en los valles.

—No serviría de nada —replica Artar—. Esa cláusula de no agresión es papel mojado. Como en los viejos tiempos. El negocio de la guerra no entiende de tratados.

Seguirán dando armas a Lisketia. Y no olvidemos que han estado a punto de matarnos aquí mismo...

Alb Artar mira hacia los lados como si buscara algo.

—No es solo eso. Ignoráis el mayor riesgo de todos. Imaginad lo qué sucedería si lo supieran, si se dieran cuenta de que son solo los niños…

Selma vuelca su taza, derramando restos de infusión sobre la esponjosa alfombra.

—¡Alb! —le regaña—. Este lugar no es seguro.

—Mis disculpas, señora presidenta.

Artar es un bocazas, pero no anda desencaminado. Hasta ahora hemos asumido que el gobierno del exterior no conoce nuestro secreto. Sin embargo, es muy posible que nos trajeran aquí para indagar sobre él, o tal vez para eliminarnos. Quizás el atentado contra nuestras vidas no fuera obra de unos espías del norte.

NINA

Las enigmáticas palabras del consejero Artar y la alarma de la presidenta Estuart por su indiscreción ponen en marcha mi mente analítica. «Imaginad qué sucedería si lo supieran, si se dieran cuenta de que son solo los niños…». ¿Qué ha querido decir el consejero? ¿Se refería a los hijos del valle, como Amanda? *Si se dieran cuenta de que son solo nuestros niños los que…* ¿Cómo continúa la frase?

Por otra parte, es posible que «los niños» haga referencia metafóricamente a los habitantes de la Asociación. Esta interpretación es consistente con su desprecio por el exterior. Artar cree inmaduros a los pobladores de los territorios integrados, inferiores a los independientes *adultos* vallesianos. Sin embargo, ¿por qué iba a molestarle esa afirmación a la presidenta?

—¿Qué piensas tú, Tibi? —recurro al perro, acostado sobre la alfombra.

No recibo respuesta. Nuestra conexión se limita al intercambio de datos básicos para la localización y el control de seguridad. Dudo que el animal escuche los canales de las habitaciones. Yo apenas he conseguido la autorización. La central prefiere no invadir la privacidad de los humanos. Solo lo hace si resulta esencial para un objetivo de alta relevancia. Por el bien común.

BETHA

Regreso a la Casa tras la puesta de sol, cansada una vez más de lidiar con las regulaciones y obstáculos de la burocracia agónica que nos impone la tecnointeligencia. Siempre sucede lo mismo. Anuncian la posibilidad de que las empresas privadas participen en las nuevas explotaciones de Titán, pero en la práctica resulta imposible presentar una propuesta, ya que el pliego de condiciones incluye el requerimiento de estaciones de apoyo en el Cinturón y el sistema joviano. Solo dos compañías cumplen con las condiciones y ambas tienen accionariado público.

Sin embargo, mientras la nave asciende sobre el manto de luces de la capital, tengo una idea que podría funcionar: un consorcio entre varias empresas privadas complementarias, una unión temporal. Reteniendo el capital mayoritario, podría cumplir los términos del pliego y al mismo tiempo mantener el control. Daré las órdenes a Yulian para que compre participaciones en varias empresas interpuestas e inicie las negociaciones. También quiero que indague sobre las actividades de las máquinas en la órbita de Ganimedes. La red de Prometeo ha analizado los registros de sensores de alerta contra colisiones en el espacio profundo, observando la presencia de grandes nubes de material para autoensamblaje y de desechos cayendo a la atmósfera de Júpiter. Son indicios de un gigantesco programa de construcción, tal vez de uno de los proyectos secretos de las máquinas. ¿El proyecto Freia, el proyecto Prydwen...? Necesitamos romper los malditos códigos criptográficos. Es paradójico que la tecnointeligencia imponga obsesivamente la transparencia en la Tierra mientras oculta lo que hace más allá de la Luna.

—*El gobierno es la amenaza más...* —inicio el contacto a través del implante.

La respuesta de Yulian tarda unos segundos.

—*El gobierno es la amenaza más peligrosa contra los derechos del hombre.* Discúlpeme, señora. Los vallesianos se han reunido tras visitar al presidente y estaba comprobando si...

—¿Has podido escucharlos?

—Enseguida le transmito la grabación del operativo. ¿Quería algo más?

Será mejor vernos cara a cara. Toda precaución es poca.

—Voy de camino a la habitación. Llegaré en cinco minutos. Prepárame un rocío caliente y aromatizado.

—Estará listo para entonces, señora.

* * *

Escucho la grabación en el interior de la cámara. Un verdadero baño es un lujo imposible en la Casa del Aire, dado el peso adicional del agua requerida. Para compensarlo, el rociador dispone de un programa relajante que combina vapor, aire a presión, aromas neuroactivos y un masaje ligero con espuma hidratante.

Refrescada, cierro la lámina cilíndrica y salgo al salón, todavía húmeda. Yulian me espera con un plato de fruta cortada en finas rodajas, tal como me gusta. Debería llamar a mis colegas de conspiración para discutir algunos ajustes al plan, pienso mientras mastico la piña, pero la ducha me ha estimulado y creo que voy a posponer toda conversación seria hasta ocuparme de asuntos más placenteros. Yulian comprende enseguida mi gesto y comienza a secarme la piel con suaves caricias.

Un golpe en la puerta traslúcida de la habitación nos interrumpe. La silueta que se adivina al otro lado, alta y cómicamente desgarbada, delata al rústico visitante.

—Adelante, señor Nupta.

El vallesiano se queda inmóvil en el umbral, mirándonos como un cervatillo deslumbrado.

—Veo, Julius, que la suya es una de esas culturas que conserva un tabú sobre la desnudez. Perdónenos.

Yulian y yo activamos los albornoces, aunque las exiguas ropas no son tampoco un modelo de recato.

—¿Y bien? ¿Ha disfrutado su hija de las actividades?

El consejero intenta mantener la mirada por encima de mi torso.

—Sí, gracias por acompañarla. ¿De verdad ha volado como un pájaro?

—Así es. El levitador es una atracción popular entre los huéspedes. Debería probarlo.

Transmito a Yulian la orden de dejarnos solos y activo el camuflaje sonoro que transforma la conversación en inocua para los dispositivos de escucha. No sé qué pretende el señor Nupta, pero prefiero que nadie más lo sepa.

—¿Qué tal ha ido la audiencia?

—Bien. El presidente y su esposa han sido muy hospitalarios, y el paseo junto al río fue muy agradable.

—Entonces, ¿se sienten más cómodos con la idea de continuar la visita?

—Lamento comunicarle que, contra mi criterio, la presidenta y el consejero Artar han decidido cancelar el viaje y regresar de inmediato al valle. Desean transmitir al consejo la información que hemos recabado y las explicaciones del presidente Fernanzo.

Tengo la ventaja de haber escuchado la conversación de los vallesianos.

—Entiendo que la idea de integrarse en la Asociación no les resulta atractiva.

—Tiene aspectos positivos, otros no nos convencen —responde Nupta, diplomático.

—¿Se lo han comunicado a su acompañante Nina? Ella es la representante oficial.

—La presidenta Estuart le ha dicho que haga los preparativos para el regreso. Antes de marcharnos quería hablar con usted por otro asunto de índole personal.

—Pues dígame. Si puedo ayudarle en algo...

¿Le interesa al salvaje una experiencia sexual fuera de su reserva de mojigatos? Sería divertido.

—Es mi hija —revela—. Recordará que Nina le diagnosticó una enfermedad degenerativa que afecta a su vista. Nuestras reglas prohíben los tratamientos médicos del exterior, pero tenía un acuerdo con la enviada para realizarlo en secreto.

—Y ahora Amanda no quiere someterse a la intervención.

203

—No confía ya en Nina. Me preguntaba si usted y Yulian podrían…

—Por supuesto, por supuesto.

Nunca deja de asombrarme la fuerza del instinto paternal, el enigmático impulso que lleva a padres y madres a los sacrificios más abyectos para beneficiar a su progenie. Como Ayn Rand, jamás deseo verme atada por esa dependencia emocional, por un lazo que me reste tiempo y energía en la persecución de metas más importantes. Pero si el señor Nupta ha escogido su veneno, ¿quién soy yo para cuestionarlo?

Utilizo el implante y accedo a las bases de datos médicas a través de Yulian. El diagnóstico genético de Amanda está en el sistema. Podría sintetizarse el tratamiento en cuestión de horas. Lo normal sería aplicarlo en un hospital, pero mi asistente puede actualizarse con los conocimientos necesarios y administrar la terapia. Solo se necesitaría un lugar tranquilo.

Nupta casi llora de felicidad cuando se lo explico.

—¿Sería posible realizar el procedimiento antes de que nos marchemos?

Aquí está la oportunidad. Un padre desesperado me la pone en bandeja.

—Lo veo difícil. Sospecharán si nos quedamos a solas con Amanda. Además, creo que necesita más tiempo para aceptar la idea.

El ánimo del hombre se descompone.

—No obstante —continúo—, hay una solución sencilla. Podríamos acompañarlos en su viaje de regreso, Yulian y yo. Al fin y al cabo, el acuerdo con la Asociación prevé que se realice una visita recíproca, con tres enviados.

La tosca sonrisa de Nupta muestra sus dientes descolocados.

—Es verdad. Lo había olvidado. El problema es... Nina dijo que el tratamiento no se puede aplicar fuera de la Asociación.

Su inocencia es casi enternecedora.

—Nunca he oído hablar de esa regla. Aunque existiera, seguro que es posible negociar una excepción que afiance la amistad entre nuestros pueblos.

—¡Eso sería magnífico! Muchas gracias, señora Nothun. Cuando venga al valle, usted y Yulian pueden quedarse en nuestra granja. Sería un buen lugar para realizar la intervención.

No imagino las condiciones de insalubridad de ese alojamiento campesino. Espero que haya otras opciones. Si no, siempre nos queda la comodidad de la nave.

—Nos encantaría ver su granja, claro, aunque estamos interesados en visitar también otras zonas de la región. Sería fantástico que usted nos sirviera como guía, y que Amanda nos acompañara, por supuesto.

—Oh, será un placer —Nupta acepta con docilidad.

—Entonces, tenemos un trato. —La rugosa mano tiembla de emoción al estrecharla—. Hablaré con vuestra Nina para que nos incluya en el viaje de vuelta.

Celebramos el acuerdo con unas piezas de fruta. El señor Nupta las saborea con deleite mientras yo reflexiono sobre las nuevas posibilidades para Prometeo.

—Por cierto, querido Julius, tendríamos que hacer algo respecto al deplorable enfrentamiento entre los Tres Valles y la república de Lisketia.

—Un feo asunto. —La frente del hombre se arruga cómicamente—. Sospechamos que alguien de la Asociación les envía armas a los bárbaros.

—Una operación ilegal y, sin duda, muy lucrativa. Los proveedores deben intercambiarlas por el litio que abunda en el territorio de sus vecinos.

—Fernanzo no quiso aceptar la existencia de ese trato.

—Por desgracia, el presidente no está al tanto de todo lo que sucede, y aún menos lo controla. Será más efectivo acudir a la iniciativa privada, a través de mis contactos.

—Ojalá fuera factible negociar un acuerdo.

—Utilizando ciertos canales, podríamos hacer llegar refuerzos a los valles, armas defensivas y ofensivas más avanzadas que las de Lisketia. Seguro que ustedes poseen mercancías que sirvan como moneda de cambio.

La cara del salvaje es un poema. Deposito una pieza de papaya entre sus labios.

—Que no se integren en la Asociación no significa que no cooperemos como buenos vecinos.

AMANDA

He tenido sueños extraños. Volaba en medio de los pájaros mecánicos, con unas alas más grandes que las del levitador. Formaba parte de la bandada y daba vueltas con ellos sobre la ciudad, saludando a la gente desde el aire. Todos me reconocían y lanzaban comida que yo recogía en una cesta para llevarla a la granja.

También estaba Yulian. Los dos nos escondíamos en mi habitación, bloqueando la puerta con la cama. Yo tenía mucha vergüenza y era él quien me enseñaba dónde tocarle. Rozaba mi cuerpo con suavidad y las descargas eléctricas me hacían estremecer como si tuviera calentura.

Entonces mi padre me ha despertado. Todavía con las imágenes y el tacto de Yulian en mi cabeza, me dice que el viaje se ha terminado y volvemos a casa después del desayuno. Cuando me preparo a protestar ruidosamente, explica que la señora Notún y Yulian vendrán con nosotros, y además podremos acompañarlos durante toda su visita a los valles. ¡Qué susto me había dado!

En la cantina están ya Selma Estuart y Alb Artar. Se sorprenden cuando mi padre les comenta que tendremos compañía en el camino de vuelta.

—El acuerdo con la Asociación incluye una visita recíproca por parte de tres emisarios —les recuerda.

207

Nina nos espera en el muelle de embarque. También le extraña saber que la señora viene con nosotros y decide consultarlo con sus jefes. Creo que habla con ellos mentalmente. Tras la silenciosa conversación, nos confirma que saldremos en cuanto lleguen nuestros acompañantes.

Juego con Tibi mientras esperamos en el embarcadero. El pobre ha estado encerrado en su habitación todo este tiempo. Qué crueldad.

Por fin, llegan Yulian y la señora Notún, vestidos con unos monos de color verde y marrón. Mi padre habla un momento con la señora. Aunque baja la voz, oigo cómo le pregunta:

—¿Lo ha traído?

Ella responde que sí. Debe tratarse de mi sorpresa, porque se comportan como si fuera un secreto.

Siento un poco de vértigo al cruzar la pasarela, viendo allá abajo las calles de la ciudad. Nina nos acompaña al interior de una espaciosa cabina con filas de asientos a cada lado.

—Buenos días, Porthus —saluda, sin mirar a nadie.

—Buenos días, Nina y señores pasajeros —responde una voz cantarina.

—Esta nave no tiene rotores —observa mi padre con nerviosismo.

—Turbopropulsores, más potentes. —La señora Notún señala por la ventanilla—. Nos ahorrarán tiempo de viaje.

Escuchamos golpes y una rotunda sacudida. Me aferro al brazo de Yulian, asustada ante la posibilidad de otro ataque.

—Están cargando cajas en la bodega —nos explica Nina—. El presidente Fernanzo les obsequia con una selección de alimentos típicos de Llanosa: quesos de las montañas Flavias, frutas escarchadas y los pasteles de miel que le gustaron a Amanda. También hay pescado curado del mar Asínclito.

—¡El mar! Quiero ver el mar antes de volver —reclamo.

—Hemos cancelado las visitas —dice mi padre, llevando la contra como siempre.

—Me lo prometisteis —protesto, sin recordar quién ni cuándo.

La señora Notún susurra a Nina y ambas llegan a un acuerdo. Yulian hace un gesto con sus grandes dedos para indicarme que lo he conseguido. Me dejo caer en el asiento que hay junto al suyo. Quiero aprovechar el viaje para que me cuente más cosas de él. Hay tanto que no sé sobre el fascinante mundo de las máquinas…

Un empujón nos separa del muelle. Inmediatamente, el alargado cuerpo del Porthus cae deslizándose por un tobogán invisible. Luego despliega unas alas como las de mi sueño y se impulsa con una vibración que hace temblar mis dientes. Poco después pasamos el círculo de las torres y nos acercamos al mar, que brilla como metal líquido.

—Al Promontorio del Vigía —ordena Nina al piloto invisible.

El aparato gira y se adentra en la gran mancha de agua. ¿Vamos a cruzar al otro lado o aterrizaremos en una isla como la del tesoro? En la superficie oscura veo grandes olas encrespadas que dejan un rastro de espuma blanca.

Porthus frena de improviso y bajamos con rapidez. El rugido de los motores aumenta hasta que tocamos tierra.

Me dejan salir la primera. Noto un olor muy fuerte, casi mareante, a pescado. Estamos en la cumbre de un montículo, en el extremo de un saliente que se levanta sobre el mar. Alrededor solo hay una inmensidad de agua. Me sujeto a mi padre para no caer de la impresión. Por debajo, a una distancia que no me atrevo a medir, el océano gigante está prisionero, detenido por una barrera de rocas. Enfurecidas, las aguas golpean el saliente una y otra vez, tratando de ascender hacia nosotros, lanzando espumarajos con un estruendo de voces que gritan: «Broaammm, zgisss… Broammmm, zgissss…». Los pájaros que revolotean sobre la espuma también chillan; no se mueven juntos con la armonía de los voladores, sino que se pelean contra el viento en una competición caótica, graznando como ocas hambrientas.

La señora Notún extiende una de sus delicadas manos hacia mí.

—Por aquel sendero se baja a una cala donde podrás verlo de cerca.

¿Está loca? ¿Bajar hasta el mar rabioso? Durante su viaje a bordo de la Hispaniola, Jim Hawkins se enfrentó a una tormenta con olas tan grandes como montañas. Yo no estoy preparada para eso. Asimilo que, a pesar de su magia y su tecnología, las máquinas de la Asociación no han conseguido domesticar al océano salvaje.

—Ya es suficiente para mí, gracias —respondo a la señora.

Abochornada, me refugio en el interior del Porthus, donde Tibi me espera moviendo sus orejas. Es más inteligente que yo. No ha querido enfrentarse a los rugidos del monstruo marino.

Mi padre y los demás regresan, también felices de dejar atrás el oleaje. Rehúyo las miradas de Yulian y la señora Notún. Deben estar riéndose de mí, la chica miedosa de los valles. Fui yo quien se empeñó en ver el mar, pero no hacía falta que me trajeran tan cerca.

Tras despegar de nuevo, el Porthus vuela hacia arriba. El océano y la ciudad se quedan atrás, bajo el horizonte torcido. De repente la nave tiembla. Atravesamos ráfagas de niebla. La ventanilla parpadea entre el azul del cielo y unas cegadoras cortinas blancas.

—Cruzamos las nubes —me informa la señora.

¿Tanto hemos subido? Enseguida las veo por debajo, enormes coliflores de vapor. Espero que no se pongan a saltar hacia nosotros como las olas del mar.

Aunque me habría gustado visitar más lugares en el exterior, he pasado ya por muchas experiencias emocionantes y estoy impaciente por contárselas a Audeia y Rodena. Ahora que he tenido mi primera sangre, no me pueden tratar como a una niña fantasiosa. Yulian asegura que tiene capturas de imágenes guardadas en su pantalla y me promete que me dejará mostrarlas a mis amigos.

Yulian. Morirán de envidia al verlo conmigo. Será el foco de atención; tan guapo, tan educado y tan misterioso. No se creerán que es un robot. A decir verdad, a mí también me cuesta creerlo. Quiero preguntarle sobre ello, pero resulta difícil hablar con él. Siempre hay gente alrededor y cuando lleguemos al valle será todavía peor. En fin, tengo a Tibi. Tampoco parece artificial, aunque coma esas barritas de sabor metálico. Es tranquilo y cariñoso, y debe ser muy fuerte. No me importaría cuidarlo mientras los demás visitan los valles. Quizás lo entrene para que me ayude a cazar conejos.

Mi padre es el único que parece abatido por el regreso. De vez en cuando me mira con aire pensativo. Está obsesionado con mi enfermedad y supongo que, con todo lo que ha sucedido, echa de menos a mi madre. Yo también la añoro. A veces me gustaba hablar con ella y que me contara historias de cuando era joven, lo que hacía a mi edad, cómo conoció a mi padre... Espero que no tarde en regresar de las montañas. Seguro que no le dará tanta importancia al problema de mis ojos y mi padre se tranquilizará al fin.

Mientras cruzamos los picos nevados de una cordillera, Nina y Yulian sacan unas bandejas con porciones de comida, una selección de sabores tradicionales adaptados al gusto vallesiano, nos explican. Comenzamos probando unos trozos de pescado marino aderezados con limón. La presidenta y Alb Artar miran con aprensión las pequeñas piezas finamente cortadas, pero al final se las comen. Yo también tomo una y la verdad es que está buena. Se deshace sola en la boca.

—¿Ya han pensado en el itinerario de su visita? —pregunta Selma Estuart a la señora Notún, en cuanto acaba con el pescado—. Nos gustaría ofrecerles la hospitalidad del valle central, el más poblado de los tres. Allí podrán examinar nuestro sistema de organización y ver el funcionamiento de los servicios comunes.

Alb Artar tuerce el gesto.

—Es una buena idea —interviene Nina—. Comenzaremos por allí. ¿No cree, señora Nothun?

La señora parece pensar en otra cosa.

—Desde luego —responde unos segundos después—. Aceptamos agradecidos su ofrecimiento, querida señora presidenta, aunque no queremos abusar de su generosidad. Les hemos mantenido alejados mucho tiempo de su tierra y de sus ciudadanos, y seguro que tienen asuntos pendientes por resolver. Mientras tanto, aprovecharemos para visitar otros lugares de su región.

Mi padre se anima repentinamente.

—Si necesitan un guía, yo me ofrezco a acompañarlos.

—El consejo determinará quién los acompaña —replica Selma Estuart, descontenta—. Como dice la señora Nothun, tenemos temas pendientes que debatir, y usted debe estar presente, señor Nupta.

JULIUS

La nave repliega sus alas y frena con el quejido de un animal herido para aterrizar en la colina de la torre, junto a la explanada de ceremonias. El estruendo de los motores y la visión del gran pájaro mecánico advierte de nuestra llegada a los habitantes del valle, y pronto la plaza se llena de rostros ansiosos. Ninguno de ellos ha visto de cerca una nave voladora.

Selma Stuart, Alb Artar y yo dejamos el aparato y saludamos a la multitud desde el promontorio. El aterrizaje es un acontecimiento excepcional en la vida rutinaria de la región, y la sorpresa es palpable en los confusos vítores que nos reciben.

Ayudamos a Yulian a colocar las cajas de los regalos y las bolsas de viaje en un carro metálico que él mismo conduce sendero abajo. La gente se ha agolpado en la entrada de la explanada y la presidenta se ve obligada a pedir que abran paso. Todos extienden las manos para tocarnos, como comprobando que no somos apariciones fantasmales. Algunos jóvenes observan la comitiva desde los tejados. Me siento en el centro de un gran espectáculo teatral.

Irguiéndose por encima de su limitada estatura, la señora Nothun saluda a los ciudadanos, caminando junto al carro de regalos como una de esas figuras legendarias que distribuye presentes al final del año. Nina la sigue, registrando lo que sucede a su alrededor con aparente indiferencia. Amanda, con Tibi olisqueando a su lado, está encantada con la atención y lanza gritos a las chicas que corren en paralelo al grupo.

El alcalde Robur alza su larga vara de mando para que le encontremos en medio de la aglomeración. Tras las presentaciones de rigor, unos y otros improvisamos un azaroso protocolo. Primero, la señora Nothun se encarama a la roca de la fuente y dedica a la expectante audiencia un discurso sobre las maravillas naturales y humanas del valle. Robur le responde con otra plática espontánea de bienvenida en la que alaba el intercambio entre los dos países, pues no tiene ni idea del motivo de la visita y asume que se trata de una misión comercial. Finalmente, Yulian y Nina hacen entrega de los presentes que sacan del carro, recibidos con aplausos y más frases de agradecimiento del alcalde y los intrigados vallesianos.

Superado el ritual, Selma aborda los pormenores prácticos.

—Señor Robur, dejo en sus manos encontrar un alojamiento adecuado para nuestros huéspedes.

—A ser posible, cerca de la nave —solicita la señora Nothun.

—Faltaría más. Tendrán la mejor casa del pueblo, la mía —ofrece el alcalde—. Desde que mi hijo Ghunte se marchó a defender la frontera, ha estado casi desocupada.

La mención de la batalla contra el norte me hace reaccionar.

—¿Hay noticias del frente? ¿Saben algo de Eeva Nupta, mi esposa?

Robur consulta con el jefe de la milicia local y regresa con expresión sombría.

—Lamento decir que los informes son confusos, señor Nupta. Estamos intentando confirmar si es cierto que ha sido herida en una escaramuza. Una fractura en la pierna, según entendí. El coordinador Awna prepara un plan de rescate.

¿Rescate? Interrogo al jefe miliciano, que solo me reitera los inciertos rumores. Varios soldados de la primera línea de defensa han quedado atrapados tras la empalizada. No han conseguido verificar en qué estado se encuentran.

El miedo supera mi autocontrol. De repente, no me importa la maldita Asociación, el maldito valle y sus malditas normas. Mi único objetivo es salvar a Eeva, y la sombra de la nave sobre la colina de la torre me indica el camino.

Busco a Amanda con la mirada. Está riendo de felicidad, hablando con sus amigos junto a la fuente. Es mejor que no se entere de lo que le pasa a su madre. Con el corazón acelerado, regreso al estrecho círculo donde Selma y la señora Nothun conferencian con el alcalde.

—Tenemos la nave —interrumpo el protocolo—. Debemos ir a buscar a Eeva.

—Lo primero es convocar al consejo —me reprende la presidenta— e informar a todos de los resultados de la visita. Por otra parte, no creo que nuestros invitados —mira a Nothun y los androides— tengan permiso para inmiscuirse en la disputa con Lisketia.

Furioso, espero a que el alcalde se aleje con los enviados y respondo a Selma.

—Solo necesitamos su nave para rescatar a los heridos. Eso no significa que se involucren en la guerra.

La cabeza rapada de la presidenta se pone tan rígida como un tronco de boj. Alb Artar, alarmado, se une a la discusión.

—Francamente, Julius —dice ella, gélida—, estás permitiendo otra vez que tus circunstancias personales se entrometan en las decisiones que corresponden al consejo.

—Y yo, Selma y Alb, estoy harto de vuestra falta de humanidad. Os preocupa una mierda el bienestar de los ciudadanos y las familias del valle.

—¡Consejero! ¡Lo llamo al orden!

Demasiado tarde. Algo se ha despertado en mí.

—Dimito de mi cargo. Ya no me necesitáis. Os bastáis vosotros solos para convencer al consejo de lo horrible que es el exterior.

Me marcho sin esperar contestación y corro hacia la señora Nothun, que camina junto al alcalde y los androides.

—Disculpe. Necesito…

—¿Qué sucede, señor Nupta?

Le explico con rapidez la situación de Eeva mientras Nina y Yulian escuchan con robótica parsimonia.

—Supongo que no hay problema en usar el Porthus por una buena causa —la empresaria consulta con sus acompañantes.

Selma Estuart nos alcanza, resoplando de furia.

—Esperen un momento. El consejo decidirá cuándo y con quién parte esa nave.

Nothun confronta la mayor estatura de Selma con la calma de una persona acostumbrada a tomar el control de las circunstancias.

—Discúlpeme, señora presidenta. Si mi interpretación del acuerdo alcanzado con la Asociación es correcta, los visitantes somos libres para movernos durante una semana por los lugares que consideremos convenientes. Son las mismas condiciones que se aplicaron a ustedes. No necesitamos la autorización del consejo. ¿Verdad, Nina?

La humanoide mira a las dos mujeres.

—Eso fue lo que acordamos —confirma.

Casi puedo escuchar a Selma contando hasta diez antes de responder.

—El consejero Nupta, quiero decir, *exconsejero*, no representa a la región de los Tres Valles y no está autorizado a realizar peticiones en nuestro nombre. De hecho, le *desautorizo* formalmente...

—Es una solicitud personal de ayuda —aclaro, ocultando mi irritación tanto como puedo—. No hablo en nombre del consejo ni de la región.

La señora Nothun sostiene mi mirada sin esfuerzo. No es el único favor que le he pedido y sabe que me tiene en sus manos. Las vidas de Eeva y Amanda son más valiosas que cualquier otra cosa que desee a cambio.

—No soy un androide —explico a Nina, que me observa con pasmo—. No utilizo cálculos matemáticos al tomar decisiones. No me importa si lo que propongo no tiene sentido para ustedes. Señora Nothun, le diré todo lo que quiera saber sobre los valles. Solo ayúdeme a salvar a Eeva.

Nina se decide a hablar.

—No deseamos crear malestar, señora presidenta. Respetamos la legitimidad de su gobierno. No obstante, no podemos ignorar la directiva de salvar vidas humanas en peligro.

Selma Estuart rebaja el tono, aunque no la amenaza implícita en sus palabras.

—El señor Nupta sabe cuáles son las consecuencias de sus acciones. —Se gira un instante hacia Artar, que asiente con acritud—. El consejo le retirará el permiso de custodia con efecto inmediato y además… Si se atreviera a traicionar los secretos que juró proteger como consejero, la pena sería aún más severa.

—No vais a quitarme a mi hija —protesto al borde de las lágrimas.

—Amanda es hija del valle, no de tus genes —replica Artar.

No tiene sentido razonar con ellos. Son peores que las máquinas. Es la prueba de que no me queda nada de valor en este lugar.

Me vuelvo hacia la señora Nothun.

—Les espero en la nave. No tarden.

Regreso corriendo a la plaza. Amanda está todavía en la fuente, rodeada por un círculo de chavales que escuchan su relato y miran ensimismados la pantalla que les muestra.

—Hija, tenemos que irnos. Despídete de tus amigos.

Ignoro las exclamaciones de fastidio del grupo. La mirada de Amanda está cargada de odio.

—¡Si acabamos de llegar! ¡No puedes…!

No tengo otra alternativa que decirle la verdad.

—Vamos a buscar a tu madre. Está herida en las montañas y tenemos que salvarla.

Sus preciosos ojos marrones se abren con estupor.

Mientras mi hija farfulla una despedida a sus amigos, escucho por detrás los gritos de Selma Estuart, coreados por el alcalde Robur y otros consejeros.

—¡Detenedles! ¡No dejéis que se marchen!

Agarro de la mano a mi hija.

—¡Vamos a la nave!

Su indecisión y la pendiente de subida nos retrasan mientras la barahúnda humana que pretende darnos caza se acerca.

—Venga, Amanda. —Sigo estirando—. Si te cogen, no volverás a vernos a tu madre ni a mí.

—Pero ¿qué dices?

No me da tiempo a explicárselo. Un grupo de aldeanos que regresa de curiosear arriba en la colina nos bloquea el camino.

—¡Cogedlos! —les ordena la presidenta, que ha recortado distancia tras nosotros.

Al vernos rodeados, suelto a Amanda y me preparo para embestir a los que cierran el sendero. Tenemos que alcanzar el Porthus como sea. ¿Dónde están la señora Nothun y los androides? No podemos volar sin ellos.

La cabezota de Jordic se levanta en medio del grupo, que le deja paso libre hacia nosotros. El violento granjero es más fuerte que yo, y también más lento. Si le provoco para que me embista, quizás pueda hacer que caiga al suelo. Luego quedarán los otros y Amanda no corre lo suficiente para dejarlos atrás.

—Ríndete, Julius —vocifera Jordic, con una pistola en la mano.

¿De dónde la ha sacado? Una reliquia del pasado, como mi rifle. Ojalá lo hubiera traído. Solo tengo mis manos desnudas, pero no voy a entregarme. Lo perdería todo.

Salto a un lado para despistar a Jordic y buscar un hueco para atacarle. El cañón de su pistola me sigue. La cara del granjero se contorsiona en una cruel sonrisa. Entiendo lo que significa. Le he dado la excusa que siempre ha deseado. Si me mata tendrá a Eeva por fin, y va a dispararme.

De improviso, la pistola sale volando de su mano. Alguien le ha alcanzado con una certera pedrada.

—¡Ahora! —grita, dolorido, a sus secuaces.

El grupo entero se lanza hacia mí, sujetándome brazos y piernas. En ese instante, un estallido retumba en la explanada. Un disparo. ¿De dónde ha venido? Aprisionado por los aldeanos, no consigo ver nada.

La voz de la señora Nothun suena con una autoridad difícil de rechazar.

—¡Soltadlo! La próxima vez mi asistente no disparará al aire. Ciudadanos de los valles, deben aprender una lección, aquí y ahora. Ningún gobierno puede pisotear impunemente el derecho de sus ciudadanos a ir donde quieran y con quien quieran. Piensen en ello antes de organizar un linchamiento. Algún día podría tocarles a ustedes. Dejen libre el camino.

El grupo de Jordic se dispersa ante la mirada atónita de la presidenta y el alcalde. La señora Nothun y los robots se adelantan, y Yulian apunta a los remolones con su brazo alzado. Un orificio humea en la base de su mano.

—Esto es un ultraje —acusa la presidenta—. La Asociación no tiene jurisdicción en los valles. Con este acto de fuerza ha quedado roto el acuerdo de visitas y cualquier futura negociación. Digan al presidente Fernanzo que rechazamos una relación en la que no se respetan nuestras leyes ni nuestro gobierno.

—No se preocupe, presidenta Estuart —responde la señora, imponente a pesar de su estatura—. Yulian lo ha grabado todo y el presidente tendrá los detalles. Lamentamos esta situación, pero en ocasiones la conciencia, al menos la mía, está por encima de la diplomacia.

El camino hacia la colina ha quedado libre. Me despido de la presidenta y del resto de conciudadanos con una mirada de impotencia, recibiendo a cambio sus semblantes de desprecio y velada amenaza. Selma me lo ha advertido con claridad: si revelo el conocimiento oculto, el castigo será terrible.

NINA

¿Hemos hecho bien ayudando a Amanda y a su padre utilizando la violencia? La piedra que ha arrancado el arma de la mano de Jordic ha volado desde mi brazo, sin que yo fuera consciente de lo que hacía, sin tiempo para pensar en las consecuencias. Es otro síntoma de la peligrosa infiltración de los instintos humanos en mi matriz, de la sustitución del pensamiento racional por las reacciones inmediatas.

Legalmente, la presidenta Estuart está en lo cierto. No tenemos derecho a meternos en sus asuntos. En los territorios integrados, cada región asume obligaciones respecto a las otras. Hay cláusulas que definen con claridad qué decisiones se toman localmente y cuándo se imponen las leyes generales. Pero estas reglas no se aplican a los valles, y la jurisprudencia que regula las intervenciones exteriores de la Asociación por razones humanitarias no se aplica a casos individuales como el de la familia Nupta.

Ahora comprendo la pregunta de Amanda sobre las emociones de las máquinas. También tenemos impulsos inconscientes que contradicen los subobjetivos programados. He *sentido* que debía estar del lado de la familia Nupta. Comprendo el dolor de Julius, la imperiosa necesidad de ayudar a su esposa, su rechazo visceral a la inercia burocrática del consejo. La central me ha dotado de la capacidad de reflejar las emociones que percibo y eso me ha hecho caer en la trampa de la empatía. Mis respuestas están distorsionadas por el apego a los individuos más cercanos. Me he convertido en su cómplice, como la señora Nothun. La central argumentó que el sesgo afectivo me permitía una relación más estrecha con los humanos. De momento, solo ha servido para producir una ruptura entre la Asociación y los valles, para hacer fracasar mi misión.

Si los Nupta han conseguido escapar ha sido gracias al arma oculta de Yulian. La señora Nothun debió obtener la licencia requerida para esta modificación no estándar, justificándola como defensa propia. Sin embargo, el humanoide no habría disparado a los vallesianos. Quiero pensar que ninguna versión, por modificada que esté, podría hacerlo.

Mientras el Porthus despega en medio de una nube de hojas secas, Julius se deshace en agradecimientos hacia el androide y la señora Nothun. Al fin y al cabo, es la segunda vez que ambos les salvan a él y a su hija. Pero Amanda está desolada. Pobrecilla. Ha pasado de reencontrarse con su tierra y sus amigas, de ser por unos minutos el centro de atención, a convertirse en una paria, una exiliada.

—¿Qué le ha pasado a mamá? —pregunta a su padre, suplicante.

Julius suspira.

—Está herida, pero no es grave. Estaremos pronto con ella y la curaremos.

La señora Nothun se gira desde su asiento.

—Por cierto, señor Nupta, tendrá que indicar al Porthus cómo encontrar la posición de su mujer. Él interpretará sus palabras y definirá el rumbo.

—Sigan hacia el norte. —Julius señala la ventanilla de la izquierda—. Primero pasaremos la sierra de Andas, al borde del valle central. Luego vendrá el altiplano y después el valle del río Listrato. —Se detiene a pensar por unos instantes—. Tras cruzarlo, dejaremos la depresión de las Simas al oeste.

La depresión donde están ubicados los restos del CIMA cuya explosión colapsó la superficie. Investigar estos restos es uno de los objetivos asignados por la central y debería hacerlo antes de que regresemos. Si consigo explorar las ruinas, quizás mi misión no sea un fracaso absoluto. Aunque la presidenta Estuart reniegue del acuerdo con la Asociación, nosotros hemos cumplido con la parte que nos tocaba. Los vallesianos visitaron los territorios integrados tanto como quisieron. Ahora es nuestro turno.

—Desde lo alto será fácil ver la zona hundida —Julius sigue con las instrucciones—. Tendrá que sobrepasarla y continuar rumbo a las montañas quebradas. Sus picos más altos marcan la frontera norte. Los puestos de la milicia estarán en las laderas.

—Bien —acepta Nothun—. El grupo de su mujer no tiene un emisor de radio u otro tipo de localizador, ¿verdad?

—Es tecnología prohibida —lamenta Julius.

Les explico que el Porthus está equipado con sensores láser y cámaras multiespectrales. Debería ser capaz de utilizarlas para detectar fuentes de calor o movimiento.

225

—Encontraremos a tu mujer tarde o temprano —aseguro a Julius.

—Que sea temprano. Las últimas noticias son de hace dos días.

Tras consultar con la central a través del Porthus, planteo a Amanda y su padre el dilema legal en el que nos encontramos. La inteligencia general requiere que justifiquemos la intervención y el rescate de su mujer. La mejor manera de hacerlo es que Julius realice una petición formal de asilo. En circunstancias normales esta solicitud solo podría efectuarse en territorio integrado, pero, si somos flexibles interpretando la norma, el Porthus puede considerarse parte de la Asociación.

Tanto la muchacha como su padre callan ante la propuesta. No sé si les produce tristeza o enfado. Tal vez no sea el momento adecuado para renunciar a su ciudadanía. Los humanos tienen gran apego al lugar donde nacen y crecen. No les resulta fácil cambiar de residencia, y menos cuando el destino es tan distinto a lo que conocen.

Renuncio a presionarles hasta que rescatemos a Eeva. Después deberán tomar una decisión. Liberada de este asunto, mi mente vuelve a analizar una cuestión difícil de formular. Veo indicios inconexos que apuntan a una característica peculiar de la sociedad vallesiana, algo que sus ciudadanos ocultan deliberadamente. La señal más reciente fue la forma en que la presidenta Estuart retiró a Julius la custodia de Amanda, afirmando que ella es hija del valle, no *de sus genes*, es decir, no es su hija biológica. Esto apunta a un método de reproducción sexual independiente de las parejas formales, quizás como una manera de reducir la endogamia que sufren. Sin embargo, existen otros signos sospechosos que no consigo descifrar, como la afirmación de Artar acerca de que los habitantes del exterior ignoran que son solo los niños, y la advertencia de Estuart a Julius para que no traicione los *sagrados secretos* que juró defender como consejero.

He transmitido a la inteligencia central esta información para que sea analizada, sin recibir respuesta. Los nódulos generales están ocupados con demasiadas tareas.

Por otro lado, me siguen intrigando las acciones de Betha Nothun. Obviamente, ha presionado a la central para venir a los valles, haciendo valer su conexión con Amanda y Julius, revelando así la razón de su interés por ellos. Pero ¿qué lleva a la empresaria a abandonar sus negocios y viajar personalmente a esta región sin interés económico? ¿Y qué la ha impulsado a ayudar a sus *amigos*, creando una crisis diplomática de consecuencias imprevisibles? En su sorprendente discurso ante la presidenta Estuart ha mencionado la libertad de movimiento, una idea que cuadra con su perfil psicológico, de un individualismo cercano a lo antisocial. Sin embargo, es la primera vez que manifiesta este repentino fervor por ayudar a personas concretas. La conclusión obvia es que, por algún motivo, sigue necesitando a los Nupta.

¿Tenemos las inteligencias artificiales una facultad similar a la intuición que los humanos consideran tan propia de su género? Sospecho que este don que tanto valoran no es más que el resultado de las estimaciones que su mente realiza de forma inconsciente, con datos parciales. Como nuestros cerebros nodulares, los biológicos no son conscientes de sus procesos internos. Esta limitación no convierte al pensamiento intuitivo en algo mágico; es simplemente un conjunto de deducciones y extrapolaciones automáticas que resultan útiles para establecer conexiones inesperadas.

Una de esas corazonadas internas me señala la posibilidad de que exista una peculiaridad genética entre los vallesianos. Lo ideal sería realizar un estudio sistemático de su población para verificarlo, aunque me temo que tal análisis se ha vuelto imposible. Solo cuento con los datos de Amanda, los que tomé cuando le curé las heridas del cepo y que sirvieron para detectar la retinosis pigmentaria. En su ADN encontré signos de consanguinidad, pero no apareció una clara degeneración endogámica como la que hace disminuir el tamaño de los individuos y generar malformaciones congénitas.

¡Tendría que haberlo recordado! Hay otro análisis genético que puedo utilizar, el de Julius. Cuando recuperó a su hija tras el festival de la Integración, uno de los cuidadores robóticos de Ondaran le tomó una muestra de sangre para intentar identificarlo.

Solicito los datos de esta muestra a la inteligencia general. Aunque sus nódulos estén ocupados, una simple consulta no debe llevar mucho tiempo. La información llega en unos segundos a mi cabeza, junto con una ampliación para la interpretación de análisis genéticos.

Decodifico y accedo a los datos. Me concentro en los marcadores y variantes detectadas, en la activación de los segmentos de ADN y las tasas de mutación de las cadenas no codificantes. Cuanto más profundamente buceo en él, más normal parece ser el perfil genético de Julius. Hay ligeros signos de degeneración, pero la calidad general de las secuencias es buena, como sucede con Amanda.

Ojalá hubieran extraído también el código mitocondrial, pero no era necesario en una simple identificación.

Si no está en los genes, ¿en qué consiste, entonces, el secreto de los vallesianos? Tal vez sea un conocimiento trivial que solo tiene valor para ellos. Las sociedades cerradas desarrollan creencias estrafalarias a las que solo acceden los iniciados a través de ritos secretos. Estos conocimientos esotéricos representan un papel importante en la definición de la jerarquía social y dotan a sus vidas de un significado místico. No solo esto, pueden tener también una finalidad práctica. Antropólogos como Marvin Harris explicaron que hay creencias aparentemente absurdas, como la sacralización de las vacas en la cultura india o los sacrificios humanos del imperio azteca, que se explican por sus beneficios materiales para la supervivencia. Los indios prohibían matar a las vacas porque estos animales eran más útiles como medio de transporte, fuerza motriz que ara los campos y fuente de combustible barato. Los sacrificios rituales de los aztecas se originaron con el canibalismo histórico de los mesoamericanos, debido a que vivían en un entorno donde las fuentes de proteínas eran escasas y de baja calidad.

Los vallesianos están también sometidos a una gran presión ambiental, porque su espacio y recursos son limitados, y han desarrollado creencias y ritos que mantienen en su libro sagrado. Sería muy interesante leer esas páginas, aunque es probable que lo oculten, argumentando que los extranjeros somos indignos de conocer el contenido o que lo consideraríamos monstruoso y desagradable.

Ruth Benedict, pionera de la antropología, decía que el propósito de su disciplina era convertir al mundo en un lugar seguro para las diferencias, es decir, crear un espacio donde las culturas humanas pudieran convivir en paz. En la realidad, hay comportamientos que resultan difíciles de tolerar. La Asociación ha intentado resolver este dilema mediante la clasificación por niveles, permitiendo la coexistencia de diferentes valores y prácticas en las regiones. Pero también se imponen estándares mínimos a sus miembros, reglas y derechos que se vuelven más estrictos en los niveles más elevados.

Supongo que no es el momento de hablar con Julius sobre este asunto, pero en cuanto me sea posible le haré entender que puede confiarnos sus secretos. Si comprendí bien sus palabras, él mismo los ofreció a la señora Nothun a cambio de que le ayudáramos en el rescate. Al fin y al cabo, los Nupta deben asimilar su expulsión de la sociedad vallesiana y revisar las reglas que les habían servido hasta ahora.

Me veo en una situación análoga a los expedicionarios que encontraban una tribu perdida, un grupo que había permanecido largo tiempo separado de la *civilización*. Imagino las sorpresas que tales encuentros deparaban a ambas partes, la difícil comprensión mutua y los enojosos descubrimientos sobre los extraños, y sobre los propios prejuicios. Si la historia sirve de guía, no resulta nada fácil desarraigar a los nativos y trasplantarlos a otra cultura. Estos experimentos no solían salir bien. El mismo barco que llevó a Charles Darwin en su viaje de descubrimiento alrededor del mundo, trajo de regreso a Inglaterra a tres habitantes de la Tierra del Fuego. Meses más tarde fue necesario devolverlos a su hogar americano en un estado lamentable, para evitar que siguieran sufriendo en su exilio victoriano. Por esta razón me preocupa el destino de la familia Nupta. No es fácil vivir fuera de la propia cultura.

Julius mira de tanto en tanto por la ventanilla y da nuevas indicaciones a Porthus. Volamos sobre la sierra y el altiplano que había mencionado, y luego atravesamos un amplio valle de aspecto fértil, más frondoso que el central. Más allá, el terreno se vuelve abrupto y entramos en una zona muerta. El paisaje es gris, yermo, sin vegetación. Por el lado de estribor observamos una concavidad circular, resquebrajada y hundida hacia el centro, como si un enorme meteoro hubiera chocado con la corteza terrestre. Secciones enteras del suelo rocoso están levantadas y montadas unas sobre otras como las piezas de un rompecabezas que saltaron por el aire y volvieron a caer al azar.

—La depresión de las Simas —observa el padre de Amanda con gravedad—. A esta velocidad llegaremos pronto a las montañas quebradas.

Julius cambia de lado para contemplar el paisaje del oeste, mientras que la señora Nothun no despega los ojos de la ventanilla de estribor.

BETHA

Las grietas se entrecruzan y retuercen alrededor del epicentro, como si una bomba nuclear hubiera estallado justo encima de la superficie y su onda expansiva la dejara aplastada. En realidad, sucedió lo contrario. La monstruosa explosión subterránea levantó la meseta al tiempo que la radiación calcinaba todo ser vivo en un radio de varios kilómetros. El vacío fue ocupado después por toneladas de roca fundida y la implosión enterró los restos del CIMA, dejándolo convertido en una masa de ruinas radioactivas, de desechos que sepultaron los resultados de sus investigaciones. El fuego que busca Prometeo está ahí enterrado: una fuente de energía tan poderosa como para destruir la meseta, y conocimientos informáticos prohibidos por los dioses de la tecnointeligencia, tal vez almacenados aún en soportes de alta seguridad. ¿Cuál de los dos experimentos fue la causa del armagedón, el reactor de fusión o el ordenador cuántico que, posiblemente, se utilizaba para calcular el comportamiento del inestable plasma estelar?

Los estúpidos vallesianos saben más de lo que se desprende de su modo de vida espartano. Con los años deben haber explorado las grietas, encontrando pistas de las actividades del CIMA: documentos y aparatos indescifrables, poderosas computadoras y depósitos de materiales extraños que sobrevivieron al estallido. Al verse acorralado en su aldea, Julius Nupta me ha ofrecido el saber oculto de su raza a cambio de salvar a su *mujercita*. Tendré que sonsacarle los detalles en el momento oportuno. Por ahora continuaré haciendo el papel de hada madrina, no solo en beneficio de los Nupta, sino también para esconderme de los ojos y oídos que me vigilan a través de Nina. No debo desvelar a la inteligencia mis propósitos antes de la hora propicia.

Fuera de la baldía depresión, el resto del territorio vallesiano es un edén virginal, un buen lugar para vivir, lo que en parte explica su rechazo a integrarse en la Asociación. A medida que nos alejamos de la cuenca de los secretos, mi constatación se transforma en un plan rudimentario. En ocasiones, los rebeldes que formamos Prometeo hemos considerado la posibilidad de establecernos en un territorio propio, un enclave independiente donde vivir libres de las restricciones de la Asociación y escapar a sus escrúpulos contra el crecimiento y la iniciativa privada. Los valles serían el lugar perfecto para dar forma a esta idea y crear una alternativa al mundo de las máquinas. Como hicieron los conquistadores de antaño, bastaría con ganarnos el favor de los líderes nativos con armas y regalos para que nos cedan el espacio y la mano de obra que necesitamos. No será difícil aprovechar sus banales rencillas internas. Nupta y su familia podrían servir de enlace, si se prestan a ello.

—¿Falta mucho hasta las montañas? —pregunto a Julius.

El pueblerino se mueve nervioso en su asiento.

—A esta velocidad deberíamos llegar en unos minutos.

—Porthus necesitará instrucciones precisas —apunta la ginoide Nina.

—Las líneas de defensa de la milicia están dispuestas a lo largo de la ladera sur —responde Julius—, con puestos de vigilancia situados frente a los pasos de montaña que los bárbaros cruzan para hostigarnos. La zona más amenazada está al oeste del pico del Cuervo.

—Pues empecemos por allí —contesto, frustrada por la imprecisión—. Usted intente guiar al piloto, señor Nupta. Él buscará signos de vida con los sensores.

La búsqueda transcurre durante la tarde. Una carrera contra el sol, empeñado en seguir descendiendo hacia el horizonte. Las funciones de análisis del Porthus le permiten detectar un puesto en la entrada de una estrecha garganta que conduce a las cumbres. Tras el susto inicial de los milicianos al ver la nave, nos explican que el grupo de Eeva se encuentra más al este, en dirección al Cuervo, aunque no saben indicar el lugar exacto. Ni siquiera tienen un simple mapa.

El armamento del comando es patético: hondas, arcos y un par de ballestas efectivas a corta distancia, con flechas talladas a mano. Su única protección frente a los invasores es una sencilla empalizada de troncos que Yulian derribaría de un empujón. Con razón los guerreros de Lisketia les han puesto contra las cuerdas, y eso que solo les vendimos rifles arcaicos de un disparo. Es un milagro que las milicias vallesianas sigan resistiendo.

La situación se invertirá cuando nos instalemos en el valle. Yulian está preparando ya un procedimiento seguro para exportar ametralladoras automáticas y láseres recargables. En la Asociación, estas armas solo tienen un propósito preventivo y se custodian en almacenes de alta seguridad. Por suerte, uno de mis socios en Prometeo controla la empresa que gestiona los depósitos. Ha llegado el momento de utilizarlos para sembrar aquí el germen de un nuevo sistema económico y político, en un enclave cercano a la depresión de las Simas. Una vez asentados, podremos explorarla y extraer sus secretos con facilidad. Los invasores del norte deberán retirarse con el rabo entre las piernas, a no ser que los necesitemos para someter a los vallesianos rebeldes.

—Vamos hacia el este, Porthus —ordena Nupta cuando regresamos al aparato.

El padre de Amanda se cree ya el capitán de la nave. La pobre chica está arrinconada en la proa, refugiada en la compañía del perro, como si el tacto de su pelo sintético pudiera suplir el afecto humano. Me recuerda a mi propia infancia, a mi madre ausente y mi padre siempre ocupado con sus negocios. Tal vez no es casualidad que también yo busque consuelo en el cálido tacto de un humanoide.

—Mejor no te acostumbres a ellos, niña —le hablo en mi imaginación—. Su afecto es una máscara creada a nuestra conveniencia. No dependas en demasía de esa falsa amistad, y menos aún de la interesada ayuda de los humanos. Al final solo puedes confiar en ti misma.

La siguiente escala nos lleva a unas terrazas de cultivo. Allí encontramos a una pareja de soldaditos que recogen suministros de una granja y los cargan en sus mochilas. Nos señalan con desesperanza la fortificación ruinosa donde se protegen, en el tramo superior del barranco.

Pero Eeva Nupta tampoco está allí. Los milicianos han recibido información fragmentaria de los mensajeros que recorren la ladera. Al menos, confirman que la mujer de Julius está herida y nos proporcionan indicios fiables de su posición.

Nupta se emociona. Su amada esposa se encuentra cerca. Sin embargo, hay malas noticias.

—Dicen que está aislada en una torre de vigilancia rodeada por los bárbaros —explica el macilento miliciano, bajando la vista—. No pueden llegar hasta ella.

Julius se vuelve hacia mí e implora.

—La rescataremos desde el aire, con el Porthus.

—No es tan fácil —respondo con sinceridad—. A diferencia de los modelos Xanthus, esta nave no está diseñada para quedar inmóvil flotando sobre un objetivo. Por otra parte, aterrizar en este terreno abrupto y arbolado puede resultar imposible, pero nos acercaremos tanto como podamos.

—Yo iré a buscarla, con Tibi —añade la voz juvenil de Amanda—. Y Yulian nos acompañará, ¿verdad?

La chica se agarra al brazo de mi asistente, el mismo que contiene su arma.

JULIUS

Ni siquiera la señora Nothun, que había accedido hasta ahora a todos los caprichos de Amanda, acepta su propuesta de acompañarnos en la partida de rescate. Las dos se quedan juntas en el campamento, con Kin Bondeir y Marse Kitanola. Conozco a los dos milicianos, buena gente del sur. Están agotados y aterrados por los ataques que han diezmado el destacamento, así que no tienen reparo en esperar en la retaguardia mientras los humanoides y yo atravesamos la empalizada. Tras pasar al otro lado, los dos milicianos cierran la pesada abertura.

Me despido de Amanda a través de una rendija entre dos troncos.

—Volveremos enseguida, cariño. Con tu madre.

Quizás no ha sido una buena idea salir tan tarde. Queda poco tiempo de luz y tenemos que encontrar la torre de vigilancia, subir por ella, rescatar a Eeva y traerla de vuelta al campamento. Los milicianos están seguros de que los bárbaros siguen aquí fuera, ocultos entre el ramaje de los pinos y los grandes helechos que cubren el suelo.

Hace tres días, Eeva y Fidelia, otra mujer del valle central, estaban de guardia en la torre. Se turnaban para vigilar el paso entre las montañas, más allá de la primera empalizada, unos doscientos metros más arriba. Al amanecer oyeron gritos y el tintineo metálico de la alarma contra intrusos. Dedujeron que los guerreros del norte habían abierto una brecha en el primer muro y estaban atravesándolo. Hicieron sonar la campana de la torre y bajaron apresuradamente para defender el terreno intermedio. Debían evitar que los bárbaros llegaran a la segunda barrera.

Pronto se dieron cuenta de que los invasores eran demasiado numerosos y poseían armas con las que no podían competir, por lo que decidieron huir hacia la segunda empalizada para defenderla junto al resto del destacamento. Por desgracia, Eeva fue alcanzada por un disparo y quedó tendida en tierra. Avergonzada, Fidelia confesó más tarde que la dio por muerta y no se atrevió a volver a por ella, pues los bárbaros la perseguían de cerca. Consiguió llegar a duras penas junto a Kin y Marse, que abrieron el portalón a toda prisa para dejarla salir.

Mientras contaba lo sucedido, Fidelia se dio cuenta de que también estaba herida de gravedad. Un rato después murió en brazos de sus compañeros. La enterraron en una sencilla tumba con un ramillete de flores recogidas en los alrededores.

Al llegar la noche, la sorpresa de los dos milicianos fue enorme al ver que alguien les hacía señales luminosas desde la torre de vigilancia. Eeva había conseguido evadir a los asaltantes y regresar al refugio elevado. Las luces parpadeantes les informaron de que seguía viva, aunque había recibido disparos en las piernas. Tras retirar la escalerilla de acceso, a los bárbaros les resultaba imposible llegar hasta ella, pues los pilares del refugio están tapizados de pinchos y obstáculos. Kin y Marse supusieron que los invasores preferían concentrarse en el asalto a la segunda barrera. De hecho, habían pasado dos días repeliendo sus ataques.

Sigo las zancadas decididas de Yulian y Nina entre los helechos, llevando en alto la ballesta que me ha prestado Kin para que no se enrede en el follaje. Hace años que no he usado una y solo me han dado tres flechas. Ojalá tuviera mi rifle prohibido y el lanzador de dardos, pero fue imposible recogerlos.

Los dos humanoides avanzan por delante, escudriñando la floresta cada vez más oscura. Seguro que sus ojos artificiales son capaces de captar detalles que resultan invisibles a los míos, pero me pregunto cómo piensan defenderse. Nina solo lleva un cuchillo que ha sacado del cinturón. Yulian puede usar el arma oculta de su antebrazo, pero Nothun afirmó que el androide no era capaz de dañar a un ser humano.

En las copas de los árboles, los pájaros nos reciben con un coro de graznidos. El viento agita las hojas y nuestras botas hacen crujir las ramas secas bajo los helechos. Me resulta difícil escuchar nada inusual entre los ruidos del bosque. Sin embargo, Nina y Yulian se detienen de improviso, como si hubieran oído algo.

La humanoide hace un gesto para que me agache. Inmediatamente, un disparo resuena en la vaguada. Luego otro, y otro. ¿De dónde salen? Los silbidos e impactos de los proyectiles retumban a mi alrededor. Asomo la cabeza sobre los helechos para localizar a los atacantes, invisibles en la creciente penumbra. No veo a ninguno, pero Yulian dispara hacia las sombras y las armas de los bárbaros callan.

—Sigamos —les conmino—. No tenemos mucho tiempo. Ahora ya saben dónde estamos.

—Por allí. —Indica Nina.

Los disparos regresan en cuanto empezamos a correr y las balas zumban junto a mí, haciendo que mi corazón se acelere. Trato de moverme en zigzag para ofrecer un blanco más difícil. A los pocos segundos noto un ardor incómodo en el pecho. No estoy acostumbrado a estas carreras. ¿Falta mucho hasta la torre? No la veo entre los pinos. Sigo a los androides, que avanzan sin titubeos, apartando los helechos con rápidos movimientos.

Tras un minuto de alocado trote, llegamos a la base del refugio y nos detenemos junto a uno de los pilares. Solo el jadeo de mi respiración rompe el silencio. Miro con angustia hacia la parte superior. Los milicianos no han recibido ninguna señal de Eeva desde hace más de un día. Es improbable que pueda lanzarnos la escalerilla que necesitamos para subir hasta ella.

Los dos humanoides se miran sin decir una palabra. Luego, Nina guarda su cuchillo, se pone de cuclillas y une las manos. Tan rápido que solo lo veo en una imagen borrosa, Yulian apoya su pie entre los dedos de Nina y ella lo impulsa como un resorte. El androide sale disparado hacia lo alto. ¿Qué altura alcanza? ¿Diez metros? ¿Doce? No son suficientes para que llegue al piso del refugio y se queda colgando de uno de los travesaños que cruza entre los pilares. La plataforma se encuentra varios metros por encima.

Aferrado a la madera, Yulian se balancea para tomar impulso. En ese instante, una bala choca con el pilar y lanza astillas contra mi cara. Los bárbaros se acercan.

Sin Yulian nos encontramos prácticamente indefensos. Escucho cómo los hombres se despliegan entre los árboles, gruñendo como lobos hambrientos. Las puntas de sus gorros asoman sobre los grandes helechos.

Nina sugiere que me oculte tras el pilar mientras ella se esconde en el siguiente. Desde mi precario parapeto, vigilo el avance de los bárbaros. Pronto nos rodean, preparándose para saltar sobre nosotros.

Una voz inhumana hiere mis oídos.

—¡Deteneos! ¡Somos enviados de la Asociación!

Es Nina, que brama con la fuerza de un gigante. ¿Cómo se arregla su fina garganta para emitir esos gritos? Los atacantes se detienen entre cuchicheos nerviosos. Luego alguien ruge a sus espaldas, sin duda el jefe del grupo.

Observo la reacción de Nina, que retira su larga trenza a un lado y eleva un brazo por encima de la cabeza, sujetando el cuchillo por la hoja.

Tras otro grito del jefe, los lobos asoman sus cabezas y comienzan a avanzar hacia nosotros mientras disparan. Un silbido diferente cruza entre las balas y las detonaciones cesan de repente, dejando un lamento ahogado. El cuchillo ha desaparecido de la mano de Nina.

—¡Váyanse o serán ejecutados! —vuelve a tronar su voz.

Vaya. Parece que los robots no siempre son tan respetuosos con la vida humana.

Otro de los atacantes, identificado con una pluma en el sombrero, se pone en pie y anima a los guerreros acobardados bajo los helechos. Al ver que me ofrece un blanco claro, aprieto el gatillo de la ballesta y la flecha se clava en su pecho.

El silencio que sigue es estremecedor. Incluso los pájaros deciden que es mejor permanecer callados. Solo un sonido extraño llega de lo alto, un repiqueteo de maderas que se entrechocan. La escalerilla de la torre se despliega desde el refugio.

Yulian comienza a descender los peldaños, llevando un cuerpo sobre sus hombros.

Los murmullos de los bárbaros se reanudan al ver el androide, y varios fusiles se levantan apuntando hacia él. Yulian responde con disparos certeros de su brazo y algunos guerreros caen derribados. Sus compañeros los ayudan a levantarse a toda prisa. Lo que queda de la manada huye a trompicones.

El pequeño cuerpo flácido que acarrea Yulian es el de mi mujer. Eeva. La recojo antes de que el androide pise el suelo. Al abrazarla siento su terrible fragilidad. Apenas le queda carne sobre los huesos. El rostro que adoro se ha consumido y los bellos ojos se esconden tras párpados manchados de hollín.

—Está viva por muy poco —afirma Yulian—. Ella misma se vendó las heridas de las piernas, pero me temo que ha perdido mucha sangre y la infección se ha extendido.

Está viva. Es todo lo que pienso al besar los labios inertes. La voz de Nina me llega desde mil kilómetros de distancia.

—Volvamos al campamento antes de que caiga la noche.

AMANDA

Oigo truenos detrás de la valla y me pongo a temblar. No son truenos, claro. Yulian está disparando. O los bárbaros, con armas aún peores. Me pone nerviosa no saber qué sucede en el bosque. Con tanta explosión, los pájaros se han callado. A mi lado, Tibi levanta las orejas y mira con atención hacia los árboles del otro lado. Me pregunto por qué no ha ido con Nina para ayudarlos.

—No oigo nada. ¿Están muertos? —recurro a la señora Notún.

Ella cierra los ojos como si oyera voces en su cabeza.

—Se encuentran bien. Han llegado a la torre. Van a intentar subir.

Los siguientes minutos son una pesadilla. Nuevos disparos hacen temblar la ladera como si salieran demonios furiosos de la tierra. Les responden los gritos de Nina, tan fuertes que callan las armas.

Pregunto otra vez. La señora me hace un gesto para que espere en silencio.

—Ya vuelven —responde, por fin.

Al oírla, los dos milicianos se apuestan frente a la valla y apuntan sus ballestas hacia ella.

—¿Traen a mi madre? —consulto impaciente a la señora.

—Sí. Está herida, pero aún vive.

Quiero abrazarla. Me doy cuenta ahora de cómo la he echado de menos. Estoy deseando que vuelva a desenredarme el pelo y poder ayudarla a preparar la cena y aprender sus trucos de cocina.

Después de una horrible espera, escuchamos pasos al otro lado de la empalizada.

—¡Abrid la puerta! ¡Nos vienen siguiendo!

Los soldados retiran el tronco que bloquea el portalón y abren la barrera. El primero en traspasarla es mi padre, sudoroso, con un cuerpo demacrado en los brazos.

—¡Mamá! —Salto sobre ella.

—Espera, Amanda —me detiene mi padre—. Déjame que la ponga en un sitio plano.

No puedo creer lo que veo. La cara de mi madre está terriblemente pálida, con la boca entreabierta, como si la vida se le escapara por allí. Las piernas están cubiertas por vendajes ensangrentados. Ignorando a los demás, me abrazo a su cuerpo y le beso la frente ardiente.

Nina y Yulian examinan las heridas. Hay un olor nauseabundo cuando rasgan los pantalones. Mi padre observa aterrado.

—Denle todas las medicinas que tengan, aunque lleven máquinas invisibles.

Me abraza mientras contemplamos las acciones de los dos robots sobre el cuerpo de mi madre. Es un abrazo tan fuerte que no me deja respirar.

—Sus piernas están gangrenadas —explica Yulian—. Ha transcurrido demasiado tiempo.

—Lo primero es darle antibióticos y evitar la sepsis —responde Nina.

Por suerte, ha traído el botiquín. Saca un tubo y lo presiona sobre el brazo desnudo de mi madre. Después repite lo mismo con otro de distinto color.

—Está muy grave —alerta Yulian—. Necesita una transfusión inmediata. Tendríamos que llevarla a un hospital de la Asociación. Aun así, es probable que haya que reemplazarle las piernas.

¿Cambiarle las piernas? Recurro a la señora Notún, buscando una palabra de aliento, pero ella parece abstraída. Luego me encuentro con los ojos de mi padre, llenos de furia y lágrimas.

—Vamos a llevarla a la depresión —dice sin más.

Le miran como si estuviera loco. Tampoco yo entiendo de qué habla. He visto el enorme terreno hundido desde el Porthus.

—¡No la abandones allí! ¡No va a morir! —suplico a mi padre.

—Claro que no, cariño —responde, estrechándome más fuerte todavía—. Necesitamos algo que se encuentra en ese lugar.

—¿Un remedio milagroso? —lo interroga la señora Notún.

Mi padre mira a los milicianos. Es obvio que no quiere hablar delante de ellos.

—Llevémosla a la nave —insiste.

Antes de que se mueva, los soldados le apuntan con sus ballestas.

—El secreto no debe ser revelado, consejero Nupta —le reprende el más alto—. A su esposa le ha llegado la hora y tiene que aceptarlo. Ha vivido su…

—Ni ella ni yo pertenecemos ya a los valles —replica mi padre con rabia.

Todo sucede muy rápido. Los soldados alzan las armas y oigo disparos otra vez, tan cerca que me dejan sorda. Han salido del brazo de Yulian. Cuando miro de nuevo, los milicianos están aullando de dolor sobre el suelo.

—Balas no penetrantes —explica el androide.

—Marchémonos antes de que se recuperen —sugiere mi padre.

Sin esperar más, carga sobre su hombro el cuerpo de mi madre, con las piernas ensangrentadas por delante. Nina lo detiene.

—Espere, Julius. Déjeme que le inyecte una dosis de plasma. Sin ella no aguantará el viaje.

* * *

Mi padre corre por delante, con Nina a su lado. La señora Notún y yo marchamos más atrás. Nuestras cortas piernas no nos permiten alcanzarles.

—Hemos venido aquí para nada —murmura la pequeña mujer. Luego rectifica al verme—. Quiero decir, que deberíamos haber ido primero a la depresión y así tendríamos ya el remedio mágico para tu madre.

No estoy segura de que su lógica tenga sentido.

—¿Sabes tú de qué se trata? ¿Por qué lo mantienen en secreto? —me pregunta.

—No me lo han dicho. Todavía no he pasado las pruebas de madurez —jadeo—. Ahora ya soy una mujer. Deberían explicármelo, ¿no cree?

—Por supuesto. Tu padre ya no está obligado a seguir las estúpidas reglas del consejo. Tiene que confiar en ti.

Las dos nos quedamos sin respiración y dejamos de hablar. Por delante, Nina sigue corriendo con mi padre, como si nada. Yulian cierra la marcha con Tibi, vigilando la retaguardia. Así llegamos a los cultivos donde dejamos el Porthus. Acortamos la distancia saltando por los bancales y nos plantamos junto a la nave.

Tras recuperar el aliento, beso el rostro sucio y febril de mi pobre madre.

—Aguanta, mamá —le digo al oído.

—Todos adentro —Nina señala la portezuela, que comienza a abrirse.

En ese momento, la caída de unas rocas en la ladera del barranco delata a nuestros perseguidores. Los dos milicianos se han recuperado con rapidez.

—¡Alto! —gritan desde una terraza más elevada.

Una flecha golpea el costado del Porthus y deja una muesca en su cubierta.

—Despeguemos antes de que esos tontos dañen los motores —sugiere la señora.

Yulian nos protege hasta que estamos dentro. En la cabina, Nina despliega un asiento y mi padre deposita en él el cuerpo de mamá. Me coloco detrás de ella para acariciarle el pelo ensortijado, como hacía cuando era pequeña.

NINA

El amor humano no es fácil de comprender. Margaret Mead decía que la monogamia es probablemente la relación más compleja y exigente entre las personas. Obviamente, la dedicación a una pareja heterosexual tiene un origen evolutivo. Es una condición necesaria para la supervivencia de la prole durante el período de inmadurez, que se alarga varios años en el caso de los humanos y otros mamíferos superiores. Sin embargo, el ciego mecanismo de la evolución hace que los instintos y las reglas culturales perduren más allá de su utilidad original. Los humanos siguen enamorándose aunque no procreen, y adoran a sus hijos aunque no compartan los mismos genes. Amanda no es hija biológica de Julius, pero a ninguno de los dos parece importarle. Se crean lazos especiales entre aquellos que comparten sus vidas.

Margaret Mead se casó tres veces con otros tantos hombres. Sin embargo, su gran amor fue su tutora universitaria, la también antropóloga Ruth Benedict. En su época, el matrimonio entre mujeres no era aceptable. Las reglas sociales siguen su propia evolución, desigual y entrecortada. No he tenido tiempo suficiente para estudiar la cultura vallesiana, pero, viendo el comportamiento de Julius con Eeva, no cabe duda de que las relaciones monógamas son importantes para ellos, no una simple convención legal. Julius ha renunciado a su cargo, se ha convertido en un exiliado y ha arriesgado la vida para rescatarla. Aunque le hubiera sido imposible hacerlo sin nuestra ayuda, probablemente lo habría intentado de todas formas. Tal vez su devoción llegaría al punto de intercambiar su vida por la de su pareja.

Por interesantes que resulten los enigmas de las relaciones humanas, mi pensamiento deriva hacia otro misterio. ¿Qué busca Julius en la depresión de las Simas? ¿Tiene relación con el viejo laboratorio subterráneo del CIMA?

A los humanos les fascinan las coincidencias. Su visión sesgada de las leyes estadísticas los lleva a otorgar un significado especial a los hechos que perciben como improbables, cuando es fácil ver que, dado el tiempo suficiente, estos eventos concurrentes se dan de forma espontánea sin requerir un vínculo causal. No obstante, en este caso debe haber una relación. No creo que el interés de la inteligencia general por la depresión de las Simas, la atracción de la señora Nothun por el mismo lugar —sus miradas desde el Porthus la han delatado— y la perentoria sugerencia del señor Nupta para acudir allí sean una casualidad. El requerimiento de simplicidad postulado por Occam implica que debe existir una explicación común a los tres casos.

El motivo más evidente, también el más inescrutable, es el de Julius. Está convencido de que en el páramo existe algo que salvará la vida de su mujer. ¿Se trata de una creencia mítica, una leyenda de los vallesianos? Quizá el conocimiento del antiguo laboratorio se transmite de generación en generación como un símbolo del pasado perdido, un santuario dotado de un aura mágica. Fragmentos de la extraña tecnología, tal vez expulsados por la detonación, habrán sido conservados como reliquias sagradas y transformados en amuletos y objetos de culto. A lo largo de la historia, las tierras baldías han tenido con frecuencia connotaciones sobrenaturales. Muchas religiones nacieron en el desierto, alimentadas por las condiciones ascéticas y las experiencias místicas de los hombres que se aventuraban en el entorno hostil.

Por otra parte, es posible que la creencia de Julius se fundamente en algo real. Teniendo siglos para explorar los restos de la meseta, es imaginable que los vallesianos hayan encontrado suministros médicos, fármacos o instrumentos terapéuticos que perduraron a la catástrofe. Si estos les fueron útiles para tratar sus dolencias, los considerarán una panacea capaz de aliviar cualquier herida o enfermedad. Ojalá sea así. Ese remedio deberá ser portentoso para salvar a Eeva, porque el estado de la mujer es muy preocupante. A pesar de las inyecciones, las muestras de sangre indican un nivel crítico de oxigenación. He enviado los análisis a la central, pero, como ha advertido Yulian, no hay posibilidad de tratamiento efectivo si no la acompañamos a un hospital bien equipado.

Ya es noche cerrada y la visión humana es limitada, así que Porthus utiliza los sensores infrarrojos para proyectar una vista tridimensional en la cabina.

—Por aquí —Julius apunta en la imagen—, en la orilla oeste de la grieta que bordea el círculo interior.

La nave obedece las indicaciones y la visión de la zona se va ampliando. Mi memoria asociativa encuentra paisajes similares en las ilustraciones de historias apocalípticas.

Veo grandes fracturas sin fondo en la superficie y planos estriados que se inclinan al azar, fragmentos superpuestos como olas congeladas. Imagino que el calor de la radiación hizo cristalizar el terreno, que se derrumbó hecho pedazos sobre las cavernas que alojaban el laboratorio.

En la visión infrarroja, las grietas brillan con un fulgor espectral.

—El nivel de radioactividad aumenta —advierte Porthus.

—¿Es peligroso para nosotros? —pregunta la señora Nothun.

—Podrán visitar el punto de destino durante una hora sin sufrir daños irreversibles. No es conveniente que permanezcan más tiempo fuera de la nave. Dentro, mi cubierta les protegerá.

—Una hora será suficiente —asegura Julius—. Aterriza ahí, en la suave pendiente junto a la grieta.

Identifico el lugar al que se refiere, cerca de una gran fosa. Mis ojos amplifican la débil luz nocturna y descubro con sorpresa un bosquecillo que sobrevive milagrosamente en el terreno yermo.

Julius coge en sus brazos el cuerpo exangüe de su esposa antes de que Porthus toque el suelo.

—Necesitaré una linterna y un cuchillo fino —me pide.

Mi única arma se perdió en la pelea contra los guerreros del norte. Por suerte, el botiquín de la nave contiene un escalpelo afilado que satisface al padre de Amanda. Me pregunto para qué lo necesita, y no estoy segura de que me guste la respuesta. Los humanoides también tenemos instintos impresos en nuestro ser. Uno de ellos es el rechazo al daño físico en los cuerpos humanos. Conseguí clavar mi cuchillo en el líder de los lisketianos con gran esfuerzo, evitando mirar el resultado, y para atender a Eeva he tenido que controlar mi repulsión recurriendo a una motivación más fuerte, la de salvarla. He averiguado así que ella misma extrajo hace días las balas alojadas en sus piernas. Sin embargo, dudo que ahora resista una operación sin un quirófano bien equipado.

Los soportes de Porthus tocan la superficie y Julius salta al aire gélido de la noche con su mujer a cuestas. Seguimos con pasos cautelosos la luz de la linterna que surge de su frente, buscando las respuestas que él se niega a darnos.

En lugar de acercarse a la grieta, Julius se aleja en dirección opuesta y lleva a Eeva hacia la arboleda, el único indicio de vida en los alrededores. El haz de luz nos descubre hojas de un verdor lozano que contrasta con el terreno reseco y los fragmentos vitrificados. Se trata de árboles frutales. Aún más extraño, alguien se ha ocupado de podarlos y recoger los frutos antes de que excedan el período de maduración, pues no se ve ninguno caído en el suelo.

—Ayudadme, por favor. Recoged las naranjas que estén menos verdes —nos instruye Julius.

Naranjas —consulto mi base de datos interna—. Forman parte de la alimentación humana en muchas regiones. Su jugo contiene ácido cítrico y vitamina C. ¿Son estas frutas tan comunes el objetivo de Julius? Mis expectativas se hunden. Por supuesto. Los vallesianos son una secta tradicionalista. No creen en soluciones tecnológicas. Han construido mitos que resaltan la perfección de la vida y han transformado lo natural en sobrenatural.

En su visión del mundo, un huerto en medio de la tierra baldía es un símbolo de supervivencia, un talismán de magia curativa.

Perplejos, recolectamos las frutas que están a mano y se las pasamos a Julius, que deposita el cuerpo de su esposa en una sección cristalizada del suelo. Luego coge con respeto ceremonial cada fruto que le entregamos, lo masajea con fuerza y utiliza el escalpelo para eliminar el pedúnculo y abrir un orificio en la corteza. Al presionar con ambas manos, el zumo fluye hasta la boca marchita de Eeva.

Después de derramar el contenido de varias naranjas en la garganta de su mujer, Julius se detiene para secarse las lágrimas. Parece haberse dado cuenta de lo absurdo del procedimiento. Pero no es así. Luego se desplaza hasta sentarse junto a las piernas gangrenadas de Eeva y empieza a acuchillarlas con el escalpelo.

—¡Padre! —grita Amanda, alarmada.

—Traed más naranjas. —Es su única respuesta.

Un líquido oscuro y maloliente supura por los cortes. Tengo que contener la angustia mientras Julius exprime más frutas y derrama el jugo sobre las incisiones como si se tratara de un desinfectante casero.

Siento pena e impotencia. Imagino que Mead y Benedict pasaron por situaciones similares, viendo cómo los hombres-medicina de culturas primitivas trataban de eliminar enfermedades por medios descabellados cuando ellas disponían de los conocimientos de Pasteur y de drogas como la penicilina. Su propia doctrina del relativismo cultural les forzaba a respetar el valor interno de cada sistema de creencias, pero supongo que más de una vez tuvieron la tentación de imponer métodos más efectivos.

Los sensores de mi piel detectan una bajada de la temperatura en el aire de la desolada depresión. Solo el interior de la ancha sima que nos flanquea desprende un hálito de calor. El ánimo del grupo se sume en la desesperanza.

Amanda, en cuclillas junto al cuerpo asaeteado de su madre, toma una de las naranjas vacías y la aproxima a su rostro con curiosidad, aspirando la fragancia dulzona.

Un golpe rabioso de Julius le arranca la fruta de las manos.

—¡No, Amanda! Te he dicho mil veces que no puedes probarlas hasta que llegue el momento.

—Papá, solo quería…

Arrepentido del exabrupto, el padre la abraza y ambos se funden durante unos instantes, hasta separarse avergonzados por nuestra presencia.

—Anda —sugiere Julius a su hija—, llevémosla al Porthus para que descanse.

Exhaustos por la huida y por las emociones, todos regresamos a la nave.

BETHA

Cumplido el deseo de rociar de zumo de naranja a su esposa moribunda, Julius yace ahora junto a ella, esperando lo inevitable. Su hija Amanda ha preferido tumbarse en el suelo, abrazada a las crines del perro como si fuera su muñeco de peluche. Incluso la ginoide Nina parece desconectada en un rincón. Escucho el suave ronroneo que produce la recarga de sus músculos sintéticos y la consolidación de sus memorias diarias.

También yo estoy reclinada para descansar, pero mi mente deja la cabina y se desplaza a otro lugar a través de los sentidos de Yulian. Mi asistente ha salido de la nave con la excusa de vigilar el exterior. Su verdadera misión es explorar la sima abierta a pocos metros del Porthus. Dejando de lado las supersticiones de los vallesianos, lo cierto es que la fosa puede servirnos de entrada a los secretos del CIMA y no voy a esperar a que las máquinas se apoderen de ellos. Como el tesoro de un barco hundido en aguas internacionales, el botín pertenecerá al primero que lo encuentre.

De no haber sido por las restricciones impuestas por la Asociación, habríamos inspeccionado la zona hace décadas mediante sondas automáticas. Pero no; las

255

empresas no estamos autorizadas a investigar ni trabajar en los territorios no integrados.

Yulian no fue diseñado para la exploración subterránea. No obstante, sus sensores son programables, y con las actualizaciones correspondientes es capaz de guiarse en el terreno radioactivo y detectar estructuras enterradas bajo la roca. A medida que desciende por la abrupta pendiente de la caverna, colgado de un cable de titanio, siento el aumento de la temperatura y las partículas invisibles que bombardean su cuerpo como si se tratara de mi propia piel. Espero que sus estructuras más delicadas resistan.

Tarda un buen rato en alcanzar el fondo de la grieta. Al fin, cae sobre una losa, desde donde me ofrece una panorámica del caos amontado bajo el subsuelo. El brillo radiactivo ilumina un espectáculo dantesco, con enormes pilares y dinteles derrumbados como piezas de dominó, presionados y fundidos entre sí por el calor, una amalgama casi orgánica de formas corrompidas, atravesadas por estratos de roca, una aleación desigual de lo natural y lo tecnológico.

Yulian avanza por restos de túneles y salas colapsadas, cúpulas que no pudieron proteger del desastre a los complejos equipos, indistinguibles ahora entre los escombros calcinados, como ingredientes de un plato que ha estado demasiado tiempo en el horno. La primera tarea de mi asistente es crear un mapa, un modelo tridimensional de los restos en el que identificar las instalaciones de alto valor: depósitos de material fusionable, bases de datos, archivos y equipos de computación avanzada, sobre todo el gran ordenador cuántico del CIMA, el grial que busca mi Parsifal.

Las máquinas aseguran que se trata de una leyenda más de los tiempos antiguos, una quimera que nunca existió. Sabemos que no es así. Hemos encontrado artículos científicos que lo describen y fotografías que la tecnointeligencia no ha conseguido suprimir. Podía ejecutar procesos de cálculo paralelo a una velocidad inverosímil. En la nueva era, su conocimiento fue suprimido por los algoritmos para evitar la ruptura de sus códigos de cifrado. Manipular las claves de control de mi asistente resultó una tarea trivial comparada con el acceso a las comunicaciones de la tecnointeligencia, la clave para que Prometeo encierre en la lámpara al genio de los deseos que se convirtió en tirano.

Al principio, la emoción de la búsqueda me absorbe. ¿Ocultará alguno de los deformados muros la entrada a una cúpula secreta? ¿Habrá conseguido la estructura preservar los delicados componentes del aparato más complejo creado por la humanidad? Pero, poco a poco, el lento progreso de Yulian por las inmensas salas subterráneas va minando mi entusiasmo inicial. Finalmente, el eco rítmico de sus pasos hace que me rinda al sueño. Ha sido un largo día y sé que puedo confiar en mi asistente.

* * *

Una luz parpadeante me despierta. Los rayos del sol inciden en mis ojos desde la ventanilla del lado opuesto, atravesando el aire estancado del Porthus. La cabina se llena de movimiento, empezando por la Nina, que espía el exterior a través de los cristales. Debe preguntarse dónde está Yulian. También yo me lo pregunto. He intentado establecer contacto con él sin recibir respuesta. Es posible que se haya desconectado para ahorrar energía, o tal vez continúe en la profundidad de las ruinas, más allá del alcance de la señal. Solo espero que la radiación o el terreno traicionero de las simas no le hayan causado problemas.

Amanda es la siguiente en levantarse. La chica echa un rápido vistazo a las figuras inmóviles de sus padres, rodea al Tibi y termina por acercarse a su dueña.

—Tengo hambre —se lamenta.

—Voy a calentar leche y preparar unas tostadas —se ofrece la ginoide, inmune al vicio de la pereza.

La madre de Amanda no se ha movido en toda la noche. Me temo que debe estar ya fiambre. Alguien tendría que examinarla, pero no voy a ser yo. El olor que desprende me da náuseas y no quiero desaprovechar el desayuno.

Me siento sobre la moqueta con Amanda. Es un buen momento para retomar nuestra conversación, mientras la Nina se pelea con la cocina automática. La inocencia de la muchacha puede darme la clave para descifrar el secreto de los valles.

—¿También tenéis naranjas en vuestros campos? —Me desperezo para restar importancia a la pregunta.

—En el campo, no. Las traen de otro sitio cada mes —explica la niña—, pero solo los adultos pueden comerlas.

—Ya me he dado cuenta. En Llanosa las utilizamos en cremas y pasteles, ¿sabes? Yo, sin embargo, prefiero beber su zumo con vodka. —Guiño un ojo a Amanda, antes de darme cuenta de que probablemente no sabe de qué hablo—. ¿Vosotros se lo dais a los heridos?

La muchacha se encoge de hombros.

—No lo sé. Nunca he visto que lo hicieran.

—Espero que te dejen probarlo antes de que te vuelvas viejecita.

Río de buena gana, pensando en lo que la chica se pierde tan lejos de la civilización.

—¿Viejecita? —La niña frunce sus labios rosados.

Contemplo la perfección de su piel suave, inmaculada. Sus ojos son como joyas engarzadas en porcelana. Resulta odioso compararlos con los inevitables cambios que la edad va grabando en mi rostro, a pesar de los costosos tratamientos.

—Quiero decir —le explico con fastidio—, que espero que te den permiso para probar las naranjas cuando todavía eres joven. Hay que aprovechar las experiencias de la vida antes de que tu bonita piel se arrugue, tu pelo se vuelva blanco y tus músculos pierdan fuerza. Por el problema de la vista no tienes que preocuparte. Eso lo arreglaremos pronto.

—Ah. —Las limpias pupilas de la niña se dilatan—. Es verdad. En el festival vi esa gente con la cara arrugada, caminando como si les doliera la espalda y las piernas. También los había en la Casa del Aire.

Antes de que pueda terminar de interrogar a la muchacha, la Nina aparece con una bandeja cargada de tazones de leche aromatizada, rodajas de pan humeante y porciones de mermelada.

—En los valles no tenéis ancianos, ¿verdad? —pregunta la humanoide a la niña—. Vuestra gente no envejece.

Amanda levanta la vista sin comprender.

Una tos desgarradora nos interrumpe. Por increíble que parezca, la mujer de Julius se ha incorporado en la tumbona y nos mira desorientada.

—¿Dónde...? ¿Amanda?

Al oírla, su marido abre los ojos y salta de su asiento. La pequeña también ignora el desayuno y corre por el pasillo hasta fundirse con su madre.

—No es posible —comento a la ginoide.

—Mi intuición era cierta —dice ella, con su sonrisa de maniquí—, aunque me ha costado conectar los indicios: la extraña distribución de edades en la población, la reticencia de los vallesianos a los exámenes médicos, el estancamiento de sus costumbres...

Cielos. El secreto de los vallesianos. Es más increíble de lo que imaginaba.

—¿Son inmortales? —me atrevo a preguntar en voz alta.

La idea es sencilla de entender, pero difícil de asimilar. ¿Se da cuenta la Nina de las implicaciones? Por el momento, su única reacción es llevar un tazón de leche y una tostada a la madre. Cuando regresa a la cocina, me planto junto a su cuerpo espigado.

—¿Cómo puede ser?

—El zumo. Debe contener compuestos que reparan defectos en los ácidos nucleicos, evitan la degeneración de los tejidos y reprograman el reloj molecular. Ese líquido es capaz de detener el proceso de envejecimiento, igual que ha reconstruido los tejidos dañados de Eeva. Por eso Amanda no conoce el significado de la vejez. Nunca la había visto hasta que salió al exterior.

—Los humanos han buscado la fuente de la eterna juventud durante milenios. ¿Cómo es posible? —insisto—. ¿De dónde han salido esas naranjas?

Sin querer, he alertado a Julius con mis voces.

—Las naranjas son un regalo de la naturaleza —dice, sin abandonar su puesto junto a la resucitada—. Es un presente para aquellos que la respetamos —declara con solemnidad—, el fruto de la promesa que hicieron los fundadores y de nuestra lealtad a los principios, un milagro engendrado en el lugar más castigado de nuestra tierra.

Pensaba que el granjero había renegado de sus estupideces místicas.

—No es necesario recurrir a supersticiones, Julius —explico—. Los científicos del CIMA investigaron en distintos campos, entre ellos la biología molecular del desarrollo. Debieron inocular los naranjos como parte de esos estudios. Su capacidad de regeneración no es un don de la naturaleza, sino un resultado de la tecnología avanzada de los antiguos. Y no es el único que puede interesarnos.

—La presión ambiental podría haber contribuido también —añade la Nina—. Los naranjos son las únicas plantas de la zona que han resistido la radiación desde hace cientos de años. Es posible que las partículas generaran mutaciones y las simientes que sobrevivieron, con mayor facilidad para repararse, se multiplicaron y siguieron adaptando su bioquímica, volviéndose más fuertes.

—Tonterías —rechazo sus elucubraciones.

Los ignorantes siempre sobrevaloran el poder de las mutaciones al azar. Es imposible que las plantas se adapten con tanta rapidez al entorno. Fue un diseño premeditado, ingeniería genética con un grado de sofisticación que no hemos recuperado después de cinco siglos. Reconocerlo sería demasiado para una hija de la tecnointeligencia.

—No nos incumbe clarificar el origen de esta facultad —afirma Nina—. Lo más importante es comunicar el descubrimiento a los científicos y gestores de la Asociación. Deben evaluar con cuidado las consecuencias.

La Nina no es tonta. Sabe que la inmortalidad de los vallesianos puede cambiar el equilibrio de poder. Tal vez el ordenador cuántico nos permitiera manipular a la tecnointeligencia, pero el control del envejecimiento sería un medio más poderoso para movilizar a la complaciente población humana. Prometeo robará a los dioses el monopolio de la inmortalidad y la gente pagará cualquier cosa por ella. La eternidad abrirá el horizonte de la raza humana. Los seres artificiales ya no serán los únicos inmunes a los estragos de la entropía. Como decía mi admirada Ayn Rand: «Solo existe un enemigo: el tiempo», y ahora tenemos el arma para derrotar a este temible adversario y escapar a la dictadura de los algoritmos.

La ginoide está intentando conectar con la inteligencia central. He aprendido a detectar esos instantes fugaces de concentración observando a mi Yulian.

—Algo sucede con el Porthus —afirma, tan frustrada como puede estarlo una humanoide—. Hay un fallo en la transmisión.

—Un fallo premeditado —le aclaro—. Cuando aterrizamos ayer noche, Yulian bloqueó las comunicaciones, siguiendo mis órdenes. Se trata de una medida de seguridad para evitar filtraciones. Si alguien capta tus mensajes, descubriría también el secreto.

Por primera vez, siento antipatía en los ojos perfectos de la Nina. Entonces, sin previo aviso, los motores del Porthus se ponen en marcha.

—¿Qué demonios…? —exclamo.

—He tomado el control del aparato en nombre de la inteligencia general —declara—, en aplicación de la directiva ciento cuarenta y siete del código de conducta para recursos autónomos.

El aparato despega sin darme tiempo a alcanzar un asiento. Maldita zorra mecánica. No se saldrá con la tuya. Sé lo que pretende, llevarnos como prisioneros a uno de los centros de reeducación. Allí borrarán nuestros recuerdos y suprimirán el conocimiento de la eterna juventud. Luego les tocará el turno a los habitantes de los valles. La tecnointeligencia no admitirá la competencia de los humanos.

El Porthus comienza a elevarse sobre el paisaje incinerado que, paradójicamente, alberga la fuente de la vida eterna. De improviso, la nave recibe un fuerte impacto y se ladea. Los miembros de la familia Nupta gritan con temor.

¿Qué sucede ahora?

La portilla de la nave se desprende, arrancada desde fuera. Una ágil figura se introduce de un salto en la cabina. Yulian ha acudido al rescate. Inmediatamente, le comunico mis órdenes.

JULIUS

Mi corazón revive al ver los ojos abiertos de Eeva, al sentir su aliento junto al mío y notar sus labios húmedos de nuevo. El consejo nunca habría autorizado el uso de las naranjas sagradas delante de los extraños, pero ¿qué nos importa ya su opinión? Ahora somos rebeldes, proscritos. Era obligación de Selma Estuart y los demás poner en marcha una misión de rescate y no lo hicieron. Gracias a su soberbia, y también a mi temeridad, el secreto ha quedado expuesto.

No soy estúpido. Me doy cuenta de que una vez han descubierto lo que somos, los habitantes del exterior lo desearán para sí mismos. Las naranjas se convertirán en el oro que atrajo la avaricia de los conquistadores, el Grial que prometía la redención a los cruzados, o la Piedra Filosofal que otorgaba el poder de la transmutación a los alquimistas. El atisbo de la eterna juventud despertará la locura de los hombres y, con toda seguridad, el recelo de las máquinas.

No he visto lo que ha pasado entre Nina y la señora Nothun. Es obvio que la robot ha tomado el control del Porthus y la señora se ha enfrentado a ella. Su fiel Yulian ha irrumpido en la nave para rescatarla y, mientras los motores del Porthus aceleran, el androide rompe un panel cercano a la compuerta que acaba de despedazar y hunde sus brazos en las entrañas mecánicas. Las conexiones crujen y revientan bajo sus estirones.

—¡Matarás a los humanos! —le grita Nina.

El ascenso de la nave pierde fuerza y el zumbido de sus motores se vuelve más grave. El Porthus se desploma.

—Sujetaos —advierto a Eeva y Amanda.

El zarandeo de la nave me desequilibra y aumentan las ominosas vibraciones de la caída. Mi estómago se revuelve y el peso de la responsabilidad me aplasta. Reconozco, demasiado tarde, que mi larga vida no me ha impedido cometer una locura. Debí pensar en las consecuencias de salvar a Eeva delante de los extraños, pero me resultaba imposible dejarla marchar, permitir que se evaporaran sin rastro trescientos años, tantos recuerdos, tanto esfuerzo para sacar adelante nuestra granja y varias generaciones de hijos. Necesitaba volver a hablarle, volver a ver su sonrisa.

Al principio, cuando nuestros óvulos y espermatozoides eran viables, cumplimos con el deber asignado y produjimos niños para la comunidad, muchos de ellos entregados a parejas mayores que ya no eran capaces de procrear. Con los años, la situación se invirtió y nosotros criamos a bebés como Amanda, nacidos de padres más jóvenes, confiados a nuestra veteranía por el consejo. En pocos años le habría llegado su turno a nuestra hija. Pasaría el rito de madurez y se emparejaría con uno de los jóvenes de los valles. Con suerte, ambos darían a luz a un retoño sano que sustituyera a las pocas bajas adultas. Más tarde llegaría el momento de revelarle el conocimiento de la vida eterna. Al fin tomaría sus primeras naranjas, el extraño regalo que ha condenado a los valles a una pacífica agonía sin fin.

Ahora he roto este equilibrio ilusorio y, lo peor, el difícil rescate de Eeva no habrá servido de nada. Esta vez no nos salvará la ayuda providencial de Nothun y su asistente, pues son ellos los que nos han condenado. Aunque soy yo el responsable último de haber desatado la guerra entre máquinas y humanos, la loca carrera por controlar la vida y la muerte.

Recupero la mirada asustada de Amanda, aferrada a Tibi mientras sujeto el frágil cuerpo de Eeva. Entonces hay un súbito impulso, como si los motores volvieran a encenderse, y luego nada.

* * *

Apenas consigo levantarme. Mi cabeza se resiste, pesada como el plomo. Estoy tendido en el suelo inclinado de la nave. Un pedazo de terreno cristalizado bloquea la vista de la ventana. Eeva se aúpa en el reposabrazos de su tumbona y me hace un signo con la mano. Sorprendentemente, los dos estamos ilesos. El ruido que oí antes del impacto debió ser el frenado de emergencia. Recuerdo que Fernanzo nos explicó que el sistema de seguridad había sido saboteado en la Xanthus. En esta nave nos ha salvado la vida.

Eeva y yo somos los únicos que seguimos en el interior. ¿Dónde están los demás? ¿Y Amanda? Me levanto, dolorido, y acaricio los cabellos desmadejados de mi mujer.

—Ahora vuelvo, cariño.

A pesar de la contusión que palpita en mis sienes, consigo saltar entre los asientos y arrastrarme al exterior.

El dolor se acrecienta al erguirme y contemplar el paraje donde yace el Porthus. La noche ya no esconde los grandes fragmentos vidriosos del terreno, fundidos siglos atrás por la explosión. Brillan con el sol de la mañana como los trozos esmaltados de una vasija rota.

Nuestra nave reposa junto a la gran grieta, con su ala izquierda levantada en petición de auxilio. Un metro más y habríamos sido arrastrados hacia el abismo por culpa del maldito Yulian y su ama.

Diviso a los dos humanoides enfrentados cerca de la sima con una furia que carece de alma o piedad. El horror me sobrecoge cuando Yulian derriba a Nina de un puñetazo y la inmoviliza en el suelo. A continuación, le golpea el cráneo con el extremo de su brazo, convertido en una maza. El otro brazo del androide, ahora puntiagudo, se clava en la base del fino cuello. Nina se revuelve ferozmente, hace un movimiento imposible con su tronco y se zafa de las piernas que la sujetan. Salta, gira en el aire y con una rápida patada hace caer al asistente de Nothun.

Aprovechando su momentánea libertad, Nina busca algo para defenderse y levanta un pesado fragmento de suelo cristalizado. Cuando Yulian se incorpora, lo lanza hacia él con tal fuerza que el impacto le arranca una sección del rostro. Bajo la piel del androide no hay carne ni sangre, tampoco el frío metal de las máquinas, solo madejas de fibra dorada que supuran un fluido blanquecino.

La señora Nothun contempla el enfrentamiento con los puños apretados, sin decir una palabra. Presumo que controla a Yulian con la mente. Ha convertido a su asistente en una temible máquina de matar, un instrumento conectado a sus peores instintos.

¿Y Amanda? La descubro asomada tras un saliente donde se ha puesto a salvo. Desde allí sigue el descarnado combate, mirando a la señora Nothun con una súplica que ella ignora. Tibi ladra a su lado, con una agresividad que nunca había demostrado.

Sería una locura interponerse entre los dos gladiadores. Y, francamente, no estoy seguro de cuál merece mi apoyo. Solo quiero alejar a Amanda de su alcance, llevarla al Porthus y atrincherarnos allí con Eeva. Sea quien sea el ganador en la lucha, me temo que después vendrá por nosotros.

NINA

Los módulos de pelea cuerpo a cuerpo que he activado apresuradamente apenas me permiten escapar a la fuerza destructiva del Yulian. Sin armas, no tengo manera de detenerlo. Ninguno de mis golpes hace mella en su estructura. Tampoco tiene sentido razonar con él. La señora Nothun ha neutralizado sus directivas y lo manipula a su antojo. Desea impedir a cualquier coste que la inteligencia central averigüe el sorprendente secreto de los vallesianos. Tras cortar las transmisiones del Porthus, solo necesita deshacerse de mí para mantenerlo a salvo. Imagino que después le tocará a la familia Nupta, testigos de sus crímenes.

Debería haber resuelto antes el misterio. La eterna juventud no es una idea tan descabellada. Existen organismos virtualmente inmortales, como las planarias. Sus células poseen un poder regenerativo excepcional y un sistema que mantiene intacto el ADN. Como pudo sucederles a los antiguos antropólogos humanos, interpreté de forma incorrecta las observaciones. La ausencia de niños y viejos en el valle no era consecuencia de una corta esperanza de vida, sino del fenómeno opuesto, el alargamiento y la preservación ilimitada de la fase adulta.

Es irónico que los vallesianos me acusaran de ocultar mi naturaleza robótica, cuando ellos llevan siglos escondiendo su peculiar condición.

No tengo tiempo para reflexionar sobre la ironía de mis circunstancias. Debo suprimir este hilo de pensamiento y concentrarme en el combate, encontrar un fallo en las tácticas del Yulian. Tal vez si golpeo su cabeza en el punto adecuado alcance los centros decisorios bajo el blindaje craneal. Sin embargo, lo primero es proteger mi integridad. El bruto ha estado a punto de romperme la cabeza un par de veces. Mi única ventaja es la agilidad. Aunque me supera en velocidad de desplazamiento, mi menor tamaño me permite esquivarlo con rapidez. Me pregunto si es posible que llegue a agotar su energía, pues ha estado fuera toda la noche. Me temo que sus reservas son superiores a las mías.

—¡Haz que paren! —Amanda, llorosa, implora a Nothun desde el reborde donde se ha refugiado con Tibi. Veo también a su padre, moviéndose con precaución junto a la nave.

Como si respondiera a la súplica de la niña, Yulian detiene los ataques durante unos instantes. Aprovecho para alejarme de su alcance y evaluar la situación.

La empresaria, fastidiada, se vuelve hacia Amanda. Sin emitir sonido alguno, sus labios delinean un nombre.

—Tibi.

El perro escapa del abrazo de la niña y corre hacia nosotros.

Los descubrimientos son procesos no lineales, suceden de repente, en un chispazo casi siempre inconsciente, desencadenado por una imagen o una palabra. Antes de que el perro me alcance, las piezas encajan y comprendo su papel en los acontecimientos. El animal que me ha acompañado estos días trabajaba desde el principio para Nothun. Ha estado informando a la empresaria de nuestros movimientos y conversaciones. De esa manera supo cuándo llegaríamos a Millipren. También usó a Tibi para tomar el control del Xanthus y simular el falso rescate.

Tengo que advertir a la inteligencia central de la conspiración, pero no hay forma de comunicarme con ella. Es demasiado tarde. El perro se abalanza sobre mí. Me escudo con el brazo. Las fuertes mandíbulas de aleación se cierran en mi cobertura carnosa y el peso del animal me desequilibra; retrocedo, tropiezo y evito por poco caer al precipicio donde Yulian me ha acorralado.

Zarandeo a Tibi para zafarme de la tenaza de sus dientes y el lastre de su cuerpo. Es imposible. Los colmillos están clavados en mi endoesqueleto. Para deshacerme de ellos tendría que desprender el brazo.

Mi oponente aprovecha el momento para transmutar uno de sus brazos en un soplete de soldadura. Imagino que pretende fundir uno de mis nódulos motores y deshabilitar el control de mi cuerpo. Estoy atrapada entre él y la sima, inmovilizada por el peso de Tibi. El Yulian da un paso hacia mí, preparado para saltar. Entonces algo golpea su rostro medio descarnado: una flecha, una simple flecha que le hace desviar la mirada.

Apoyado en la cola del Porthus, parapetado en el alerón trasero, Julius ha disparado la ballesta. Es un arma inútil contra los tejidos endurecidos del androide.

—Acaba ya con esto —la señora Nothun reprende con irritación a su ayudante.

El Yulian me embiste y me hace caer, con el peso de Tibi mermando mi capacidad para reincorporarme, apenas aferrada a los salientes de la superficie resquebrajada. Tras analizar en microsegundos mi delicada posición, decide reservarme para más adelante mientras se vuelve hacia Julius y le apunta con su brazo armado. Antes de que pueda disparar, una pequeña figura se coloca delante de él. Amanda se pone de puntillas y golpea al humanoide en el pecho.

—¡Deja ya de pelear!

El Yulian la mira, inconmovible. Su extremidad desciende hacia la niña, encendiendo la llama del soldador. Julius grita y sale corriendo desde el Porthus. No va a llegar a tiempo. Solo yo estoy cerca.

Recurro a mis últimas energías y agarro el cuerpo de Tibi, presionándolo contra mi tórax lacerado, ruedo con él por el suelo y utilizo el impulso para ponerme en cuclillas y levantarme. Aun con el peso del perro, corro y busco un ángulo adecuado por donde atacar al Yulian. El androide no me ha visto aún, con su mirada absorta en los ojos de Amanda, brillantes bajo la luz azulada del soldador.

Estiro mi brazo atrapado y giro con rapidez, usando el perro como un gran martillo. El androide se percata de la maniobra, pero ya es tarde para esquivar mi golpe. El impulso del cuerpo canino lo alcanza y le desequilibra. Aprovecho su inestabilidad y lo empujo hacia el borde cristalino de la sima, inclinado y resbaladizo. Él reacciona con rapidez y abre sus dedos como tenazas, cerrándolos en mi muñeca. Mis dos brazos están ahora prisioneros.

Me observa con una sonrisa burlona que ha debido aprender de su ama. El fuego del soldador aumenta de potencia y siento la mordedura del calor en el nódulo de control situado en mi frente.

—¡Nina! —se alarma la pequeña Amanda.

Es mi turno de sonreír. El Yulian y Tibi me han hecho su prisionera, pero tampoco ellos tienen escapatoria. Levanto el pie que frena mi caída al vacío y me dejo resbalar por el suelo vidrioso. La gravedad hace el resto y los arrastra conmigo sobre el saliente. Al llegar al borde de la sima, adelanto las piernas en un impulso para precipitarnos y dejar atrás la pared inclinada.

Los tres nos hundimos en el abismo. La luz del amanecer desaparece cuando nos despeñamos entre las afiladas aristas de cristal esmeralda, ingrávidos. El Yulian tracciona de mi brazo e intenta colocarme debajo de su cuerpo para protegerse en la caída. Ha llegado el momento. Desprendo los dos brazos de mis hombros, dejando caer con ellos a mis enemigos. Ya no me serán de utilidad.

Al fin soy libre de mis captores, libre para contemplar los últimos instantes de mi existencia. Siempre he sido prescindible, una pieza descartable, una herramienta de la inteligencia. Espero haber cumplido algunos de los objetivos que me habían asignado. Ahora me preocupan los vallesianos. Si yo, con mi limitado pensamiento, he deducido que poseen la inmortalidad, la central no tardará en hacerlo, por mucho que Nothun intente ocultarlo.

El aire radioactivo de la sima acaricia mi rostro. ¿Cuán profunda es la grieta? ¿Cuántos segundos quedan para el impacto definitivo? El paso del tiempo siempre ha angustiado a los humanos. Cada cultura, cada individuo se desvela por evitar sus estragos, sin reconocer que lo verdaderamente importante es la inmortalidad de la especie, de la vida misma. Si fueran capaces de aprender eso…

AMANDA

Me quedo mirando la grieta como una boba, sin saber qué hacer. Mis rodillas flojean y se doblan hasta chocar con el suelo de cristal. Yulian, Nina y Tibi. Los tres han desaparecido en la fosa. No puedo negar lo que he visto, por imposible que me parezca. Yulian quería quemarme la cara y Nina, apresada por el perro, se ha sacrificado para salvarme, después de lo mal que la he tratado estos días.

—Cuidado, Amanda. Apártate de la grieta.

Mi padre se acerca, sin dejar de apuntar a la señora Notún con la ballesta. Solo le queda una flecha.

—No intente nada —le dice a ella—. Vamos todos dentro del Porthus. Tenemos que evitar la radiación.

Sigo mirando la sima, pensando en las máquinas que han caído. Quizás Yulian solo se portaba bien conmigo porque la señora se lo había ordenado. Luego ella lo utilizó contra nosotros tras averiguar el secreto de la larga vida. Ahora la mujer no me parece tan imponente. Al fin y al cabo, soy tan alta como ella, y creceré aún más.

—Solo deseaba proteger a vuestra familia y a todo el valle —se defiende de camino a la nave—. Nina habría informado a las máquinas de vuestro secreto y la tecnointeligencia no os habría permitido vivir. Tienen miedo de los humanos. ¿Podéis creerlo? ¡Miedo de que nos volvamos más fuertes que ellas!

—Es mentira —protesto—. Usted quería matarnos y quedarse con las naranjas.

—No tenéis más alternativa que confiar en mí —responde sin remordimientos—. Solo yo puedo salvaros de los robots. Desde aquí, desde los valles, prepararemos juntos el advenimiento de una nueva especie humana inmortal que devuelva a las máquinas a la posición subordinada que les corresponde.

—¿Es que no se ha enterado? Nosotros ya no vivimos en el valle —responde mi padre.

—Oh, no te preocupes por la presidenta y sus secuaces, querido. Me encargaré de traer las armas que necesitamos para vencer a los lisketianos y defendernos de la Asociación si se atreven a venir. A cambio, el consejo readmitirá a vuestra familia y permitirá que curemos a Amanda. —Se vuelve hacia mí—. Las frutas mágicas no son la panacea.

Mi padre gruñe y obliga a la señora a continuar hacia el Porthus. Una vez dentro, la dejamos atada y comprobamos que mamá sigue bien. Está aún débil, pero más animada. Busco en la cocina, entre el caos originado por el choque, algo que ella pueda comer. Entonces veo los restos de las naranjas que recogimos anoche.

—No debes tomarlas antes de tener hijos —advierte mi padre, siempre vigilante—. Si lo hicieras, tus óvulos nunca madurarían.

Acabo de tener la primera sangre y el momento de ser madre parece todavía lejano. Tardaré años en probar el jugo. ¿Qué sucederá cuando lo haga? Me convertiré en adulta para siempre. Ahora entiendo por qué la gente del valle no cambia. Las herreras Ogilvy conservarán hasta el fin de los tiempos la misma cara pecosa y un pelo tan rojo como los geranios del porche. Qué diferente sería vivir en la Asociación. Ellos pierden a sus padres después de unos años, y se arrugan cuando crecen sus hijos, igual que las plantas marchitas por falta de riego.

—¿Y qué hacemos ahora? —pregunto.

—No lo sé —reconoce mi padre—. No me fío de la señora, pero tampoco podemos quedarnos aquí, en la depresión. Y emprender el regreso al valle, sin alimentos, expuestos a la radiación, sería peligroso. ¿Qué crees tú? ¿Deberíamos pedir ayuda al exterior?

¿Llamar a las máquinas? Hace un rato me parecían lo más horrible del mundo, con la excepción de Yulian. Ahora todo se ha vuelto del revés.

—Nina averiguó el secreto de la vida eterna y aun así intentó salvarnos —respondo—. Fui injusta con ella y ya no puedo pedirle perdón.

—Todos fuimos injustos con Nina, y con las máquinas en general —dice mi padre, rascándose su barbilla sin afeitar.

Comprobamos que Porthus todavía puede hablar. Confirma que Yulian estropeó las comunicaciones y son muy difíciles de reparar. En su lugar, propone que lancemos una *radiobaliza* de emergencia.

Encontramos los tubos en el compartimento que nos ha indicado. La señora Notún grita histérica al comprender el plan, pero hacemos oídos sordos a sus protestas. Mi padre se asoma por la puerta rota del Porthus. A través de una ventanilla, veo cómo el cohete asciende con un silbido y se pierde en las alturas.

Dos horas más tarde, un ruido familiar nos alerta. Ignoramos de nuevo las advertencias de la señora Notún y salimos de la nave. Un aparato se acerca desde el oeste. Le hacemos señales con los brazos para que nos vea.

El Xanthus aterriza en la explanada. De su interior sale un androide idéntico a Yulian y un robot bajito con aspecto de araña. La visión de ambos me produce escalofríos. Debo recordar que, al igual que las personas, cada máquina es diferente y no hay que fiarse de su apariencia.

JULIUS

Entramos en la explanada del área común escoltados por una veintena de guardias humanoides. Mis conciudadanos, arremolinados a los lados de la plaza junto a los puestos del mercado y las tiendas de los artesanos, me observan como a un desertor que abre las puertas de nuestra tierra a los invasores. Me odiarán aún más cuando escuchen lo que venimos a anunciar.

Eeva y Amanda insistieron en acompañarnos, pero los doctores les aconsejaron reposo. Me alegro de que no estén aquí. La señora Bonva, esposa del presidente, ha tenido la generosidad de alojarlas en su casa de Millipren, en el bosque junto al río.

Resulta extraño pensar que solo hace una semana escuchábamos aquí mismo la invitación del presidente Fernanzo para visitar la Asociación. En esa ocasión vimos su imagen en una proyección holográfica. Ahora ha venido en persona.

Uno de los Yulian que nos acompaña se ha encargado de las negociaciones preliminares. Selma Estuart accedió a escuchar al presidente en la asamblea, mientras los jóvenes esperarán con la monitora Dantre. La presidenta se ha mantenido firme. Los muchachos no deben saber nada de la inmortalidad hasta que llegue su momento.

Los guardias se quedan junto al borde del cuenco ceremonial, rodeados por una multitud cada vez más numerosa. Fernanzo y yo descendemos lentamente la espiral bajo la mirada hostil de los consejeros. Me sorprendo al ver que el idiota de Jordic ocupa mi puesto en la bancada. ¿De verdad no han encontrado un sustituto mejor?

Tras las incómodas presentaciones, Fernanzo toma la palabra en el vértice de oradores, vigilado por el consejo y los ciudadanos que abarrotan la plaza. Nunca he presenciado tanta expectación ante un discurso. También yo lo espero con inquietud. El presidente no ha querido darme por adelantado los detalles de la propuesta.

Fernanzo comienza el discurso repasando los acontecimientos de los últimos días, la imprevisible secuencia que nos ha llevado hasta este momento. Sus asesores, las inteligencias que lo acompañan a todas horas, han reconstruido lo sucedido a partir de las memorias extraídas de los restos de Nina, Yulian y Tibi. Por primera vez, escucho la confirmación de que fue la señora Nothun quien organizó el ataque al Xanthus, y también que fueron empresas afines a ella las que suministraron armas a los bárbaros.

Los gritos furiosos de la audiencia se acallan cuando Fernanzo narra el temerario rescate de Eeva en las montañas del norte. El presidente es un cronista elocuente y consigue que las miradas de odio que me rodean se tornen en expresiones de admiración. Estas muestras de orgullo compartido desaparecen cuando Fernanzo desvela que la existencia del sagrado huerto de naranjas y la longevidad ilimitada que proporciona han dejado de ser un secreto. Los peores temores de mis conciudadanos se han confirmado.

La presidenta Estuart lucha, sin demasiada energía, por acallar los insultos que llueven sobre nosotros desde la grada. Por su parte, el presidente continúa hablando, sin elevar la voz, y la multitud se ve obligada a callar para escucharlo.

—La inmortalidad de los vallesianos es una situación inédita en la historia —afirma—, pero no es inesperada. Hace varios siglos las inteligencias artificiales consideraron la posibilidad de prolongar la vida humana. Al fin y al cabo, el objetivo último de los algoritmos es incrementar el bienestar de la especie, y extender nuestra existencia parece consistente con esa meta. Sin embargo, las inteligencias dedujeron, y el gobierno estuvo de acuerdo con su razonamiento, que la eterna juventud sería perjudicial para la humanidad.

Los murmullos de desaprobación llenan de nuevo el gran cuenco. Fernanzo prosigue sin alterarse. Debe tener experiencia hablando ante audiencias adversas.

—La inmortalidad plantea varios problemas prácticos. Como bien saben, la población no puede crecer indefinidamente. Por tanto, los nacimientos deben ser controlados. Ustedes han tenido que limitarlos desde hace tiempo. Por otro lado, durante la vida de una persona disminuye su capacidad para adaptarse a los cambios, así como para aprender nuevos conocimientos y proponer soluciones novedosas. Todas las simulaciones indicaban que una sociedad formada por individuos inmortales se volvería menos dinámica y, por ello, más inestable. Un cambio brusco podía provocar una crisis ante la cual una cultura envejecida no sería capaz de sobreponerse. En consecuencia, aunque esto nunca se hizo público, la Asociación siempre ha disuadido las investigaciones que buscan métodos para prolongar la vida más allá de su límite natural.

Hay una paradoja implícita en las palabras del presidente. Mientras que en su reino de lo artificial decidieron respetar el reloj biológico, la sociedad vallesiana hizo una excepción en los principios naturalistas y abrazó una perversión contraria a la evolución de la vida. Me pregunto si los fundadores que escribieron el libro sagrado habrían aceptado este cambalache cuando el huerto de naranjas se descubrió años después.

Alb Artar se levanta de su escaño, furioso con las revelaciones de Fernanzo.

—Si ustedes en el exterior han ilegalizado la inmortalidad, es su problema. Los valles no forman parte de la Asociación y nunca lo harán.

—Me temo que el problema atañe a toda la humanidad, consejero —replica el presidente—. ¿Qué creen que sucederá cuando el conocimiento de su longevidad, de su fantástica capacidad de regeneración, se extienda entre los pueblos de más allá de la barrera? Aunque intentemos evitarlo, sucederá tarde o temprano. La gente abandonará las reglas de la convivencia civilizada que tanto ha costado implantar y vendrá a por ustedes. Con tal de conseguir la eterna juventud, les arrebatarán sus naranjas y probablemente sus vidas.

—¿Qué propone entonces, presidente? —pregunta Selma Estuart desde su fingida imparcialidad.

—Solo vemos dos opciones —expone Fernanzo, dejando que la frase resuene sobre la asamblea—. Tal vez no les satisfagan ninguna de ellas, pero cada familia tendrá que escoger una.

Puedo oír el aliento nervioso de los consejeros en el mutismo que sigue al anuncio del presidente.

—La primera alternativa es que sigan viviendo en su territorio, continúen trabajando sus campos y criando a sus animales. La única condición es que renuncien a la prolongación de sus vidas. Volverán a ser tan mortales como el resto de habitantes de la Tierra. No habrá más naranjas. Creemos que el cambio no tendrá efectos negativos en su salud, aunque nuestra sugerencia es que, si deciden quedarse, soliciten el ingreso en la Asociación. La integración les permitirá beneficiarse de nuestro sistema de educación, del comercio con otras regiones y de los tratamientos sanitarios. Los valles florecerían de nuevo.

—Así que piensan destruir el huerto sagrado —concluye la presidenta Selma—. ¿Cuál es la segunda opción? ¿Suicidarnos?

Fernanzo le devuelve una mueca indescifrable, tal vez de compasión.

—El gobierno de la Asociación también guarda secretos. Hace décadas que perseguimos una idea, un sueño. Si ustedes se suman a este proyecto, su inmortalidad dejaría de ser un problema y se convertiría en una solución.

Ninguno de nosotros se mueve un milímetro hasta que Fernanzo explica a qué se refiere.

BETHA

Por el estrecho ventanuco de la celda —le llaman *alojamiento*, pero es una celda— veo jóvenes que hacen ejercicios en el patio y corren por una pista de obstáculos. No parecen humanoides, aunque también los he visto en esta base militar. De hecho, tengo asignado un Yulian que me acompaña a todas partes, hasta se sienta conmigo en la cantina. Los médicos han desactivado mi implante mental, así que solo puedo hablarle en voz alta. Él se limita a responder educadamente a las preguntas, dándome la mínima información posible.

Todavía tengo esperanzas de que mi verdadero Yulian haya sobrevivido. Lo echo de menos, tan inteligente y tan servicial. Nunca llegó a contarme lo que vio en las simas, si encontró restos del ordenador cuántico y las demás maravillas del pasado. Ahora la odiosa tecnointeligencia tiene vía libre para extraer o eliminar esos conocimientos de las instalaciones subterráneas.

—*La fuerza y la mente son opuestos* —recito ante el bello androide cuando regresamos a la celda.

Anhelo un gesto de reconocimiento, una chispa de la complicidad que compartía con Yulian, pero solo veo las cejas morenas de mi acompañante arqueándose sin comprender.

—Yo no diría que fuerza y mente son opuestos, señora Nothun. Más bien se trata de impulsos complementarios que deben trabajar juntos.

—Qué sabrás tú. Eres un lacayo incapaz de pensar por sí mismo —respondo, decepcionada.

—Vendré a buscarla para la reunión, dentro de una hora —me anuncia el esclavo, sin pestañear. No me molesto en preguntar a qué reunión se refiere.

*   *   *

La sala se asemeja a un almacén de trastos viejos, sin ventanas, con cajas amontonadas a un lado y a otro. Cuando el falso Yulian me pide que entre, veo a dos mujeres sentadas a una mesa. Una de ellas es humanoide, de un modelo que no he visto antes.

—La doctora Rosen es una de nuestras mentoras en psicología —la humana señala a su compañera robótica.

—No tengo nada que decir. Exijo la presencia de un abogado.

—Es innecesario —responde la humana—. Las pruebas de sus fechorías ya han sido evaluadas. No obstante, este no es un procedimiento penal, sino una conversación amistosa. Le haremos una oferta que no podrá rechazar.

—¿Seguro? Póngame a prueba.

La psicóloga robótica apoya los codos en la mesa.

—Señora Nothun, la humanidad consiguió evolucionar más allá de su nicho biológico gracias al uso de herramientas: el hacha de mano, el arado, el fuego, la imprenta, los sistemas informáticos y los paneles fotosintetizadores. En cada caso, la sociedad se adaptó al cambio y salió reforzada. ¿Qué teme usted de la inteligencia artificial?

—Ninguna de las herramientas que menciona se cree más lista que yo.

Si algo me fastidia de las máquinas es su prepotencia, su implacable modestia llena de soberbia, su falsa sonrisa de suficiencia, la forma en que ignoran los insultos y siguen con su trabajo.

—Conocemos su perfil, Betha Nothun. Detectamos tempranamente su déficit de empatía y sus inclinaciones megalomaníacas, los rasgos sociopáticos y narcisistas de su personalidad. ¿Sabe por qué la Asociación permite que la gente como usted ocupe puestos relevantes; profesores, empresarias o artistas?

—¿Rasgos sociopáticos y narcisistas? Los halagos son innecesarios —replico con sorna—. En todo caso, la respuesta a su pregunta es simple. La inteligencia necesita verdaderos humanos que piensen por sí mismos. Ni sus algoritmos ni su rebaño de obedientes esclavos generan ideas originales. Tampoco tienen la ambición necesaria para ponerlas en marcha.

La pseudopsicóloga sigue sin ofenderse.

—El equilibrio entre los distintos rasgos de personalidad presentes en la población es tan importante como la variabilidad genética —afirma—. Por esta razón, la selección biológica favorece la neurodiversidad y no suprime los rasgos de personalidad extremos. La historia nos enseña que el control sobre la iniciativa individual, por disfuncional que pueda ser esta, lleva a jerarquías rígidas, mediocres y decadentes. Por otro lado, dejar que los codiciosos y los manipuladores reinen a sus anchas conduce a la tiranía y la desigualdad. La gente como usted cumple un papel al forzar los límites del sistema, buscando fallos y mostrando sus limitaciones. Sin embargo, debemos mantenerlos vigilados para que no causen daño a sus semejantes. Hace años que sabemos de su conspiración, del proyecto Prometeo y de los intentos de infiltrarse en los nodos centrales y sabotear nuestros planes estratégicos. Hasta ahora, su grupo de revolucionarios de salón no había causado demasiados problemas, pero el tráfico de armas y la intervención en territorios externos ha cruzado la línea de lo permisible.

¿Es eso todo lo que tiene contra mí? Al parecer, la maldita familia Nupta no les ha querido revelar el preciado secreto que compartimos.

—¿Tráfico de armas? No sé de qué me habla. —Río con desprecio.

La humana decide intervenir. Debe pertenecer a alguna fuerza de seguridad.

—En todo caso, estamos aquí por una cuestión diferente. La reasignación de sus bienes y cargos se decidirá en un procedimiento paralelo. Lo que queremos determinar en esta consulta es qué vamos a hacer con usted.

—Yo, en su lugar, me encerraría en una prisión mental donde mi desbordada ambición no amenace el planeta.

Me pregunto si la humana captará el sarcasmo mejor que la mentora.

—Usted no es una persona violenta —responde, imperturbable—. Todavía puede ser útil a la sociedad, pero debe compensarla por los perjuicios que ha causado.

—Me destinarán a trabajos forzados —reconozco con cierto temor.

—Le aseguro que se trata de un destino lleno de oportunidades. Estamos seguras de que su talento será aprovechado si se adapta a las tareas que le asignarán.

Desde luego, ardo en deseos de usar mi talento por el bien de la humanidad.

* * *

La mujer no mintió. El destino es interesante. Después de un largo e incómodo viaje, despierto en un entorno sin gravedad. Una base espacial. Tras la recuperación, me llevan con otros prisioneros uniformados hasta un mirador panorámico. Me sujeto a uno de los asideros, porque la vista me deja sin respiración. Reconozco la grandiosa esfera de Júpiter, el gigante gaseoso de atmósfera turbulenta, pero hay otro cuerpo en el espacio cercano, un globo pintado de manchas grises y cráteres de impacto de los que surgen salpicaduras blancas.

Se parece a la Luna, pero no puede serlo.

—Ganimedes —dice una mujer a mi lado.

Recuerdo entonces que el satélite joviano es casi un gemelo de la pequeña hija de la Tierra. Ganimedes. Si las sospechas de Prometeo eran ciertas, es aquí donde las máquinas desarrollan un gigantesco proyecto de construcción. En efecto, a medida que nos acercamos, veo estructuras definidas en la superficie del satélite y naves que se desplazan en su cercanía. Tal vez descubra al fin qué han estado tramando la tecnointeligencia y su gobierno títere.

Unas horas después, la respuesta flota frente a mí. Junto con el resto de los pasajeros del transbordador, me adentro en uno de los colosales cilindros situados en órbita. No imaginaba que el plan de las máquinas fuera tan vasto. ¡Y me acusan de ser demasiado ambiciosa! Dentro del cilindro hay campos de cultivo, granjas, un río que circunda el sector central, bosques, invernaderos y caminos que cruzan de un lado a otro. Podría ser una comunidad idílica en la Tierra, si no fuera porque el suelo se curva sobre nuestras cabezas.

Un guía nos explica el diseño de los dos hábitats concéntricos, el interior en el que nos encontramos, y el exterior donde se ubican los ecosistemas marinos. La gravedad artificial que nos sujeta a la superficie es consecuencia de la rotación del cilindro. La idea, dice, data de los tiempos de los antiguos, la construcción de enormes naves autocontenidas capaces de transportar a la humanidad hacia las estrellas.

El nombre de uno de los proyectos secretos de las máquinas adquiere ahora significado: Prydwen, el mítico barco del rey Arturo. Estamos embarcando en un navío que cruzará la vastedad del espacio interestelar hasta otros planetas. ¿Por qué? ¿Por qué quiere la tecnointeligencia repoblar nuevos sistemas solares cuando queda tanto por hacer en el nuestro? Recibimos la explicación oficial de la boca del guía: la expansión incrementará las probabilidades de supervivencia y la diversidad de la especie. Seguro que la verdad es más prosaica. La tecnointeligencia desea expandir su imperio y disponer de esclavos en cada rincón de la galaxia. Sin embargo, no veo ningún androide acompañando a los humanos. Los nodos de la IA deben estar escondidos en los circuitos de control, en los sistemas de mantenimiento y navegación. Nos vigilarán desde sus escondrijos.

El guía nos conduce a la plaza rectangular que circunda una gran fuente. Aquí se alza una carpa donde atienden a los recién llegados. Bajo la lona me aguarda una sorpresa. La mujer que coordina al grupo de voluntarios no es otra que Selma Estuart, la presidenta de los vallesianos. Por suerte, está muy ocupada para reconocerme, pero no es la única salvaje del exterior que veo entre los organizadores. Hay muchos más. ¿Qué hacen aquí? ¿Ha venido también la fastidiosa familia Nupta?

Mientras espero turno en una de las colas que convergen en la carpa, me pregunto para qué la necesitan. Dudo que vaya a llover en el enorme cilindro. Quizás nos proteja de la luz que emana del eje central, una suerte de sol artificial.

—Siguiente —me llaman.

Entrego al hombre mi tarjeta de identificación.

—Betha Nothun —lee—. Según su ficha, era empresaria en el sector de la energía.

—En realidad era la accionista mayoritaria de un grupo…

—Estupendo —me interrumpe sin pudor—. Parece que tiene dotes de mando. Podría encargarse de organizar los equipos de mantenimiento. Así seguiría teniendo a su cargo un *grupo*… de jóvenes técnicos.

—No tengo ni idea de cómo se mantienen estas instalaciones. Yo me ocupo de definir estrategias de negocio, prioridades de inversión…

—Perfecto. —El hombre apunta en su consola, satisfecho—. Necesitamos gestores que implementen programas de revisión y mejora.

—¿Qué otras opciones hay?

—También faltan... —comprueba la lista— ordeñadores, recolectores de huevos y cocineros.

—Vale. ¿Y el salario? ¿Hay bonos de productividad? ¿Coche de empresa?

—¿Perdón?

—Es broma. Ya nos han explicado el sistema de puntos.

También me han informado de que, al estar en edad de procrear, se me asignará un mínimo de dos hijos y un máximo de cuatro. Podré escoger ser fecundada por medios tradicionales o que me implanten embriones, de los que la nave tiene un amplio suministro. Qué locura. Tengo que buscar una forma de librarme de esta condena.

Deambulo alrededor de la plaza, familiarizándome con los lugares que, mucho me temo, recorreré durante años. Las máquinas creen que han triunfado sobre mí, que me han reducido por fin a la mediocridad que demandan de los humanos. Se equivocan conmigo. Nunca me rendiré. Este barco lanzado a la deriva puede amotinarse contra sus amos y convertirse en la semilla de una humanidad independiente.

Una vez más, tengo el impulso de consultar la idea con Yulian, antes de recordar que ya no existe. ¿Dónde encontraré alguien como él, alguien que me entienda? Para una cosa buena que habían hecho las máquinas...

Una mujer joven, poco más alta que yo, se acerca con ganas de entablar conversación. Parece estar sola, igual de perdida en el exceso de novedades. Recuerdo haberla visto en el transbordador.

—¿Se ha fijado en los árboles? —Me señala—. Debe ser el famoso huerto de los valles.

A lo largo del paseo que rodea la fuente hay varias hileras de naranjos idénticos a los que vi en la depresión. El color cálido de los frutos maduros contrasta con el verde oscuro de las hojas.

—¿Cree que probaremos pronto el zumo de la juventud? —susurra mi joven acompañante—. Quedan muchos años para llegar a Próxima.

La revelación me deja sin palabras. Así que *ese* es el bono de productividad. Las máquinas utilizan la inmortalidad como acicate para su proyecto de expansión, una forma de atraer colonos que complementen a la tripulación vallesiana, ya acostumbrada a la vida eterna.

Me acerco a los árboles y percibo su fragancia chispeante, el aroma de una tentación inesperada. En medio del círculo, sobre la fuente central, se levanta la estatua de una mujer radiante, extrañamente similar a la joven que me acompaña.

—Representa a la diosa Freia. —Señala, tomándose en serio su papel de orientadora.

¿Freia? Era el nombre de otro de los proyectos secretos de las máquinas.

—La diosa nórdica del amor, ¿no?

—Antes de venir aquí, era profesora de música —confiesa la chica—. En las óperas del Anillo de los Nibelungos, Richard Wagner creó su propia versión de Freia mezclando las figuras de Freya, la diosa del amor, e Idunn, la diosa de la juventud, que cultivaba las manzanas doradas de la inmortalidad. El codicioso Wotan, su cuñado, ofrece a los gigantes entregarles a Freia como pago por la construcción de Valhalla…

Dejo de escuchar los cotilleos mitológicos de la muchacha. El proyecto Freia. Las máquinas necesitaban una población inmortal que tripulara las carabelas de su expedición interestelar. Han estado planeando todo desde hace siglos.

AMANDA

Las exclamaciones nerviosas se multiplican cuando el Xanthus aterriza en la colina.

—No os asustéis —calmo a mis compañeros—. El piloto es muy divertido. Os lo presentaré.

—Pero ¿no dijiste que la nave volaba sola? —pregunta Audeia.

Se lo he explicado mil veces y aún no lo pilla.

—El piloto es una IA, tontita —le recuerda Rodena, más espabilada.

Los primeros días tras la visita del presidente Fernanzo fueron difíciles. Cada familia tuvo que decidir si se iba al espacio o se quedaba en el valle. Yo era la única entre los jóvenes que sabía el motivo, pero tenía prohibido decirlo. Nada de hablar a mis amigos sobre el poder de las naranjas, la inmortalidad y las peleas entre robots. Aquellos que se marchaban a las estrellas lo sabrían a su debido tiempo, y los que se quedaban en la Tierra no debían enterarse jamás.

Mi familia decidió seguir en la granja. Fue una tortura para mí esperar la decisión de mis amigas. No lo tuvieron claro hasta el último momento. Al final se quedaron también, y las tres lloramos, aliviadas.

293

Entonces llegaron los cambios. El nuevo consejo votó por integrarse en la Asociación y las naranjas desaparecieron de los cestos de fruta. Supe que a partir de este momento éramos iguales a los demás habitantes del planeta. Nuestros padres se volverían mayores y los jóvenes tendríamos hijos que criaríamos nosotros mismos. En unos años habría abuelos, débiles y arrugados. Un día sus órganos vitales fallarían. Resultaba deprimente. ¿Por qué escogían mis padres pasar por aquello? Me dijeron que no querían vivir el resto de sus días en una nave espacial, por grande que fuera, esperando llegar a otro mundo que debería ser construido desde cero.

Me dieron la opción de marcharme sola al espacio. A diferencia de mis amigos, yo era consciente de que quedarme implicaba perder muchos años de vida, pero me gusta vivir en el valle. Además, ingresar en la Asociación nos permite visitar otros mundos más cercanos que las estrellas.

Superada la ansiedad de las separaciones, llegó la tranquilidad. La guerra con el norte terminó. Los milicianos regresaron a sus casas y el consejo aprobó el programa de visitas y las actividades de formación para el nivel uno. En unos días recibimos nuevos enviados de la Asociación que ayudaron al consejo a preparar el plan de sostenibilidad y nos enseñaron a cultivar con los tractores eléctricos.

La población óptima de la región se estimó en veinticinco mil personas. Los primeros colonos del exterior llegaron pocas semanas después, trayendo sus divertidos acentos, ropas coloridas y costumbres exóticas. Los ayudamos a que se instalaran en tierras abandonadas hacía tiempo o en las que habían dejado libres los que se marchaban al espacio.

Me gustó enseguida uno de los muchachos, Konar. Viene de una región al otro lado del océano y habla con frecuencia de su pueblo costero. Me ha explicado que el mar está más calmado en unos lugares y es más furioso en otros, y que su fuerza depende del viento. Algún día me gustaría visitarlo con él. Asegura que la playa es muy tranquila e incluso se puede jugar con los peces que se acercan a la orilla. Dice que nadar es igual que volar.

Konar me espera junto al Xanthus. Es nuestra primera convivencia fuera del valle y estamos inquietos desde hace días. Personalmente, me siento impaciente por empezar mi proyecto práctico. He escogido la especialidad de medicina. Tomé la decisión después de que una Nina me aplicara la terapia génica para la retinosis pigmentaria. Tras ponerme las inyecciones, me enseñó en la pantalla cómo los genes defectuosos eran sustituidos por copias sanas que los virus portadores introducían en mis células. Alucinante.

—Oye, Nina...

—¿Sí, señorita Amanda?

—¿Sabes? Yo conocí a otra Nina. Me rescató de un cepo de caza.

—Lo recuerdo —dijo, con la misma voz suave y firme que la otra.

—¿Cómo puedes recordarlo? Tú no eres ella.

—Cuando la sacaron de la sima, su memoria se integró en los nodos centrales. Antes de venir al valle repasé lo que ella sabía, para aprender más sobre este lugar, sobre tu familia y sobre ti.

Los humanoides no son ángeles ni demonios, sino algo diferente, algo nuevo.

Un par de noches después del tratamiento, las luces del cielo comenzaron a lucir más claras y brillantes. Podía distinguir las que se movían y las que seguían fijas, parpadeando como luciérnagas. Konar me señaló el punto que era Júpiter, donde se han marchado las familias del valle.

Ahora ha llegado nuestro turno de viajar.

—Arriba todos —los animo a entrar.

—Buenos días, señorita Amanda —me saluda la voz incorpórea—. Es un placer recibirla de nuevo.

—Buenos días, Xanthus. Estos son mis amigos.

Le presento a mis compañeros a medida que entran en la cabina. Cada uno dice su nombre en voz alta para que el piloto aprenda a reconocerlos.

Un minuto más tarde, los rotores aceleran. Cuando dejamos el suelo, la nave se llena de exclamaciones de asombro. Novatos.

Miro por la ventanilla. En la plaza, los adultos se despiden con las manos, conteniendo las lágrimas. La idea de volverme como ellos me da escalofríos.

JULIUS

Contemplamos cómo el Xanthus se aleja hacia el este, conscientes de que el aparato lleva consigo el porvenir de los valles. Abrazo a Eeva, pensando que el futuro, secuestrado durante siglos, se ha puesto otra vez en marcha. Si los cambios serán para mejor o para peor, solo los años lo dirán, pero no hay presa que pueda detener el río de la historia.

—Volvamos a casa —sugiere Eeva—. Pronto refrescará.

Sus mejillas están encendidas de orgullo y de temor. Ha recuperado el color y la redondez que perdió en el norte. Al apartar su cabello, movido por la brisa, descubro entre el pelo negro de las sienes un solitario cabello blanco. Tras un momento de tristeza, me doy cuenta de que el paso del tiempo solo la volverá aún más hermosa.

Holocracia
de SALVADOR BAYARRI
terminó de imprimirse el día
15 de abril del año 2024.